Von Mary Scott
liegen als Goldmann-Taschenbücher außerdem vor:

Das waren schöne Zeiten. Mary Scott
   erzählt aus ihrem Leben (2782)
Es ist ja so einfach. Heiterer Roman (1904)
Es tut sich was im Paradies. Heiterer Roman (730)
Flitterwochen. Heiterer Roman (3482)
Fröhliche Ferien am Meer. Heiterer Roman (3361)
Frühstück um Sechs. Heiterer Roman (1310)
Geliebtes Landleben. Heiterer Roman (3705)
Hilfe, ich bin berühmt! Heiterer Roman (3455)
Ja, Liebling. Heiterer Roman (2740)
Kopf hoch, Freddie! Heiterer Roman (3390)
Macht nichts, Darling. Heiterer Roman (2589)
Mittagessen Nebensache. Heiterer Roman (1636)
Oh, diese Verwandtschaft! Heiterer Roman (3663)
Onkel ist der Beste. Heiterer Roman (3373)
Tee und Toast. Heiterer Roman (1718)
Das Teehaus im Grünen. Heiterer Roman (3758)
Und abends etwas Liebe. Heiterer Roman (2377)
Verlieb dich nie in einen Tierarzt. Heiterer Roman (3516)
Wann heiraten wir, Freddie? Heiterer Roman (2421)
Zärtliche Wildnis. Heiterer Roman (3677)
Zum weißen Elefanten. Heiterer Roman (2381)

Von Mary Scott und Joyce West
sind als Goldmann-Taschenbücher erschienen:

Das Geheimnis der Mangroven-Bucht. Roman (3354)
Lauter reizende Menschen. Roman (1465)
Das Rätsel der Hibiskus-Brosche. Roman (3492)
Tod auf der Koppel. Roman (3419)
Der Tote im Kofferraum. Roman (3369)

Mary Scott

Truthahn um Zwölf

Heiterer Roman

Wilhelm Goldmann Verlag

Aus dem Englischen übertragen von Christa von Ian
Titel der Originalausgabe: Turkey at Twelve

1. Auflage Juni 1971 · 1.– 30. Tsd.
2. Auflage November 1971 · 31.– 55. Tsd.
3. Auflage April 1973 · 56.– 85. Tsd.
4. Auflage September 1974 · 86.–115. Tsd.
5. Auflage Juni 1976 · 116.–145. Tsd.
6. Auflage Dezember 1979 · 146.–175. Tsd.

Made in Germany 1979
© der deutschen Ausgabe 1969 beim Wilhelm Goldmann Verlag, München
Umschlagentwurf: Atelier Adolf & Angelika Bachmann, München,
unter Verwendung einer farbigen Zeichnung von Ulrik Schramm, Feldafing
Satz: Presse-Druck Augsburg
Druck: Mohndruck Graphische Betriebe GmbH, Gütersloh
Verlagsnummer: 2452
Lektorat: Martin Vosseler · Herstellung: Harry Heiß
ISBN 3-442-02452-8

I

»Ich hab' gerade über Weihnachten nachgedacht«, sagte Larry.

»Warum?«, fragte ich gereizt. Es war schließlich erst Oktober, und wir steckten mitten in der Schafschur. Außerdem erwartete ich Tony, die an diesem Nachmittag heimkommen sollte. Larry überzeugte sich durch einen Blick in den Backofen, daß es der riesigen Hammelkeule, die wir für die Schafscherer brieten, an nichts fehlte. Dann sagte sie: »Du weißt, daß wir immer zu spät anfangen. Übrigens hab' ich eine ausgezeichnete Idee.«

Ich schälte weiter Kartoffeln. »Was hast du denn diesmal vor? Ein Picknick im Busch, wie vor zwei Jahren, als dann ein Gewitter kam, unsere Männer tobten und wir uns Erkältungen holten? Oder einen Ausflug zum Fischen in den Hafen, bei dem wir alle zusammen drei kleine Fische fingen und du zuletzt Sams Ohr erwischtest?«

»Nörgle nicht, Susan. Ich hasse Leute, die kleine, längst vergessene Fehler immer wieder herauskramen. Nein, diesmal ist es etwas ganz anderes. Wir wollen alles viel einfacher machen, ganz ohne Umstände. Man macht sich viel zu viel Arbeit mit Weihnachten. Das ist nicht der ursprüngliche Sinn dieses Festes«, und Larry blickte seelenvoll, was bedeutete, daß sie keinen Truthahn braten wollte. Ich schrie fast Hurra. Endlich eine gute Idee. Seit ein paar Jahren pflegte sich unser ganzer Kreis bei einer der Familien zum Essen zu treffen, jedes Jahr bei einer anderen, und dieses Mal waren wir an der Reihe. »Keine Umstände« bedeutete kein warmes Essen.

Larry fuhr fort: »Keine Glückwünsche oder Geschenke, außer für die Kinder. Die ganze Sache wächst uns über den Kopf. Letztes Jahr bekam ich einhundertsiebenundzwanzig Karten und neunzehn Taschentücher. Als ob ich einen Dauerschnupfen hätte.«

»Aber die kamen dir gerade recht für die Leute, die du bis zuletzt vergessen hattest.«

»Ja, nur leider brachte ich alles durcheinander und schickte ein paar Leuten ihre Taschentücher wieder zurück.«

»Die Leute bist du damit los. Sie werden dir dieses Weihnachten nichts schenken.«

»Ja, das ist ein Trost. Aber wir wollen ganz damit aufhören, Susan. Keine Geschenke für Erwachsene, nur für die Kinder.

Keinen schrecklichen Truthahn um zwölf. Nur Berge von kaltem Rindfleisch und kalter Zunge, und das gibt es sicher in Tantchens Supermarkt.«

Die Idee mit dem Essen begeisterte mich, aber ich zögerte doch auch, die Geschenke so radikal abzuschaffen.

»Ich hätte von Paul gerne einen neuen Sattel bekommen.«

»Warum nicht? Aber nicht zu Weihnachten. Und keine Geschenke unter uns, auch nicht für Tim und Anne, Julian und die anderen. Wir werden das Geld sparen, und ich weiß, daß alle erleichtert sein werden.«

»Was machen wir mit dem Colonel? Du weißt, wie heilig ihm alle alten englischen Bräuche sind«, denn der Colonel, unser Nachbar, war sehr englisch und sehr patriarchalisch.

»Also gut, beim Colonel machen wir eine Ausnahme. Aber nur eine Kleinigkeit, vielleicht ein hübsches Leinentaschentuch. Übrigens hab' ich gestern diese Ursula Maitland getroffen, seine Nichte. Sie sagte, sie hätte alle ihre Weihnachtseinkäufe schon vor Wochen gemacht, und nur dumme Leute würden bis zum November warten.«

»Paßt zu ihr. Ich kann diese Frau nicht ausstehen. Und was hast du gesagt?«

»Ich lächelte nur mitleidig und fragte, ob sie sich wirklich noch mit diesem altmodischen Kram abgebe. Wir hätten das so ziemlich überwunden und würden lieber an den Sinn von Weihnachten denken und es als stilles Fest feiern.«

Ursula mußte sprachlos gewesen sein. Ich war es zumindest. Die Idee, daß Larry irgendetwas als ein stilles Fest feiern könnte, war grotesk. Trotzdem freute es mich, daß sie das letzte Wort behalten hatte.

Wir litten alle unter Ursula. Sie hatte uns sehr enttäuscht, zumindest uns drei Frauen. Wir schätzten Colonel Gerard sehr, wenn es auch eine Weile gedauert hatte, bis wir uns an ihn gewöhnt hatten. Er war der »reiche Mann« der Gegend und hatte uns zuerst als dumme Bauern betrachtet. Dann hatte Anne, sein einziges Kind, einen Kriegsheimkehrer geheiratet, und er mußte sich notgedrungen mit Tims beiden Freunden aus den Kriegsjahren abfinden. Bald fand er immer mehr Gefallen an Sam und Paul, und jetzt fühlten wir uns wie eine große, glückliche Familie. Natürlich hatten wir erwartet, daß wir uns auch mit seiner englischen Nichte, Ursula Maitland, gut verstehen würden.

Aber sie gehörte nicht zu den Leuten, mit denen man sich gut versteht — zumindest nicht die Frauen. Sie gab sich sehr überlegen und war eine jener tüchtigen, immer aufrichtigen Frauen, die gerne ihre Meinung sagen und auch genug Geld haben, sich das leisten zu können. Sie war überzeugt, auf alles die richtige Antwort zu wissen, und was das Schlimmste war, sie wußte sie meistens auch. Sie war klug und verstand viel von der englischen Landwirtschaft, und nichts hielt sie zurück, mit den Männern sachkundig über künstliche Befruchtung zu diskutieren. Sie verstand mehr von Gartenbau und Kochen als ich, und wenn sie vielleicht nicht ganz so gut reiten konnte wie Larry oder Autofahren wie Anne, so glaubte sie wenigstens, es besser zu können. Kurz gesagt, eine jener furchtbar tüchtigen Frauen, die von den Männern bewundert und den Frauen als Vorbild hingestellt werden, und gegen die diese Frauen eine natürliche Abneigung hegen.

Sie hatte ein Pferdegesicht, lang und mit großen Zähnen, aber ein hübsches, eine gute Figur und glattes, immer perfekt sitzendes schwarzes Haar. Sie war Anfang dreißig und sagte gerne, daß sie die Männer eigentlich besser verstünde als die Frauen. Sie gab sich keine Mühe, zu verbergen, daß ihr unsere Männer leid taten, weil sie sich besser hätten verheiraten können. Eine dieser nicht mehr ganz jungen Jungfern, die immer auf der Seite der Männer stehen.

Als wir uns das erste Mal trafen, fragte sie mich gönnerhaft: »Ihr zwei Mädchen habt Männer geheiratet, die zusammen im Krieg waren, nicht wahr? Und die kleine Anne hat den dritten im Bunde geheiratet. Was für ein Glück, daß ihr euch so gut vertragt.«

Ich sagte: »Ja, das wäre auch nicht sehr lustig geworden, wenn wir uns nicht vertragen hätten.«

»Natürlich ist Ihre Freundin Larry sehr hübsch, aber...« (Die Pause bedeutete: »Aber armer Sam«.) »Und Anne ist ein nettes kleines Ding.«

Ich verlor beinahe die Beherrschung und sagte: »Sie sind beide einiges mehr als das.«

Sie lächelte auf eine Art, die einen auf die Palme bringen konnte. »Ihr bewundert einander ja überhaupt nicht.«

Ich mußte zugeben, daß daran etwas war. Und gerade das ärgerte mich. Sicher waren wir eine sehr enge Gemeinschaft, zuerst nur Anne und Tim, Larry und Sam, Paul und ich. Dazu waren mit der Zeit noch Miss Adams gekommen, unser liebes »Tantchen«, der der Supermarkt hier am Ort gehörte, der Colonel und sein Neffe Julian, der unsere Freundin Alison

Anstruther geheiratet hatte. Vielleicht wurden wir tatsächlich langsam recht selbstgefällig und benahmen uns Neuankömmlingen gegenüber wie eine traditionsbewußte Urbevölkerung.

Also so führte sich Ursula bei mir ein. Sie hatte Larry schon bis zur Weißglut gereizt, und sicherlich würde sie es mit Anne genauso machen. Da aber Ursula der Gast ihres Vaters war, übte Anne Nachsicht.

Ich sagte: »Wir sollten lieber hinausgehen, Larry, und Mangold holen. Wie satt man ihn doch hat im Frühling, wenn es nichts anderes gibt. ... Ich bin gespannt, wann Tony hier sein wird. Weißt du noch, wie wir Bohnen gepflückt haben, und sie mit dem Lieferwagen vom Supermarkt aufgetaucht ist?«

Larry sagte unfreundlich: »Jetzt werd nicht sentimental, Susan. Du kannst unmöglich für Bohnen tiefere Gefühle hegen. Und noch viel weniger für Mangold. Wenn du nicht aufpaßt, schnappst du wegen Tony noch über.«

Ich wußte, daß sie recht hatte, und daß ich dauernd Gefahr lief, Tony zu bevormunden. Komisch, denn ich benahm mich mit meinen beiden eigenen Kindern relativ vernünftig. Das Schlimmste war, daß Tony vom ersten Tag an, als sie bei uns erschien und so heruntergekommen und jämmerlich aussah, sich so sehr nach Liebe zu sehnen schien.

Sie war ihrer Mutter in Australien weggelaufen, Pauls intellektueller und überlegener Schwester Claudia, und deren zweitem Mann. Weder Paul noch ich machten ihr deshalb Vorwürfe. Claudia war eine schwierige Frau und liebte ihre Tochter eigentlich nicht. Und der Professor, der nun ihr Stiefvater war, machte kein Hehl daraus, daß das Mädchen ihn langweile.

Tonys richtiger Vater, Alastair Smale, mochte sie sehr gerne und war jetzt, da sie herangewachsen war, sehr stolz auf sie — aber in einer seltsam distanzierten Weise. Er war ein erfolgreicher Geschäftsmann und kam regelmäßig nach Neuseeland. Dann nahm er Tony für eine Woche mit in teure Hotels, elegante Restaurants und führte sie großartig aus. Nach diesen Ausflügen hatte sie sich immer gefreut, zur Farm zurückzukommen, zu ihrem Pferd Babette, zu Paul und den Kindern und mir, und zu ihrer Arbeit in Miss Adams Supermarkt — bis jetzt. Aber der Tag mußte kommen, an dem ein kultivierteres Leben — oder einer ihrer Verehrer, die sie jetzt überall aufsammelte — unsere Tony fesselte, und ich fürchtete diesen Tag.

»Erst zwei Jahre sind es, daß sie hier aufgetaucht ist«, sagte Larry nachdenklich. »Was für ein trauriges kleines verlaufenes

Kind sie gewesen ist. Und jetzt ist sie wirklich hübsch. Du und Paul, ihr werdet noch so einiges erleben.«

»Bisher kümmert sie sich noch um keinen ihrer jungen Kavaliere.« »Du mußt ihr Zeit lassen, sich von Norman Craig zu erholen. Aber sie wird es schaffen.«

»Natürlich. Sie war ja noch ein Kind.«

An diese Zeit erinnerte ich mich sehr ungern. Tony war verzweifelt und unglücklich gewesen, obwohl es nur eine Jugendschwärmerei gewesen war. Norman Craig war der Vikar unserer Gegend gewesen, ein nicht gerade kräftiger Mann in den mittleren Jahren, der im Krieg ein Bein verloren hatte und fast ein Heiliger war. Tony hatte ihn verehrt und glaubte, ihr Herz würde brechen, als er nach einem Unfall gezwungen war, sein Amt niederzulegen. Sie sprach jetzt nie mehr von ihm, aber diese Erfahrung hatte sie anderen Männern gegenüber sehr zurückhaltend werden lassen. Vielleicht war das gut für sie, denn sie war recht kindlich für ihre neunzehn Jahre.

Larry schnitt eine Grimasse über ihrer Schüssel voll Mangold: »Gesund und langweilig, aber sonst gibt es nur tiefgefrorenes Gemüse, und das haben wir drei Tage hintereinander gehabt. Wie haben wir das nur gemacht, bevor Tantchen den Supermarkt gekauft hat?«

»Ich weiß es nicht mehr. Und Tony hat dadurch eine Arbeit bekommen.«

Von Montag bis Freitag arbeitete Tony im Supermarkt und am Samstag früh ritt sie heim zur Farm. Claudia gefiel das gar nicht, und sie hatte geschrieben: »Ich bin erstaunt, daß Paul seiner Nichte erlaubt, sich für die Arbeit in einem Geschäft herzugeben. Natürlich hat Antonia für so etwas nie Lust oder Eignung gezeigt.«

Tony hätte wohl kaum studieren wollen, aber sie war sehr klug und nur zu hübsch; und wenn Tantchen auch ein »Geschäft« führte, so pflegte doch selbst der Colonel mit ihr Umgang.

»Wie viele von den jungen Farmern es jetzt doch einfacher finden, im Supermarkt zu kaufen, als in der Stadt einkaufen zu lassen!« hatte sie einmal gesagt, und die Augen hinter ihrem Zwicker hatten gefunkelt.

Natürlich hatte das Geschäft, auch ohne Tony, nun viel mehr Kunden als damals, als wir in die Gegend gekommen waren. Die Straßen waren jetzt gut, und überall waren neue Farmen entstanden. Auf der anderen Seite von Tiri ließen sich neue Siedler nieder, und wir wurden langsam eine wohlhabende Gemeinde.

Als wir zum Haus zurückgingen, sagte ich: »Hoffentlich ist Ursula bis Weihnachten wieder in England. Irgendwie stört sie bei allem.«

»Weil sie immer Partei für die Männer ergreift. Vor kurzem kam sie am Vormittag auf eine Tasse Tee vorbei. Sam kam ziemlich spät herein, und ich hatte gerade zu tun. Als ich ihm dann Tee einschenken wollte, sprang sie auf und sagte: ›Du gibst dem armen Mann doch sicher nicht diesen abgestandenen Tee? Ich mache ihm frischen‹, und stürzte in die Küche und bediente ihn.«

»Hast du dich geärgert?«

»Überhaupt nicht. Es war erholsam. Ich sehe liebend gerne zu, wenn andere Frauen meinen Mann versorgen. Sam weiß das, und er schaute recht verlegen, fühlte sich dabei aber geschmeichelt.«

»Paul ist genauso. Das ist ja ganz klar, wenn sie ihn so anhimmelt. Er sagt, sie sei sehr tüchtig — und das stimmt natürlich.«

»Ganz klar, daß die Männer sie mögen. Schau doch, wie sie sich für sie einsetzt. Sie fallen darauf herein und fühlen sich so jung und unwiderstehlich. Wir sind schließlich nur ihre Frauen, und wir sind schon lange verheiratet — mindestens kommt es einem manchmal lange vor. Ursula ist eine nette Abwechslung.«

»Das ist alles gut und schön, solange man sich ihr gewachsen fühlt, aber wenn man einmal müde ist oder schlecht aussieht, macht es einen verrückt. Sie ist immer so gut angezogen, und irgendwie erwischt sie mich immer, wenn ich gerade wie eine Vogelscheuche aussehe.«

»Denk dir nichts. Das ist ihr ja gerade recht. Vor kurzem hatte ich ein Loch in meiner Strickjacke, und sie sagte mit süßer Stimme, daß es sofort geflickt wäre, wenn ich ihr die Jacke geben würde.«

»Ich wette, du hast sie ihr gegeben.«

»Nein. Ich hab' meinen Stolz. Ich zog das kaputte Ding fest um mich, und sagte, daß ich es so mochte, und daß ich das Loch vermissen würde, weil es schon einen Monat drin wäre. Sie war ziemlich entsetzt, nahm sich aber zusammen und meinte, sie hätte schon immer gehört, daß Frauen in den Backblocks schnell lernten, sich mit allem abzufinden.«

Ich lachte. Larry sah fast noch so blendend aus, wie damals, als ich sie zum ersten Mal gesehen hatte. Zweifellos trug Ursula ihre fünfunddreißig Jahre mit Eleganz, aber sie war eigentlich keine Schönheit. »Wenn sie es fertigbringt, daß schon wir uns so fühlen«, sagte ich, »was kann sie dann erst bei Anne anrichten?«

Ursula war Gast beim Colonel, deshalb sah Anne sie natürlich häufig. Ursula ritt immer hinüber zu Tims Farm. Sie saß gut auf dem Pferd, mit ausgezeichnet geschnittenem Mantel und eleganten Reithosen. Anne hatte fünfjährige Zwillinge und erwartete Ende des Jahres wieder ein Kind. Selbstverständlich mußte sie sich unterlegen fühlen.

Besonders, da Ursula gar nicht versuchte, ihre Bewunderung für Tim zu verbergen. Er war ein Adonis und ein schrecklich netter Mensch. Wenn Ursula schon um Paul und Sam viel Getue machte, so behandelte sie Tim wie einen Gott. Sie sprach immer von der »kleinen Anne«, und Anne, die für gewöhnlich so lustig und vergnügt war, zeigte schon Anzeichen von Erschöpfung.

»Die Art, wie sie mich immer ›klein‹ nennt, macht mich verrückt«, sagte sie und lachte, als sie in den großen Spiegel in ihrem Zimmer schaute. »Ich bin zwar nicht groß, aber ich mache das in der anderen Richtung wett, obwohl es diesmal keine Zwillinge sind, Gott sein Dank.«

Aber sie beklagte sich selten, denn sie hatte viel Familiensinn.

»Komisch, wie lästig eine wirklich tüchtige und nette Frau wie Ursula sein kann, wenn sie den Männern dauernd zeigt, wie sie zu ihnen hält«, sagte ich nun.

»Ja, die Armen suchen sich gleich etwas zum Beklagen. Aber ich kann es wirklich nicht ausstehen, daß sie alles immer besser weiß. Sie ist furchtbar genau. Wenn ich ›Hunderte‹ sage, dann lächelt sie und sagt: ›Wahrscheinlich meinst du Dutzende‹.«

Ich lachte. »Das kenne ich. Ich hab' das unangenehme Gefühl, daß sie an meiner Seite lauert, um mir einen Rippenstoß zu geben, wenn ich einen Fehler mache.«

»Selbstverständlich tut sie das. Immer bereit zu sagen, daß es nicht drei sind, sondern 2,999.«

Diese Anstrengung überraschte mich, weil Larry immer sagte, daß sie nicht rechnen könne und entschlossen sei, zu sterben, bevor das Dezimalsystem in der Währung eingeführt würde. Diese drei Dezimalstellen zeigten, wie erregt sie war.

»Ich möchte gerne wissen, wieviel der Colonel sieht«, sagte ich. »Meinst du, er merkt, daß Ursula Anne verrückt machen muß?«

»Natürlich nicht. Die Männer sind für so etwas tatsächlich zu dumm«, sagte Larry, die immer recht gut mit den Männern auskam.

Aber wahrscheinlich hatte sie recht. Der Colonel war ein reizender Mensch und betete sein einziges Kind und die Zwillinge an, doch sicherlich fand er nichts an Ursula, was einem auf die Nerven gehen könnte. Sie war viel zu klug, ihre gebieterische Art in seiner Gegenwart zu zeigen und war reizend zu ihm. Selbstverständlich bewunderte er sie, außerdem war sie die Tochter eines Vetters, den er sehr geschätzt hatte.

Unser Haß war nun erschöpft, und wir wandten uns unserer Arbeit zu. Wir kochten jetzt die dritte Woche für die Schafscherer. Es wurde bei uns geschoren, weil wir als einzige von uns dreien einen Stall bei der Farm hatten. So machten wir es gemeinsam, und wir Frauen kochten zusammen. Unsere eigene Schur war vorbei, und die von Sam ging bald zu Ende. Wenn das Wetter hielt, würde die von Tim in einigen Tagen beginnen.

Ich sagte: »Wir sollten die Kocherei weitermachen und Anne überreden, daß sie daheim bleibt. Es sind nur noch ein paar Tage, und wir sind jetzt gut eingearbeitet. Es geht ihr nicht so gut, daß sie stundenlang in der heißen Küche herumstehen könnte.«

Larry war einverstanden und fügte herausfordernd hinzu: »Das ist unsere Pflicht, besonders deine, Susan, denn Anne ist gerade mit der wahren Aufgabe der Frau beschäftigt — die Bevölkerung zu vergrößern. Es freut mich, dein schlechtes Gewissen zu sehen.«

»Warum meines? Du hast auch nur zwei Kinder!«

»Ich behaupte auch nicht, mütterlich zu sein. Es war dein Fehler, uns als Beispiel voranzugehen. Wenn du dich nicht so beeilt hättest mit deinem ersten Kind, würde ich vielleicht immer noch bei den Schafen herumreiten und mich um liebe kleine Lämmer kümmern. Ungebunden und ohne Kinder.«

Ich machte mir nicht die Mühe, auf ihre Sprüche zu antworten. Larry ist eine großartige Mutter und liebt ihre Kinder genauso wie wir unsere. So sagte ich nur: »Ich bin gespannt, ob du einmal weniger ruppig wirst«, und dann hörten wir ein Auto den Hügel herauf kommen. Ich stürzte hinaus. Endlich kam Tony.

Es war eine großartige Geste von Alastair Smale, seine Tochter mit dem Taxi heimzuschicken, wenn er zu viel zu tun hatte, um sie selbst zu bringen. Im Augenblick gab es für Tony keine Busse und ganz sicher keinen Lieferwagen vom Supermarkt. Das Brummen dieses Autos klang nach viel Geld; offensichtlich war es das beste Taxi von Te Rimu. Als ich zur Gartentüre kam, stürzte Tony aus dem Wagen, ließ die Autotüre offen, kümmerte sich weder um ihr Gepäck noch um das Fahrgeld, sondern stürmte herein, um Larry und mich zu begrüßen.

Sie war noch unsere Tony. Wieder daheim und froh darüber.

Larrys Mark und meine Patience, die noch nicht in die Schule gingen, kamen um das Haus gerannt, als sie das Auto hörten, und stürzten sich auf Tony. Nachdem der Lärm sich gelegt hatte, sagte ich: »Willst du nicht das Taxi bezahlen?«

Tony lachte. »Das ist kein Taxi, das ist Colin.«

»Colin?« Meine Freude schlug in Entsetzen um. Tony hatte sich also verlobt, und das war ihr Zukünftiger.

»Du weißt doch. Colin Manson. Hat eine Farm auf der anderen Seite von Tiri. Du hast ihn sicher schon mal gesehen!«

Ich nahm mich zusammen. Nur ein Nachbar, der sie mitgenommen hatte. »Nein, ich glaub' nicht.«

»Er traf uns in Te Rimu, als Daddy gerade ein Taxi rufen wollte, um mich heimzuschicken. Er sagte, er fahre sowieso vorbei und könne mich mitnehmen. Sollten wir ihm nicht einen Drink anbieten? Daddy hat mir einen fabelhaften Wodka für Paul mitgegeben.«

»Selbstverständlich!« Es sollte fröhlich klingen, aber ich war es nicht. Ich erinnerte mich nun an den Namen. Einer der neuen Siedler, die vor etwa einem Jahr gekommen waren, unverheiratet, jünger als unsere Männer und offensichtlich mit viel Geld. Alle Leute sagten, er sei charmant, aber ich hatte ihn einmal kurz im Laden getroffen, und er schien mir damals ein sehr erfahrener junger Mann mit scharfer Zunge und unruhigen Augen.

Und jetzt hatte er Tony heimgebracht und holte gerade ihr Gepäck aus dem Auto. Natürlich mußte ich ihn ins Haus bitten. Warum nur hatte Alastair Smale seine Tochter nicht mit dem Taxi heimgeschickt?

Ich begrüßte ihn und heuchelte Entzücken: »Wie nett von Ihnen, daß Sie Tony mitgenommen haben!«

Es fiel nicht schwer, freundlich zu ihm zu sein. Colin Manson konnte wirklich reizend sein, und er war es zu mir, wegen Tony. Noch bevor wir ins Haus gingen, waren Christopher und Christina, unsere beiden älteren Kinder, in den Hof geritten. Sie kamen aus der kleinen Backblock-Schule, in die sie nun glücklicherweise gingen. Sie verehrten Tony sehr und nahmen sie gleich in Beschlag, so daß auch der hinreißendste junge Mann keine Aussichten mehr gehabt hätte, von ihr beachtet zu werden. Colin resignierte und wandte höflich seine Aufmerksamkeit Larry und mir zu. Ich merkte, daß ich zu viel redete; wenn ich verlegen bin, mache ich das immer. Als wir einmal kurz allein waren, sagte Larry zu mir: »Susan, du bist ausgesprochen überschwenglich zu ihm. Also weiß ich, daß du ihn nicht magst, aber entschlossen bist, dir nichts anmerken zu lassen. Reg dich nicht auf! Er ist zu alt für Tony.«

Sie brachten gerade mit viel Lärm und Gelächter das Gepäck herein, so daß ich nur noch erwidern konnte: »Zu alt? Norman Craig war vierundvierzig!«, und ich war gekränkt, als Larry lachte.

Aber ich ärgerte mich auch über meine Albernheit. Wie die schlimmste aufgeregte Mutti. Colin war nicht der schlechteste: Er hatte ausgezeichnete Umgangsformen, besaß Humor, sah aufregend gut aus und lebte in guten Verhältnissen. Claudia hätte sich gefreut.

Und Tony? Sie sah bezaubernd aus in dem neuen Kleid, das ihr Vater wieder einmal so nebenbei für sie gekauft hatte. Ihre früher so wirren kastanienbraunen Locken waren modisch frisiert, und ihre braunen Augen schienen tiefer und sanfter denn je. Aber die größte Anziehungskraft lag in ihrem kleinen Gesicht, in dem alles ein klein wenig nach oben geschwungen war, die Augen, die Stupsnase, der weiche, volle Mund. Ein vollkommen anderes Bild als das schlecht gekleidete, einsame kleine Mädchen, das vor zwei Jahren aus dem Nichts vor unserer Türe aufgetaucht war. Es wunderte mich nicht, daß Colin Manson ihr mit den Augen folgte, aber die leichte Vertrautheit überraschte mich, die zwischen ihnen zu herrschen schien. Tony mußte ihn schon oft gesehen haben; seltsam, daß sie seinen Namen nie erwähnt hatte. Dann lachte ich mich selbst aus. Ich war wirklich spießig. Es gab viele junge Männer, und außerdem war das heute die Sprache der jungen Leute, auch wenn sie sich nur flüchtig kannten.

Er brauchte für seinen Drink so lange wie irgend möglich, und ich wurde schon unruhig, weil es Zeit für's Essen wurde, als er endlich doch ging. Er verabschiedete sich so nebenbei von Tony, jedoch umständlich von mir und behauptete, erst jetzt gemerkt zu haben, daß es eine so bezaubernde Frau hier in der Gegend gäbe. Ich unterdrückte ein Grinsen, denn außer Paul weiß jeder, daß Larry viel attraktiver ist als ich. Aber ich vertrat bei Tony Mutterstelle und war deshalb interessant. Es war nicht das erste Mal, daß ich in letzter Zeit recht zweckgebundene Komplimente erntete. Colin wollte gerne wiederkommen. Ich mußte zugeben, daß ich ihm unrecht getan hatte; er war wirklich liebenswürdig, aber ich war mir ziemlich sicher, daß er sich mit Tony nur die Zeit vertreiben und nichts Ernsthaftes im Sinn haben würde. Und wenn er auch ernste Absichten hätte, so sagte ich mir, daß er nicht der Richtige für sie sei.

Sie brachte ihn zum Auto hinaus, und Larry sagte: »Susan, du bist auf dem besten Wege, eine unmögliche Mutti zu werden. Du musterst jeden und überlegst dir, ob er gut genug ist — und beschließt, daß er es nicht ist.«

Ich erwiderte bissig: »Red nicht so dumm daher! Ich mach' mir wirklich keine Sorgen um Tony. Jedenfalls ist er nicht ihr Typ. Vergleich ihn nur mit Norman Craig.«

»Die kann man nicht vergleichen. Tony liebt die Abwechslung. Man kann genug haben vom heiligen Typ. Colin ist eine Erholung dagegen.«

»Unsinn. Tony würde sich nie in diesen Typ verlieben. Seine Absichten sind zu deutlich.«

»Wer redet von verlieben? Laß dem Mädchen Zeit. Sie ist neunzehn, und in diesem Alter begehrt man gerne auf. Sie fürchtet, daß sie sich mit dem Pfarrer lächerlich gemacht hat, und jetzt flirtet sie mit jedem, der ihr über den Weg läuft, um sich an den Männern zu rächen. Aber von ›verlieben‹ ist da keine Rede. Die Welt hat sich geändert, liebe Susan, seit wir jung waren.«

Darauf wollte ich nicht antworten und so lachte ich. Tony kam wieder herein, und ihre Augen strahlten sehr. Sie sah so munter und hübsch aus, daß mir etwas unbehaglich zumute wurde und ich ganz beiläufig sagte: »Ein sympathischer junger Mann. Ich kenne ihn gar nicht näher.«

»Colin? Der ist schon in Ordnung. Wie geht es mit der Schafschur?«

Waren diese Worte zu leicht hingeworfen?

Als ich an diesem Abend mit Paul allein war, sagte ich: »Tony ist schrecklich hübsch. Hast du diesen Colin Manson schon oft gesehen?«

»Hab' ihn ein paarmal bei Versammlungen und ähnlichem getroffen. Ein recht netter Kerl, und ein guter Farmer.«

Dann sah Paul mich scharf an, denn man kann ihm so leicht nichts vormachen, und sagte: »Komisch, wie sich Frauen über nichts und wieder nichts aufregen. Du wirst dich zusammennehmen müssen, mein Mädchen, wenn Patience einmal groß ist.«

Worauf ich bissig antwortete, daß es so aussähe, als hätte ich bis dahin Gelegenheit genug zum Üben.

2

Tony war wieder zu ihrer Arbeit im Supermarkt zurückgekehrt und rief mich am Vormittag an.

»Susan, etwas ganz Tolles! Natürlich traurig für uns, aber herrlich für sie. Du kommst nicht drauf. Mrs. Freeman heiratet wieder.«

Sowohl das »Mrs.« als auch das »wieder« war falsch, aber ich sagte nichts. Edith Freeman war keine »Mrs.«, und sie war auch nie verheiratet gewesen. Von dem fürchterlichen Freeman, der den Supermarkt aufgemacht und ihn an Tantchen verkauft hatte, als er fast pleite war, hatte sich herausgestellt, daß er ein Dieb und Bigamist war. Es hatte ein großes Theater gegeben, und zuletzt verschwand er, niemand wußte, wohin, mit einem großen Teil von Tantchens Bargeld. Als dann die Polizei kam, erfuhr Edith, daß sie nie legal mit ihm verheiratet gewesen war, und nun weder Geld noch Namen besaß.

Alle in der Gegend waren sehr nett zu ihr gewesen, und Tantchen hatte ihr wieder auf die Beine geholfen und sie als Hilfe im Supermarkt bei sich behalten. Alle hatten versucht, sie aufzumuntern, aber zunächst schien sie völlig vernichtet. Vor kurzem hatte sie angefangen, sich wieder zu erholen, und es war ihr zu Bewußtsein gekommen, daß sie erst siebenundzwanzig Jahre alt war und das Leben noch vor ihr lag. Ohne Freemans schlechte Behandlung wurde sie auch von Tag zu Tag hübscher, und jetzt würde sie also Ted Stewart heiraten, einen kinderlosen Witwer, der eine kleine Farm in der Nähe von Tiri hatte.

Tony redete immer noch. »Stell dir das nur vor, nach allem, was geschehen ist! Er muß schrecklich in sie verliebt sein. Ist das nicht romantisch, Susan?«

Zwar hielt ich es nicht für ausgesprochen romantisch, aber es war eine sehr passende Heirat. Ted war vierzig Jahre und ein ehrlicher, einfacher Mensch; er brauchte eine freundliche Frau, die ihm seinen Haushalt gut führte. Edith brauchte ein Zuhause und einen lieben, zuverlässigen Mann. Ich sagte: »Das ist wunderbar. Aber wie wird Tantchen zurechtkommen?«

»Ach, sie heiraten erst in zwei Wochen. Dann kann Mick kommen und die schweren Kisten schleppen, bis wir jemand anderen finden.«

Das würde vermutlich schwierig werden. In Tiri waren keine Hilfskräfte zu bekommen, alle Farmer hier waren schon auf der Suche. Mick war recht brauchbar, solange er nüchtern war. Er verehrte Tantchen, aber er liebte den Alkohol noch mehr. Er würde die Kisten vergessen oder fallen lassen, wenn zerbrechliche Sachen darin waren. Sein guter Wille allein genügte nicht. Wir selbst hatten nur genug zu tun. Das gute Wetter hielt, wir steckten mitten in Tims Schafschur. Larry und ich hatten Anne so lange bearbeitet, bis sie daheimblieb und uns das Kochen überließ. Sie war sowieso nicht sehr kräftig, hatte keine Hilfe, und das Baby sollte um Weihnachten herum kommen. Sie hatte jahrelang ein nettes Maori-Mädchen gehabt, das ganz in der Familie lebte, zum Entsetzen des Colonels. Er mußte sich aber daran gewöhnen. Aber das Mädchen hatte geheiratet, und Anne hatte gemeint, sie würde es lieber allein versuchen, noch dazu seien die Zwillinge jetzt ja in der Schule.

»Wer möchte schon in die Backblocks kommen und für eine Farmersfrau arbeiten, die so dumm ist, Zwillinge zu haben und noch ein drittes Kind zu bekommen?« fragte sie lachend. »Sie kriegen ja nicht einmal in der Stadt eine Hilfe, und das wundert mich nicht. Fabriken zahlen besser, und die Arbeitszeit ist kürzer. Also reg dich nicht auf, Papa.«

Aber natürlich regte der Colonel sich auf. Viel fehlte nicht, daß er sich wie vor der Geburt der Zwillinge benahm, und das brachte Tim zum Schweigen oder zu der nervenaufreibenden Bemerkung: »Ich bin selbstsüchtig gewesen. Das Leben hier ist zu anstrengend für Anne.« Die Lage war also nicht besonders glücklich.

Der Colonel dankte uns überschwenglich dafür, daß wir die Schafschur übernahmen.

»Meine liebe Susan, das ist eine Zumutung für Sie. Sie und Larry, Sie haben mit Ihrer eigenen Schur genug zu tun gehabt. Dieses Land wird immer unmöglicher. Alle verdienen viel zu viel Geld und verachten ehrliche Arbeit.« Und er begann, über den Wohlfahrtsstaat zu schimpfen.

Larry setzte dem ein Ende, indem sie ihm ein Geschirrtuch in die Hand drückte und sagte: »Wissen Sie eigentlich, was man mit diesen Dingern macht?« Und er lachte und fing an, die Teller abzutrocknen.

Seit einiger Zeit konnte sie sich bei ihm alles leisten, aber noch vor ein paar Jahren hatte sie ihn für einen Snob gehalten und ihn »der große Panjandrum« getauft — was soviel wie »großer Wichtigtuer« heißt —, und der Name war ihm geblieben, wurde aber nur noch im Spaß und offen vor ihm gebraucht.

Es war heiß, und die Männer beeilten sich mit der Schur,

kamen abends todmüde heim und wollten nur noch ein warmes Bad und ein weiches Bett. Larry und ich waren dauernd mit den Scherern und unseren vier Kindern beschäftigt. Die zwei älteren gingen in die Schule, aber die beiden Vierjährigen, Larrys Mark und meine Patience, waren unzertrennlich und zu allen Streichen aufgelegt. Eines Tages, als Larry die beiden voll angezogen bis zum Hals in einem der Wassertröge gefunden hatte, sagte sie bitter: »Ich kann den Tag kaum erwarten, an dem wir die lieben Kleinen in die Schule schicken. Ich wollte, Barry wäre noch hier.«

Als hier eine Schule eingerichtet wurde, hatten wir einen hervorragenden Lehrer bekommen, aber das war natürlich zu schön, um von Dauer zu sein. Ich vermute, er wäre länger geblieben, wenn wir Tony dazu gebracht hätten, sich um ihn zu kümmern. Aber zu dieser Zeit war sie erst in Norman Craig verliebt und dann untröstlich gewesen, weil er gegangen war. Nicht lange danach erschien Alastair Smale zum ersten Mal, und Barry sah ein, daß er wenig Aussichten hatte, die Tochter dieses wohlhabenden Mannes zu heiraten. Tony arbeitet zwar in einem Geschäft in den Backblocks, aber das war eigentlich ein Witz, und Smale hatte mit seiner Tochter sicher Besseres vor. So nahm Barry sein nicht allzuschlimm gebrochenes Herz mit in die Stadt zurück, und an seiner Stelle bekamen wir einen lieben, nachgiebigen jungen Mann, der Bertie Dier hieß.

Er war sehr nett zu den Kindern, kannte aber überhaupt keine Disziplin. Die Zustände in der Schule waren unglaublich, aber diese kleinen einklassigen Schulen ziehen selbstverständlich keine guten Lehrer an. Mein Christopher hatte die Gewohnheit, sich in den Keller der Schule zurückzuziehen, wenn das Lernen ihn langweilte, und das war recht häufig der Fall. Christina folgte ihm natürlich, und sie verbrachten viele Stunden in den Kellerräumen, spielten geräuschvolle Spiele und klopften von Zeit zu Zeit an den Boden des Schulzimmers, um ihre Anwesenheit kundzutun.

Bertie unternahm nichts dagegen. Er hatte die naive Vorstellung, daß die Kinder wiederkämen, wenn der Drang zum Lernen zurückkehrte. Der kehrte jedoch nie zurück, und das Spiel wäre endlos weitergegangen, wenn Paul sie nicht einmal dabei erwischt hätte. Er war Vorsitzender des Schulausschusses, und als er einmal zufällig in die Schule kam, verwunderte ihn das wiederholte Klopfen am Boden. Der lustige kleine Zeitvertreib fand so ein jähes Ende.

Aber sie stellten immer etwas an. Wieviel, das konnten wir aus ihrem Verhalten beim Heimkommen schließen. Wenn sie uns sorgfältig aus dem Weg gingen und sich vor ihren verschiedenen Hausarbeiten drückten, dann war der Tag normal verlaufen. Wenn sie wie die Engel schauten und uns ihre Hilfe anboten, waren sie sicherlich schlimmer als gewöhnlich gewesen. So sehr wir uns darauf freuten, die jüngeren Kinder auch in die Schule zu schicken, so sehr fürchteten wir auch die Folgen, wenn sich das bewundernde Publikum noch vergrößerte. Annes Zwillinge waren auch dort und immer bereit, unsere Kinder in allem zu unterstützen. Sechs von dieser Sorte gäben schon eine ganze Bande, und der arme Bertie tat uns leid.

Erst als die Schur beendet war, fand ich Zeit, nach Tiri zu fahren und allerhand zu erledigen, was bisher hatte warten müssen. Als ich in den Supermarkt kam, war Tony gerade eifrig mit dem Colonel beschäftigt, und Edith packte im Hintergrund Kisten aus. Tony war vergnügt wie immer und sehr zufrieden mit sich. Sie ging mit den Leuten ganz ungezwungen um und betrachtete es als selbstverständlich, daß sie sie mochten — und sie mochten sie auch. Sie behandelte alle gleich, und ich glaube nicht, daß es für sie so etwas wie Rassenunterschied oder Klassenbewußtsein gab.

Der Colonel war sichtlich verwirrt. Er hatte eine lange Einkaufsliste, die ihm seine Haushälterin, Mrs. Evans, gegeben hatte, und gestand, daß er nie wußte, was er wo finden sollte.

»Dieses neumodische Durcheinander, das Supermarkt heißt, Gott weiß, warum. Alles wird hingestellt, und man muß sich tatsächlich selbst bedienen.«

»Wie ungerecht!«, rief Tony. »Wo ich hier doch nur darauf warte, Sie nach Kräften zu bedienen!«

»Warum geben Sie Ihre Bestellung nicht bei Miss Adams auf, wie früher?« fragte ich und amüsierte mich über sein schuldbewußtes Gesicht. Der Grund war, daß er Tony sehr gerne hatte.

Sie kümmerte sich um ihn und ließ ihn überhaupt nichts selbst tun, führte ihn sanft um die Regale und überredete ihn, alles mögliche zu kaufen, was nicht auf Mrs. Evans Liste stand, was sie aber bestimmt brauche.

»Eine großartige kleine Geschäftsfrau!« Er lachte vor sich hin. »Mrs. Evans Liste fehlt die Phantasie. Sie wird entzückt sein von all den guten Sachen, die ich mitbringe.«

Da war ich mir nicht so sicher. Mrs. Evans war eine jener

guten, altmodischen Haushälterinnen, die Neuerungen verachten und das verdammen, was sie »Büchsenzeug« nannte.

Wir verabschiedeten uns, und ich gratulierte Tony zu ihren kaufmännischen Fähigkeiten.

»Machst du das mit allen so? Kein Wunder, daß Tantchens Einnahmen steigen.«

Sie blickte der hochgewachsenen, hageren Gestalt nach. Er ging nicht mehr ganz so aufrecht wie früher, trotzte aber immer noch der »modernen Gewohnheit der schlechten Haltung«, wie er es nannte.

»Ist er nicht ein Lamm? Anne hat wirklich Glück. Man könnte sie beneiden.«

Das klang wehmütig, und ich habe sie nie etwas sagen hören, was ihre Gefühle gegenüber dem höflichen und distanzierten Alastair deutlicher ausgedrückt hätte.

Sie wandte sich zu Edith. »Übernimmst du den Laden? Ich muß Caleb die Sachen bringen, die er bestellt hat, aber ich bin bald wieder da.« Dann zu mir: »Susan, komm doch mit! Es sind nur ungefähr fünf Meilen, und wir können den ganzen Weg schwatzen.«

Tony fährt sehr gut Auto. Ihr Vater hatte es ihr sehr früh beigebracht, hauptsächlich, um seine Frau zu ärgern, und sie kam mit Tantchens kleinem Lieferwagen gut zurecht auf unseren kurvigen Straßen.

»Wer ist Caleb? Ich hab' ihn noch nie gesehen. Ist er einer von den neuen Siedlern?«

»Nicht direkt, der Arme«, sagte Tony, die schnell einige Lebensmittel zusammensuchte. »Er ist seit einem Jahr hier, hat eine furchtbar kleine Farm an einer Seitenstraße und kommt fast nie herunter. Er hat nicht einmal ein Auto.«

»Was hat er dann? Ein Pferd?«

Tony lachte. »Nein. Er ist hoffnungslos ungeschickt mit Pferden, so wie mit den meisten Sachen, aber er ist richtig goldig. Er fährt Fahrrad auf diesen Straßen!«

»Dann muß er fast den ganzen Weg schieben. Warum ist er goldig?«

Was ich da über diesen Caleb hörte, gefiel mir nicht besonders. Ich hoffte sehr, daß er wenigstens schon älter sei, wenn er schon so arm und ein so schlechter Organisator war. Tony hatte die höchst unangenehme Gewohnheit, überall hilfsbedürftige Menschen aufzulesen, die Larry immer lachend als ihre »Schützlinge« bezeichnete und mir dabei prophezeite, daß sie sicher noch einen von ihnen heiraten würde.

»Das kann ich nicht so genau sagen. Er ist schrecklich höflich und nett und bringt alles durcheinander. Dabei ist er absolut ehrlich, er zahlt für seine armseligen kleinen Bestellungen immer auf den Pfennig genau, wofür er dann sein letztes Geld zusammenkratzt, und er kann seine dürftige Farm jeden Augenblick verlieren, weil er die Pacht nicht zahlen kann.«

Das klang bedrohlich. War er verheiratet? »Hart für seine Frau«, warf ich listig ein.

»Er hat keine Frau. Nur eine Katze, und die betet er an. Ein recht garstiges Biest, außer Caleb krallt sie jeden.«

»Ist er Witwer?« beharrte ich hartnäckig.

»Ich weiß nicht, ob er je eine Frau gehabt hat. Und wenn, dann hat er sie wahrscheinlich verloren oder verschlampt. Er verliert alles.«

Ich machte mich auf das Schlimmste gefaßt. »Das klingt nach einem recht ungeschickten jungen Mann.«

»Jung? Aber der gute, arme Caleb ist mindestens fünfzig, und er sieht noch viel älter aus.«

Ich war erleichtert. Sicher würde doch sogar Tony die Grenze bei fünfzig ziehen? Dann merkte ich, wie albern ich war und mußte Larry recht geben: Ich schnappte bald über.

Ich half Tony, die Sachen im Lieferwagen zu verstauen, und kletterte dann hinein. Es war immer lustig, mit Tony zu fahren, und ich war neugierig auf diesen Caleb.

Wir bogen etwa drei Meilen nach Tiri von der Hauptstraße ab und fuhren auf einer schmalen, lehmigen Straße in den Busch hinauf. Tony nahm die Haarnadelkurven sehr geschickt mit dem Lieferwagen, und ich war froh, daß Tantchen den riesigen, angeberischen Lieferwagen vom Supermarkt verkauft hatte, mit dem Freeman seine Waren ausgefahren hatte. Diese Straße wäre ich nicht gerne in ihm gefahren.

Über eine Meile sahen wir keine Lichtung im Busch. Ich hatte diese Straße noch nicht erkundet, wußte aber, daß sie ursprünglich die Zufahrt zu einem Kohlenbergwerk gewesen war, das sich dann als unrentabel erwiesen hatte. Ich sagte: »Wie kann man hier nur leben! Warum hast du Petroleum dabei? Der arme Mann hat doch sicher elektrisches Licht?«

»Nein. Das hat es an dieser Straße noch nie gegeben. Es lohnt sich nicht, nur für diese eine Farm. Caleb tappt immer mit Kerzen herum oder zerbricht den Glassturz der Lampe, und manchmal explodiert eine Lampe, und er versengt sich die Haare.«

»Was hat ihn dazu gebracht, hierher zu kommen?«

»Er suchte vermutlich ein ruhiges Fleckchen, an dem er Gemüse züchten, ein oder zwei Kühe melken und ein paar Schafe halten kann. Er hatte fast kein Geld. Aber der Besitzer verpachtete ihm das Land für sechs Monate.«

»Und wirft ihn vermutlich wieder hinaus, wenn die vorbei sind?«

»Sie sind schon lange vorbei, und ich glaube, der gute Alte hat schrecklich Angst. Die Straße ist unmöglich. Aber wir sind fast da.«

Wir bogen um eine Kurve, und die Straße hörte plötzlich auf. Vor uns stand eine kleine Hütte, umgeben von ein paar kärglichen Koppeln. Dahinter begann der Busch. Die Reste eines Gartentors hingen an einer Angel und waren aus dem Weg geräumt. Als wir hineinfuhren, bremste Tony plötzlich und sagte: »Was ist das für ein fürchterlicher Lärm? Da wird gerade jemand umgebracht! Oh, hoffentlich nicht Caleb!«

Es klang entsetzlich. Ein fürchterliches Quicken kam von der hintersten Koppel. Dazwischen mischten sich angstvolle Schreie. Irgend etwas Gräßliches war da im Gange.

Wir sprangen aus dem Auto und liefen zur Koppel. Der Lärm hatte sich verdoppelt, und Tony schrie wild, daß es zwei kämpfende Banden sein müßten. Oben auf der Anhöhe blieben wir wie angewurzelt stehen. Auf der Koppel vor uns befand sich ein äußerst merkwürdiges Knäuel, bestehend aus einem Fischernetz, einem Mann und drei Schweinen. Alle waren in dem Netz gefangen und bemühten sich verzweifelt, frei zu kommen.

Ich starrte gebannt auf das Schauspiel. Ein Fischernetz zehn Meilen vom Meer? Und was taten drei Schweine in seinen Maschen? Und warum wälzte sich ein Mann am Boden herum, wobei er sich immer fester in das Netz verwickelte?

Tony schrie auf. »Das ist Caleb! Er versucht, seine Schweine zu fangen. Komm schnell und hilf ihm!«

Im nächsten Moment war sie schon über den Zaun. Man mußte nicht viel klettern, denn er lag zum großen Teil auf dem Boden. Ich sprang ebenfalls darüber und stellte mir Pauls Bemerkungen vor, wenn er mich hätte sehen können. Aber er hätte noch mehr gesagt beim Anblick dieses seltsamen Haufens am Boden.

Das Netz war groß und wahrscheinlich der haltbarste Gegenstand auf der ganzen Farm. Sie schienen sich sehr sorgfältig hineingewickelt zu haben. Man fragte sich nur, wozu? Aber der Augenblick war für solche Fragen nicht geeignet. Tony sagte kurz: »Wir müssen Caleb rausbringen und die Schweine drinbehalten. Ein Segen, daß er sie endlich erwischt hat. Was du auch tust, Susan, laß sie nicht raus!«

Das war leicht gesagt. Aber es kostete einige Anstrengung. Einmal hatte ich ein Schwein fest in meinen Armen und stand einem zweiten auf dem Ohr. Tony hatte das dritte beim Schwanz und überschrie das Getöse: »Einmalige Gelegenheit, Caleb! Kommen sie raus! Schnell, solange wir sie haben.«

Er schlug um sich, aber zunächst verstrickte er sich dabei nur immer fester in das Netz. Wir versuchten verzweifelt, die Tiere festzuhalten, dabei entwickelten sie alle drei viel mehr Geschick sich den Maschen zu entwinden, als Caleb. Endlich gelang es ihm, langsam unter einer Ecke des Netzes herauszukriechen. Aber noch ehe sein Kopf ganz aus dem Schnurgewirr aufgetaucht war, machte sich das Schwein, auf dessen Ohr ich gestanden war, frei und kletterte über seinen Rücken in die Freiheit.

Tony befürchtete, daß ich auch noch das zweite laufen lassen könnte, um auf eine aussichtslose Jagd nach dem ersten zu gehen und schrie: »Laß es laufen! Zwei haben wir. Halten wir die wenigstens fest!«

Das taten wir auch, mehr weil Tony und ich uns verbissen an die Tiere klammerten, als weil Caleb uns geholfen hätte. Als er sich endlich ganz aus dem Netz befreit hatte, wickelten wir sie einzeln hinein und trugen die beiden quietschenden und strampelnden Kokons direkt in die Hütte.

»Es hat keinen Sinn, sie in den Stall zu bringen«, sagte Tony. »Er ist morsch. Wir sperren sie lieben ins Schlafzimmer, und Sie, Caleb, machen bitte die Fenster fest zu. Au, das ist die Katze.«

Ein bösartiges Miauen und Fauchen, und eine große gelbe Katze war aus dem Schlafzimmer geschossen und hatte im Vorbeiwischen Tony ins Bein gekrallt. Caleb entschuldigte sich: »Sie sind doch nicht verletzt? Ich fürchte, Annabella ist etwas aufgeregt!«

»Annabella?« keuchte ich, denn selbst in diesem Moment konnte ich nicht glauben, daß eine gelbe Katze ein Weibchen sein könnte. Tony lachte. »Caleb hoffte auf viele kleine Kätzchen. Aber glücklicherweise hat Annabella keine bekommen«, erklärte sie, und anscheinend fand sie das ganz natürlich. Ich konnte ja nicht ahnen, daß Annabella ein Kater war.

Ich folgte Tony in das Schlafzimmer, während Caleb Fenster und Türe schloß und sich dabei dauernd entschuldigte. »Solche Umstände. So eine Anstrengung für zwei Damen! So außerordentlich liebenswürdig.«

Atemlos und aufgelöst versuchten wir, in dem gleichen höflichen Ton zu antworten. Endlich hatte ich Zeit, mir Caleb anzuschauen. Und trotz der Mühe, die er uns gemacht hatte, und meinem ersten Eindruck nach auch immer machen würde, mußte ich ihn einfach gern haben.

Er war mindestens fünfzig, und ich fürchte, der Colonel hätte ihn einen »heruntergekommenen Gentleman und armen Kerl« genannt. Groß und hager, mit grauen Haaren und einem leicht verwirrten, liebenswürdigen Gesichtsausdruck, als ob er sich immer fragen würde, was er jetzt schon wieder falsch gemacht habe. Er war überraschend sauber, oder mußte es vor seinem Kampf mit den Schweinen gewesen sein. Das verschossene Hemd und der geflickte Arbeitsanzug waren vor kurzem gewaschen worden, und er benützte offensichtlich regelmäßig die große Zinkbadewanne, die vor dem verrosteten Küchenherd stand. Er sah schrecklich ungeschickt aus, eigentlich wie ein Versager, war aber ein freundlicher und höflicher alter Mann.

Er murmelte immer noch vor sich hin: »Wie freundlich, wie außerordentlich nett von Ihnen«, als Tony ihn unterbrach, um ihn mir in aller Form vorzustellen.

»Es tut mir leid, daß Sie solche Ungelegenheiten hatten«, begann er umständlich, und ich fand, daß »Ungelegenheiten« eine charmante Art war, von dem gerade beendeten Kampf zu sprechen.

»Ich kann mir nicht vorstellen, wie ich ohne Ihre Hilfe herauskommen hätte sollen«. — Wir konnten es uns offengestanden auch nicht vorstellen. — »Das Netz ist so groß und fest. Es war ein guter Kauf.«

»Aber, Caleb — was tun Sie hier mit einem Fischernetz?«

Er mißbilligte meine Frage. Sie war auch nicht sehr intelligent, denn ich hatte ja gesehen, was er damit tat. »Es wurde bei einer Versteigerung angeboten. Vor sechs Monaten, als ich etwas Geld hatte, und ich dachte, es wäre einfacher, vom Fischen zu leben.«

Daß es innerhalb von zehn Meilen keinen einzigen Fisch gab, war ihm nie aufgefallen. Tony anscheinend auch nicht. Sie sagte nur: »Aber wie habt ihr euch alle hineingewickelt?«

»Es schien so einfach. Ich hab' irgendwo gelesen, daß man Schweine am besten fangen kann, wenn man ein Netz zwischen

zwei Bäume spannt und sie hineintreibt. Wissen Sie, sie waren so schwer zu fangen, und ich wollte sie gerade heute haben, weil Jim Forbes ihretwegen herauskommt, und ich dachte, das Geld ...« Hier wurde er wieder undeutlich, und Tony forschte weiter.
»Also haben Sie es zwischen die Bäume gebunden, und dann?«
»Es hat ganz fest ausgesehen, aber unglücklicherweise hat es doch nachgegeben und uns alle eingewickelt, und ich kann mir nicht vorstellen, wenn Sie nicht gekommen wären ...«
Er hatte die Angewohnheit, seine Sätze nicht zu Ende zu führen, aber Tony hörte ihm ernsthaft zu und sagte dann: »Als nächstes müssen wir sie aus dem Netz herauswickeln und sicher festbinden, bevor der Mann kommt. Jim Forbes haben Sie gesagt? Das ist gut, er wird sie gut bezahlen. Ich mag Jim. Kommen Sie Caleb, Sie wickeln sie aus, und Susan und ich helfen beim Festhalten.«
Es war ein heikles Geschäft, aber wir schafften es dann doch. Caleb machte sich große Sorgen, weil Annabella verschwunden blieb, und murmelte dauernd vor sich hin, daß der Kater hoffentlich nicht denken würde, die Schweine seien jetzt seine Lieblinge, und eifersüchtig wäre. Tony sagte munter: »Er wird schon zurückkommen. Nur keine Aufregung. Bitte suchen Sie einen Strick.«
Das dauerte lange, aber schließlich und endlich hatten wir die Schweine sicher angebunden im Stall. Für ein paar Stunden, meinte Tony, seien sie vollkommen sicher. Caleb versicherte uns, daß jetzt alles in Ordnung sei, dankte uns nochmals überschwenglich und bot uns eine Tasse Tee an. Mir war nicht ganz wohl bei diesem Gedanken, wenn ich mir das Schlafzimmer betrachtete, das wie ein Schlachtfeld aussah. Da die Einrichtung aber nur aus einem Bett und einem aus Petroleumkanistern zusammengebauten Regal bestand, stimmte ich Caleb zu, als er sagte, daß ein Topf heißes Wasser und ein Besen das schnell wieder in Ordnung bringen würden. Aber ich mißtraute dem Tee.
Diese Sorgen waren unnötig. Die kleine Küche war spärlich eingerichtet, aber sauber, das Steingutgeschirr stand blankgeputzt in einem Schrank, und die Milch war in einem blitzsauberen Topf. Als Farmer mochte Caleb hoffnungslos ungeschickt sein, aber seinen Haushalt hielt er sauber.
Überall waren Anzeichen einer tiefen Armut. Im Fliegenschrank ein wenig Butter, ein Brotlaib in einem Blechkasten und etwas Zucker und Tee in Gläsern. Mehr Eßbares konnte ich nicht sehen. Ich war froh, daß Tony die Lebensmittel mitgebracht

hatte, obwohl es wenig genug war, wenn ein Mann davon ein paar Tage lang leben wollte.

Sie schien ihn sehr gut zu kennen und behandelte ihn mit der gleichen leichten Vertrautheit wie die meisten Leute. Sie holte seine Einkäufe herein und räumte sie in den Schrank, während er Tee kochte, und nahm mit ernster Miene die Silbermünzen in Empfang, mit denen er zahlte.

»Ach, jetzt hätte ich es fast vergessen, hier ist Ihre Post«, sagte sie, und ich sah Caleb stutzen, als er die Schrift auf dem Umschlag erkannte.

Er entschuldigte sich sehr förmlich und öffnete den Brief. Er enthielt sicherlich eine schlechte Nachricht, und ich war etwas entsetzt über Tonys Frage: »Geht es um die verfluchte Pacht, Caleb?«

Ich ließ sie damit alleine und ging in den kläglichen Gemüsegarten hinaus. Alles wuchs schlecht und am falschen Platz. Die Bohnen hatten die beste Stelle und hatten wild ausgeschlagen, die gelben Rüben hatten die schlechteste und waren winzig. Ein paar Krautköpfe waren geschossen, weil sie nicht gedüngt worden waren, und ein paar grüne Kartoffeln waren ausgebuddelt und vergessen worden. Als ich mich genauer umsah, bemerkte ich plötzlich ein Paar gelbe Augen, die mich aus dem Sauerampfer heraus anstarrten. Ich mag Katzen gerne, aber mein leises »Miez, Miez!« wurde mit einem lauten Fauchen beantwortet, und Annabella schoß durchs Gras mit einem Schwanz wie eine Flaschenbürste.

Caleb dankte uns beim Abschied noch einmal für unseren »rechtzeitigen Beistand« und versprach Tony, in einer Woche wieder nach Tiri hinunterzuradeln. Als wir zum Tor hinausfuhren, drehte sie sich um, winkte der einsamen Gestalt zu und seufzte tief auf.

»Ich mach' mir solche Sorgen um ihn. Sie wollen ihn hinauswerfen. Wir müssen irgendetwas unternehmen. Du siehst ja, wie lieb er ist.«

So hätte ich ihn nicht gerade genannt, aber er war ehrlich, und man mußte einfach Mitleid mit ihm haben. Einer von den Menschen, denen immer alles schiefgeht. Die Erinnerung an die sich windende Gestalt, die mit den Schweinen in dem riesigen Netz gefangen war, brachte mich zum Lachen.

»Eine verrückte Idee, sie so fangen zu wollen! Und warum hat er das Netz gekauft? Ist er immer so?«

»Ja, immer. Irgendwie packt er alle Sachen falsch an, dabei

immer mit den besten Absichten. Aber irgendwas muß es doch geben, was er tun kann, wenn es mir nur einfallen würde.«

»Was hat er vorher getan? Wie ist er hierher gekommen?«

»Er hat alles mögliche versucht und immer Pech gehabt. Es ist immer alles schiefgegangen. Nicht durch seine Schuld, immer Macht des Schicksals, wie man so sagt. Einmal hatte er einen kleinen Laden, und er hätte sich rentiert, aber es wurde eine neue Straße gebaut, und er saß auf dem Trockenen, niemand kam mehr vorbei und kaufte etwas. Dann versuchte er es mit Fischfang, und sein Boot ging kaputt. Er machte eine Geflügelfarm auf, aber es brach ein Feuer aus, und die Eier wurden gebraten statt ausgebrütet. Als er Tomaten züchten wollte, wurden sie vom Mehltau befallen, und als er es mit Obstbau versuchte, fraßen die Opossums alle Früchte auf. Ach, und noch vieles andere, aber es endete alles gleich. Einmal verkaufte er Besen und verdiente ein wenig dabei, aber er stolperte über einen Besenstiel und brach sich ein Bein . . .«

In diesem Moment kam uns an einer sehr engen Stelle ein kleiner Lastwagen entgegen, und Tony fuhr zurück, um ihn vorbeizulassen. Der Fahrer rief ihr einen Gruß zu, es war wohl Jim, der die Schweine kaufen wollte. Tony strahlte ihn an und sagte: »Die Schweine sind wunderbar und warten schon auf Sie — wenigstens zwei von ihnen. Schauen Sie, daß Sie ihn gut bezahlen, Jimmy.«

Als wir weiterfuhren, sagte sie traurig: »Weißt du, ich glaube, jetzt hat er nichts mehr zu verkaufen als die Kuh, und die braucht er wegen der Milch für Annabella. Wir müssen einfach etwas tun! Irgendein Plätzchen finden, wo man ihn brauchen kann.«

Ich glaubte, daß man da lange würde suchen müssen. Aber ich kannte Tony, und deshalb zweifelte ich nicht daran, daß sie etwas finden würde.

Als wir zum Supermarkt zurückkamen, sagte Tony: »Wie lange bleibt diese Frau denn noch beim Colonel?«

»Ursula Maitland? Ich weiß nicht. Sie hat von ein paar Monaten gesprochen, als sie ankam. Ich hab' irgendwo gehört, daß sie um Weihnachten herum abreist.«

»Teufel. Ich wollte, sie würde verschwinden. Sie verdirbt einem alles.«

»Wieso? Du siehst sie ja nicht oft, oder?«

»Immer noch oft genug. Sie kommt mit dem Colonel, geht um die Regale herum und sagt: ›Schau dir das komische alte Ding an. Sowas habe ich seit Jahren nicht mehr gesehen!‹ oder: ›Sie haben das nicht? Aber ich dachte, das führt jedes moderne Geschäft, sogar in Neuseeland.‹ Sie mag mich nicht.«

Das wunderte mich nicht. Ursula bemühte sich nicht, Angehörige ihres eigenen Geschlechts zu mögen, besonders, wenn sie jung und anziehend waren. Tony fuhr fort: »Nett, daß man den Colonel mal wieder ohne sie gesehen hat. Vermutlich ist sie bei Tim. Ich kann mir nicht vorstellen, wie Anne das aushält.«

»Wie meinst du das?«

»Die Art, wie sie ein Theater um Tim macht und Anne herablassend behandelt. Es ist gemein von ihr, denn natürlich sieht man im siebten Monat nicht gerade blendend aus. Tim gefällt ihr natürlich. Ursula benimmt sich in mancher Hinsicht genau wie — wie ein eingebildetes Pferd.«

»Ich liebe sie auch nicht besonders, aber wir müssen nett zu ihr sein, wegen des Colonels.«

»Dir und Larry macht das ja wenig aus. Ihr kommt gegen sie auf. Mich stört es wenig, wie eine dumme Dienstmagd behandelt zu werden, aber für Anne ist es scheußlich. Ich kann Frauen nicht ausstehen, die sich so ausschließlich den Männern widmen. ›Ach Paul, wie müde Sie aussehen! Ich hole schnell etwas zum Trinken für Sie. Nein, ich bestehe darauf. Sie bleiben hier still sitzen und ruhen sich aus.‹«

Ich lachte. Sie hatte Ursula sehr gut nachgemacht. »Nun ja, man kann es aushalten. Manche Frauen sind eben so, auch wenn es uns nicht paßt. Ich seh' sie sowieso nicht oft.«

Wir tranken mit Tantchen Kaffee und erzählten ihr die Geschichte vom Schweinefangen. Als Tony wieder von Ursula anfing, merkte ich, daß Tantchen wohl der gleichen Meinung war, aber sie war objektiv wie immer.

»Miß Maitland fühlt sich einfach nicht zuhause hier in den Backblocks«, sagte sie.

»Warum fährt sie dann nicht heim? Warum bleibt sie nicht in England und heiratet so eine sportliche Type, irgendeinen Pferdenarren, dem es gefällt, wenn seine Frau selbst wie eines aussieht?« fragte Tony.

Ich lachte. »Vielleicht findet sie hier so jemanden.«

»Ach, nie«, sagte Tony. »Sie hat erst vor kurzem gesagt, daß keine zehn Pferde sie dazu brächten, sich in Neuseeland niederzulassen. ›Absolut keine Kultur, wirklich!‹ Sie ist eben eine von der Sorte, die sich mit größtem Vergnügen auf die Ehemänner anderer Frauen stürzt.«

»Jetzt übertreib nicht«, griff Tantchen ein. »Sie ist eine sehr tüchtige Frau.«

»Und sie weiß so viel!« stimmte ich zu. »Das mußt du zugeben, Tony.«

Tony murmelte etwas Unverschämtes über Leute, die viel wissen, und ging in den Supermarkt zurück.

Als wir allein waren, sagte ich: »Komisch, wen Tony mag und wen nicht. Caleb zum Beispiel. So eine gottverlassene Gegend. Erstaunlich, jemand so sanften und gebildeten dort zu finden.«

»Da haben Sie recht. Ich mag Caleb Fielder gerne. Er ist ein ordentlicher Mensch, aber er hätte sich nie an eine Farm wagen dürfen. Er leistet nur etwas, wenn er alles gesagt bekommt. Er ist einer von Tonys ›Schützlingen‹, und sie ist rührend zu ihm.«

»Vor kurzem hab' ich einen anderen ihrer Freunde getroffen, der nun wirklich kein ›Schützling‹ ist. Ein schicker junger Mann. Colin Manson. Kennen Sie ihn näher?«

»Nur vom Geschäft. Er ist sehr erfolgreich und charmant.«

»Das heißt, daß Sie ihn nicht besonders mögen?«

»Also Susan! Man muß ihn einfach mögen, wenn er sich so von seiner besten Seite zeigt, und alles wegen Tony.«

»Meinen Sie . . . ?«

»Meine Liebe, regen Sie sich nicht gleich auf. Tony weiß schon, was sie tut. Es gibt noch genug andere junge Männer, und sie muß sich austoben. Ich glaube nicht, daß sie es mit einem von ihnen ernst meint.«

»Der Tag wird kommen«, sagte ich düster. Aber selbst in meinen eigenen Ohren klang das so nach klagender Mutti, daß ich auflachte. »Ich bin froh, daß Larry mich nicht hören kann! Ich fange schon an, mich über alles Mögliche und Unmögliche aufzuregen. Ich werde langsam alt.«

»Davon hab' ich noch nichts gemerkt. Wie oft hab' ich gewünscht, Sie und Larry würden ein bißchen vernünftiger werden und weniger Schaden anrichten. Was haben Sie noch für Sorgen, Susan?«

»Ich hab' nur das Gefühl, daß es Anne nicht gut geht, und ich wollte, wir könnten ihr mehr helfen.«

»Da haben Sie recht, aber darüber soll sich der Colonel den Kopf zerbrechen. Er ist wie wild hinter einer Hilfe für sie her. Ich glaube, er hat jetzt tatsächlich eine aufgetrieben.«

Alles Nähere erfuhr ich, als ich heimkam. Anne rief an, und ihre Stimme klang recht kläglich.

»Susan, Papa ist wieder auf dem Kriegspfad! Erinnerst du dich noch, wie er sich vor der Geburt der Zwillinge aufgeführt hat?«

Und ob ich mich erinnerte. Das Theater, das er und Tim gemacht hatten, würde ich wohl kaum vergessen. Anne brannte schließlich durch und bekam ihr Kind — oder besser ihre Kinder, wie sich herausstellte — allein in der Stadt. Ihr Vater und ihr Mann hatten sie mit ihrer Fürsorge fast verrückt gemacht, und sie waren alle zusammen sehr unglücklich gewesen.

»Klar erinnere ich mich. Was hat er diesmal vor?«

»Er sagt, daß ich unbedingt eine Hilfe haben muß, und er hat hinter unserem Rücken eine Anzeige aufgegeben, in der er einen phantastischen Lohn bietet. Es ist nicht anzunehmen, daß Tim davon begeistert ist.«

Das nahm ich auch nicht an, murmelte aber nur irgendetwas, und sie redete weiter: »Und das Schlimmste ist, daß er jemand gefunden hat. Er hatte einen ganzen Stoß Zuschriften, wohl weil der Lohn so hoch ist. Ich finde, er hätte mich meine Hilfe selbst heraussuchen lassen können, meinst du nicht auch?«

Im Stillen stimmte ich ihr zu, aber der Colonel tat mir leid. Sie bedeutete ihm alles, und obwohl Anne so sanft und friedlich war, konnte sie doch viel rücksichtsloser sein als Larry oder ich, wenn es einmal so weit kam.

Ich sagte: »Vermutlich hat er eine brauchbare erwischt und will sie gleich festhalten, denn man bekommt so schwer Hilfen. Wie ist sie?«

»Ganz wunderbar, sagt Papa. Schon älter, und eine Witwe. Sehr tüchtig und kinderlieb — was aber noch nicht heißt, daß sie meine Kinder lieben wird. Vermutlich wird sie gleich das Kommando übernehmen und mir immer sagen, daß ich für zwei essen und die Beine hochlegen muß.«

»Warum auch nicht? Ich wäre nur zu froh, wenn ich das

könnte. Nimm es nicht tragisch, Anne. Vielleicht ist sie tatsächlich eine Perle.«

Aber Anne war schlecht gelaunt und meinte, sie hätte lieber eine jüngere.

»Ein Mädchen kann schrecklich unbequem sein. Macht Tim schöne Augen und ist auf Männerfang. Eine ältere Frau ist in dieser Hinsicht vollkommen sicher«, machte ich ihr klar.

»Stimmt, da hast du recht. Jedenfalls kommt sie morgen. Papa fährt selbst sie abholen. Komm doch bitte mit Larry herüber. Ich hab' das Gefühl, daß ich Unterstützung brauchen werde.«

Wir kamen und waren beeindruckt von Mrs. Silver, auch wenn sie uns nicht sehr gefiel. Sie war eine sehr würdevolle ältere Dame, dünn, hielt sich gerade und sah sehr tugendhaft aus. Sie arbeitete offensichtlich gut, denn das ganze Haus war auf Hochglanz poliert, aber sie trug wenig zur guten Laune bei. Sie zwang sich mißbilligend zu einem schwachen Lächeln, wenn wir es wagten, einen Witz zu machen. Als Anne uns vor dem Weggehen ein Glas Sherry anbot, blickte sie schmerzlich berührt und lehnte sehr betont ab.

Und als wir uns Zigaretten anzündeten, fragte sie, ob sie das Zimmer verlassen dürfe, sie vertrage keinen Zigarettenrauch.

Larry schnitt eine Grimasse hinter ihr her. »Für mich ist sie zu erhaben über jeden Fehler, aber wahrscheinlich hat sie enorme Fähigkeiten. Kannst du ihren Grundsätzen gemäß leben, Anne?«

»Es ist anstregend, aber ich muß. Papa ist begeistert und spricht von ihr immer als von einer großartigen Frau und seiner Entdeckung. Er sagte doch tatsächlich zu Tim, daß es nur ein wenig Initiative gebraucht habe, das Problem zu lösen. Ich hätte gerne gesagt: › — und viel Geld!‹, weil er darauf besteht, ihren Lohn zu zahlen — weit mehr, als wir uns auch nur im Traum leisten könnten. Ihr könnt euch Tims Begeisterung ausmalen.«

Sie taten mir alle zusammen leid. Wahrscheinlich würde Anne wieder der Anlaß zu Schwierigkeiten sein zwischen den beiden Menschen, die sie am meisten liebte. Das Komische war, daß der Colonel und Tim für gewöhnlich glänzend miteinander auskamen. Schwierigkeiten gab es nur, wenn Anne ein Kind erwartete. Man konnte nur hoffen, daß Anne sich mit drei Kindern begnügen würde.

Doch Mrs. Silver blieb nicht lange. Rein zufällig wurde ich Zeuge dessen, was Larry ihre »Demaskierung« nannte. Ich hatte den Colonel in der Stadt getroffen und mich überreden lassen, mit ihm hinaufzufahren, um zu bewundern, wie sehr sich Annes

Gesundheit gebessert habe seit der Ankunft »dieser her orragenden Frau; meiner Entdeckung, Sie wissen ja«.

Wir kamen um zehn Uhr zur Farm und fanden Anne schwer mit der Familienwäsche beschäftigt. Wo war die unbezahlbare Mrs. Silver?

»Hat sich hingelegt, weil sie Migräne hat. Scheint schlimm zu sein. Ich hab' sie stöhnen hören.«

Ich fragte, ob ich für die Leidende etwas tun könne.

»Ich glaube nicht. Vor ein paar Minuten hab' ich ihr Aspirin angeboten, aber ihre Türe ist zugesperrt, und ich glaube, daß sie gesagt hat: ›Schau, daß du wegkommst!‹«

Der Colonel war bestürzt. Schau, daß du wegkommst? So etwas würde seine wunderbare Entdeckung doch sicher nicht sagen? Anne und ich tauschten besorgte Blicke. Aus Mrs. Silvers Zimmer drangen äußerst beunruhigende Geräusche, es klang wie eine Mischung aus Stöhnen und dem Versuch, zu singen. Der Colonel murmelte: »Seltsam, höchst seltsam. Eine so zuverlässige Frau. Nicht ihre Art, ein Theater zu machen. Vielleicht sollten wir besser den Doktor holen? Diese Geräusche gefallen mir gar nicht.«

Mir auch nicht, aber ich sagte mir, daß mein Verdacht unsinnig sei. Wenn ich je eine vollkommen tugendhafte Frau gesehen hatte . . . . Und wie sehr sie unser Glas Sherry mißbilligt hatte . . .

Aber in diesem Moment flog die Türe mit einem Krach auf, und eine Gestalt erschien, die ich kaum als die bewunderungswürdige Frau wiedererkannte, die ich vorher getroffen hatte. Ihr Haar war zerzaust, ihre Augen blickten glasig, und sie trug einen schmutzigen Morgenrock über ihrem Nachthemd. Der Colonel murmelte: »Außer sich vor Schmerz!« — aber ich hatte meine Zweifel. Sie sah nicht leidend aus, und sie war von einem Geruch umgeben, schlimmer als Mick O'Connor.

Sie begrüßte mich mit einer abstoßenden Fröhlichkeit, die sehr im Gegensatz zu der würdevollen Zurückhaltung bei unserer letzten Begegnung stand. Dann erblickte sie den Colonel und geriet in eine beängstigende Verzückung. »Mein Allerliebster!« rief sie, stürzte sich auf ihn, und umklammerte seinen Arm so hartnäckig, daß man sie nur mit brutaler Gewalt hätte losmachen können.

»Nach dir allein hab' ich Sehnsucht gehabt«, schrie sie entzückt. »Nach dem liebenswürdigen Herrn, der mich hierhergebracht hat . . . . und warum holte er mich? Um seiner Tochter zu helfen? Um auf ein paar verfluchte Bälger aufzupassen?« Sie schüttelte den Kopf so heftig, daß sie fast das Gleichgewicht verloren hätte, und sich noch fester an den Colonel klammerte, wobei sie ihn mit einer ekelhaften Vertraulichkeit anblinzelte. »Dafür doch nicht, oder, Colonel? Ach, wir, wir wissen es!«, und sie schmachtete unangenehm verständnisvoll in sein entsetztes Gesicht.

Für einen Moment war er wie gelähmt. Nie in seinem Leben hatte ihn jemand so behandelt, und er war der Situation nicht gewachsen. Angeborene Ritterlichkeit hielt ihn davon ab, rohe Gewalt gegen eine Frau anzuwenden, nicht einmal, wenn sie vollkommen betrunken war. Mrs. Silver hielt ihn fest wie in einem Schraubstock und lächelte albern zu seinem abgewandten Gesicht hin.

Anne war zu entsetzt um zu reden, und ich sagte unsicher: »Bitte, Mrs. Silver, nicht ...«

Das war genau das Falsche. »Was nicht?« kreischte sie schrill, plötzlich wütend in der unberechenbaren Art aller Betrunkenen. »Nichts davon, mein Mädchen! Du bist eifersüchtig! Aber er gehört mir. Finden heißt behalten. Und der Colonel sagte erst gestern abend, daß ich seine Entdeckung sei. Stimmt's, Liebster?«

Es stimmte, und mit einem Mal fühlte ich das unpassende Verlangen, laut loszulachen. Aber Anne sah sehr blaß aus, und ich nahm mich schleunigst zusammen und dankte dem Himmel, daß Larry nicht hier war. Ich nahm Mrs. Silver fest beim Arm und versuchte, sie vom Colonel wegzuziehen, wobei ich mit einer Stimme, die beschwichtigend sein sollte, auf sie einredete: »Kommen Sie, und legen Sie sich hin. Sie wissen nicht, was Sie tun. Sie — Sie sind nicht ganz gesund.«

Anscheinend war das nicht die richtige Art mit Betrunkenen umzugehen, denn ich erntete nur eine Flut von Beschimpfungen. Mittendrin ging die Türe auf, und Tim kam herein, wie ein Retter vom Himmel.

Mit einem Blick erfaßte er die seltsame Lage. Schnell, ich konnte nicht sehen wie, machte er die unangenehme Frau vom Colonel los und schob sie mit sanfter Gewalt in ihr Zimmer. Dann stellte er ihr ein Ultimatum durch die geschlossene Türe: »Sie haben eine halbe Stunde Zeit zum Packen, dann fahre ich Sie zum Zug. Wieder nüchtern werden können Sie unterwegs.«

Dann befahl er mir: »Susan, du kochst schwarzen Kaffee, möglichst viel. Anne, du legst dich besser hin. Das hat dir verdammt schlecht getan. Nein, Sir, der Frau fehlt nichts. Überlassen Sie nur alles mir.«

Wir überließen es ihm dankbar. Paul hatte schon immer gesagt, daß Tim mit heiklen Situationen ausgezeichnet fertig würde, aber ich hatte nicht gewußt, daß zu diesem Gebiet auch betrunkene und schimpfende Frauen gehörten. Mrs. Silver gab nicht so schnell nach. Erst fünf Tassen Kaffee und Tims Unerbittlichkeit brachten sie dazu, ihren Koffer zu packen. Es war seltsam, wie wir ihm alle ohne Widerspruch gehorchten. Ich kochte Kaffee, Anne verschwand und legte sich hin, und der Colonel stand ein paar Minuten verloren herum, bis Tim sagte: »Es wäre vielleicht besser, Sie verschwinden, Sir. Nur bis ich sie aus dem Haus hab'. Sie regen sie offensichtlich auf.«

Ich unterdrückte gerade noch ein Grinsen. Die Untertreibung war herrlich. Was sollte der arme Colonel nun tun? Ich wollte nicht gehen, bis die anderen aus dem Haus waren, und dann wollte ich mich um die Wäsche kümmern. Als ich dem Colonel das sagte, meinte er: »Dann bleibe ich auch. Ihr Auto ist in Tiri, und ich muß Sie zurückfahren. Außerdem kann ich Ihnen vielleicht helfen. Aber — wo?«

Er meinte, wo er sich verstecken sollte. Ich mußte nun wirklich lachen, aber in diesem Moment hörten wir Geräusche, als würde Mrs. Silver gleich aus ihrem Zimmer kommen. Es wäre möglich, daß sie durch das ganze Haus toben und den Colonel finden würde, auch wenn er sich in einem Schrank verbarg. Ich sagte hastig: »Irgendwo draußen. Vielleicht in einem von den Ställen«, und er warf mir einen dankbaren Blick zu, der zum Erbarmen war, als er verschwand.

Tim gelang es, sie in der festgesetzten halben Stunde aus dem Haus zu schaffen, er schrieb einen Scheck, packte sie ins Auto und ließ sich durch die Beschimpfungen nicht stören, die sie bis zuletzt ausstieß. Als sie abgefahren waren, machte ich mich auf die Suche nach dem Colonel und sah ihn gerade noch beschämt aus dem Hühnerstall auftauchen. Er blickte mich trotzig an und versuchte, seine Würde zu bewahren.

»Schien der beste Platz zu sein. Keiner von Tims Ställen hat ein Schloß«, und ich pflichtete ihm bei, daß die Hühner ihn gut verborgen hatten, während ich ihm half, die Federn von seinem Mantel zu bürsten. Er sagte es zwar nicht, aber ich merkte, daß er vor allem nicht wollte, daß Mrs. Evans etwas von dem Vorfall merkte.

Dann machten wir uns an die Wäsche, und ich hätte gerne gewußt, was die gute Mrs. Evans gesagt hätte, wenn sie ihren Colonel dabei hätte sehen können. Er versuchte gerade, Bettücher aufzuhängen. Aber er bemühte sich wirklich zu helfen, und inzwischen konnten wir schon ein bißchen über die ganze Sache lachen.

»Sie hatte so gute Zeugnisse«, sagte er traurig, und ich tröstete ihn wohl kaum mit dem Hinweis, daß ich gehört hätte, sie schrieben sie sich normalerweise selbst.

»So eine anständige Frau. Und ich glaubte, sie sei so eine einmalige Entdeckung.«

Das war zuviel für mich, und nun begann sogar der Colonel zu sehen, daß die Sache auch ihre amüsanten Seiten hatte.

»Aber wo kann sie den Alkohol hergehabt haben?« überlegte er. »Ich hab' ihren Koffer selbst ins Haus getragen, und er ist ziemlich leicht gewesen.«

»Ich nehme an, daß er bei ihrer Abreise nicht mehr ganz so leicht gewesen ist. Sie wird sich über den Brandy gemacht haben, den Sie für Anne gekauft haben.«

Ich hatte recht. Der Brandy war weg, dazu noch eine Flasche Gin. Weder Mrs. Silver noch ihr Koffer hatten das Haus leer verlassen.

Anne erholte sich schnell und kam heraus, um uns Vorwürfe wegen der Wäsche zu machen.

»Das war ein Theater!« lachte sie. »Susan, wie konntest du nur sagen, daß ältere Frauen vollkommen sicher sind? Sie sind viel schlimmer als junge Mädchen. Oh Papa, Liebling, ich hab' dich immer für so tapfer gehalten, aber du schautest so restlos entsetzt drein, als diese Frau dich zu umarmen drohte. Was hätten wir ohne Tim nur gemacht?«

Der Colonel schüttelte sich. »Verdammte Sache, wenn man gegen eine Frau Gewalt anwenden muß.« Dann wechselte er das Thema und hielt eine lange Rede über die modernen Zustände, bei denen man so schwer Hilfen bekam — und die offensichtlich der Grund für Mrs. Silvers Fall gewesen waren.

»Aber ich versuche es noch einmal«, sagte er entschlossen, als wir nach Tiri zurückfuhren. »Ich bekam mehrere Zuschriften, und es war reines Pech, daß ich diese unerfreuliche Person ausgesucht habe. Das nächste Mal versuche ich es mit einer jungen, sie wird wenigstens nicht . . .«, und er verstummte.

». . . nicht angeln wollen, lieber Colonel«, ergänzte ich, und er grinste verlegen.

Anne tat ihr Bestes, ihn davon abzuhalten, aber er war wie ein Jagdhund auf einer Fährte. Innerhalb von drei Tagen hatte er gefunden, was er »ein junges Mädchen aus kleinen Verhältnissen, aber sehr arbeitswillig« nannte.

Diese Beschreibung entsetzte mich, und er fügte entschuldigend hinzu: »Sie heißt anscheinend Ruby.«

Bald holte er das junge Mädchen aus kleinen Verhältnissen,

brachte es zu Anne und hoffte sehnsüchtig, daß seine Bemühungen diesmal Erfolg haben würden.

»Ich kann es ihm einfach nicht ins Gesicht sagen, aber sie ist fürchterlich«, vertraute Anne mir eine Woche später an, als sie die Zwillinge von der Schule abholte und mich dabei besuchte. »Sie ist jetzt seit einer Woche bei mir und hat noch keinmal gebadet. Und einmal hat sie die Kartoffeln trocken geschält und sie gekocht, ohne sie zu waschen. Als der Brei fertig war, hatte er eine dunkelgraue Farbe. Alles in der Küche ist pappig oder fettig, und die Handtücher...«

»Kann sie kochen?«

»Ach was«, sagte Anne resigniert. »Einmal brachte sie Tim eine Hammelschulter zum Frühstück, die eine halbe Stunde im Ofen gewesen war. Sie sagte, sie hätte sie für ein Kotelett gehalten. Und du solltest sie bügeln sehen! Sie fährt mit dem Eisen einmal über die Sachen drüber und rollt sie dann zusammen.«

»Was kann sie eigentlich?«

»Mal überlegen«, sagte Anne und kämpfte mit sich, um gerecht zu sein. »Sie spült halt so ab, nur sind die Teller alle schmierig; und sie spielt gerne mit den Kindern. Aber am liebsten geht sie anscheinend hinüber zum Camp und macht Tee für die Männer, die Tim für die Arbeit am Zaun hat.«

Ruby schien also auch kein besonderer Erfolg zu sein; ich war erleichtert, als Anne ein paar Tage später anrief und erzählte, daß Tim sie an diesem Vormittag in den Bus zur Stadt gesetzt hatte.

»Was ist diesmal passiert? Wieder Gin?«

»Nein, getrunken hat sie wenigstens nicht, und sie hat auch nichts gestohlen. Aber heute früh ist Tim zufällig um fünf aus dem Haus gegangen, weil er Schafe mustern wollte, und er traf sie, wie sie gerade vom Camp zurückkam. Sie sagte, einer der Männer hätte furchtbar Zahnweh und hätte Trost gebraucht.«

Ich lachte. Das war diskret ausgedrückt. »Was hast du dem Colonel gesagt?«

»Nur, daß wir uns der Verantwortung für sie nicht gewachsen fühlten.«

Was sicherlich ebenso diskret ausgedrückt war.

Obwohl Anne seine Gefühle so weit wie möglich geschont hatte, sah der Colonel recht niedergeschlagen aus, als er und Ursula Larry besuchten. Ich war zufällig auch dort, und wir versuchten ihn zu trösten.

»Es hängt alles so vom Zufall ab, wenn man per Anzeige Hilfe suchen muß«, sagte ich zu ihm. »Manche Leute denken sich gar nichts dabei, wenn sie eine Arbeit annehmen. Sie wollen nur das Geld und haben sowieso nicht vor, länger als ein paar Wochen zu bleiben. Aber es muß doch noch jemand Zuverlässiges zu finden sein!«

»Wohl kaum jemand, der auf einer Farm in den Backblocks Hausarbeit machen will«, sagte Larry. »Man kann das niemandem übelnehmen. Was wird schon geboten, außer dem Lohn? Und in einer Fabrik in der Stadt kann man besser verdienen. Es ist nicht nur auf dem Land so, in der Stadt haben sie genau die gleichen Schwierigkeiten. Heutzutage macht niemand gerne Hausarbeit. Ich selbst zum Beispiel auch nicht.«

Die Herausforderung galt Ursula, und sie biß sofort an. Sie warf einen prüfenden Blick auf die Fenster, denen das Putzen nichts geschadet hätte, und sagte: »Aber eine Frau muß die Hausarbeit auf sich nehmen. Es ist ihre Pflicht ihrem Gatten gegenüber. Ein Mann kann mit Recht erwarten, daß sein Haus in Ordnung gehalten wird.«

»Meinen Sie? Sam tut das nicht. Er hat diese Hoffnungen aufgegeben«, entgegnete Larry vergnügt. »Er ist dankbar für drei Mahlzeiten am Tag und ein Paar Socken, an dem die Hunde nicht herumgekaut haben.«

Larry machte bloß Sprüche. Sie ist eine sehr tüchtige Hausfrau, und Fenster sind eigentlich ihr einziger schwacher Punkt. Und ihre Hunde natürlich. Normalerweise läuft immer ein junger herum, und gerade bearbeitete ein goldiger Neufundländer einen alten Schuh von Sam.

Er war nur für den Hund zum Spielen aufgehoben worden, aber Ursula konnte das nicht wissen. Sie errettete ihn mit der vorwurfsvollen Bemerkung, daß man den Zerstörungstrieb eines Tieres nicht unterstützen dürfe. Sie fuhr fort: »Mich wundert es immer, wie die Männer sich mit Schoßhündchen abfinden. Sie müssen ihre Hunde, die für die Arbeit da sind, draußen in Hundehütten halten, und es muß sie verrückt machen zu sehen, wie ein unnützer junger Hund ihre eigenen Sachen kaputt macht.«

Ich sah Larrys Augen aufblitzen. Über sie, über Sam und die Kinder konnte man sagen, was man wollte, aber sie bekam mit großer Wahrscheinlichkeit einen Wutanfall, wenn jemand etwas gegen ihre Hunde sagte. Ich wechselte schleunigst das Thema, was sich noch als verhängnisvoll herausstellen sollte.

»Wenn wir alle zusammen überlegen, dann fällt uns schon jemand ein, der Anne helfen kann, meint ihr nicht auch?«

Und dann passierte etwas Fürchterliches. Ursula Maitland sagte in ihrer direkten Art, mit einem lauten, lebhaften Lachen: »Wißt ihr was — wie wäre es mit mir? Mich nützlich machen, wißt ihr, mit zugreifen und auch Tim helfen. Der tut mir richtig leid. Als ich vor kurzem dort war, kam er müde heim und machte sich tatsächlich wieder an die Arbeit, spülte ab und brachte die Kinder ins Bett.«

Das war zu viel für Larry. »Weil es Anne an diesem Tag nicht gut gegangen ist!« schnauzte sie Ursula an. »Und warum auch nicht? Es sind genauso seine Kinder, und seine Teller übrigens auch. Und auch sein Baby, das in ein paar Wochen kommt. Es ist völlig in Ordnung, daß er mit zugreift.«

Das war ein Ablenkungsmanöver, und ich hoffte auf seinen Erfolg. Es wäre schrecklich, wenn Ursula sich in Annes friedlichem kleinen Heim einnistete. Sie würde sie herumkommandieren und hinter Tim herrennen und wie wild arbeiten, um ihm zu zeigen, wie tüchtig eine Frau sein und dabei immer noch gepflegt aussehen kann.

Ich sagte schnell: »Tim hilft ihr ja gerne. Das tut jeder Mann in dieser Situation. Normalerweise kommt Anne ausgezeichnet zurecht, aber im Moment geht es ihr nicht besonders gut.«

Aber es war zu spät. Das Gesicht des Colonels hatte sich aufgehellt, und ich konnte sehen, daß der Gedanke an Ursula als Annes Beistand und Hilfe von seinen Gedanken Besitz ergriffen hatte. Er sagte: »Ursula, meine Liebe, das hat dir der Himmel eingegeben. Unwahrscheinlich lieb von dir. Du spielst also tatsächlich mit dem Gedanken ...?«

Wieder dieses Lachen. Es war nicht nur meine Einbildung, daß es wie Pferdegewieher klang. Ich suchte krampfhaft nach einer Möglichkeit, diesen Plan zu vereiteln, der Annes Glück sicher stören würde. Ich sagte: »Selbstverständlich ist es furchtbar liebenswürdig, aber ich glaube, vielleicht ...« Und dann fiel mir nicht mehr ein, wie ich den Satz beenden sollte, oder wie ich ihr beibringen könnte, daß Anne von dieser Idee sicher nicht begeistert sei.

Larry begann: »Wißt ihr, eigentlich hab' ich gedacht, daß ich leicht zweimal in der Woche zu Anne gehen und ihr beim Waschen und Bügeln und solchen Sachen helfen könnte. Ich würde es wirklich gerne tun ... Und Susan sicher auch, nicht wahr?«, wandte sie sich mit einer verzweifelten Bitte an mich.

Aber Ursula beachtete uns überhaupt nicht. »Ich bin glücklich, wenn ich dir damit einen Gefallen tun kann«, strahlte sie den

Colonel mit schlecht gespielter Bescheidenheit an. »Ich brauche nicht faul herumzusitzen, wenn ich mich wo nützlich machen kann. Hausarbeit? Dagegen habe ich wirklich nichts. Muß ja oft bei Bekannten aushelfen, wenn die Aufwartefrau nicht kommt. Einfach genug in Annes kleinem Haus, noch dazu sind die Kinder den ganzen Tag in der Schule. Ich konnte nie verstehen, warum Anne sich deshalb so anstellt, dabei hilft Tim ihr doch, und er ist so tüchtig.«

Larry holte tief Atem und sah mich an. Ich schüttelte den Kopf. Der Colonel strahlte vor Glück und Erleichterung. Das mußten sie untereinander ausmachen. Es gab nur eine Rettung — Tim zu erwischen und ihm irgendwie klarmachen, wie unangenehm das für Anne werden würde. Inzwischen beglückwünschten der Colonel und Ursula einander in einer aufreizenden Weise, und als sie sich erhoben, um zu gehen, sagte der alte Mann herzlich: »Ich bin dir außerordentlich dankbar, Ursula. Wie selbstlos von dir. Du bist wirklich freundlich und tüchtig. Ich bin sicher, daß es meinem kleinen Mädchen jetzt gut gehen wird.«

Ursula versuchte wieder, bescheiden auszusehen. »Nicht der Rede wert«, sagte sie abweisend. »Aber ich werde mein Bestes tun, um mich nützlich zu machen.«

Was ich ihr aufs Wort glaubte.

Als sie gegangen waren, wandte sich Larry zu mir und schob mir die ganze Schuld zu. »Warum hast du diese idiotische Bemerkung über ›alle zusammen überlegen‹ gemacht? Und warum hast du es so weit kommen lassen? Siehst du nicht, daß diese Frau in den nächsten beiden Monaten Anne das Leben zur Hölle machen wird?«

»Natürlich sehe ich das — aber was hätte ich machen sollen? Du warst ja auch nicht klüger!«

»Weil du den Kopf geschüttelt hast! Ich wollte gerade sagen, daß Anne davon sicher nicht begeistert wäre, und daß sie und Tim viel besser allein auskommen.«

»Das wäre wirklich taktlos gewesen. Und es hätte einen Krach gegeben.«

»Das wollte ich ja. Nun, es ist passiert. Was machen wir jetzt? Du kennst Anne ja. Sie schluckt alles, bis es ihr dann plötzlich zu viel wird und sie durchdreht. Niemand kann es aushalten, wenn Ursula sich bei ihm nützlich macht — keine Frau, wollte ich sagen — und Anne hat jetzt schon genug von ihr. Susan, wir müssen einfach etwas dagegen tun!«

Ich hatte diesen Satz in den letzten Jahren oft genug gehört, und er brachte für gewöhnlich Schwierigkeiten mit sich. Dieses Mal war ich fest entschlossen, nur mit Tim zu reden und mich weiter nicht einzumischen.

Ich sagte: »Wir können nur versuchen, Tim die Sache klar zu machen. Wenn ich daran denke, wie er mit Mrs. Silver fertig geworden ist, dann weiß er sicher auch Ursula zu nehmen.«

»Da hab' ich wenig Hoffnung. Du weißt selbst, wie vernarrt die Guten in diese großartige Frau sind. Wir können es ja einmal versuchen. Sie arbeiten heute alle drei auf eurem Hof. Gehen wir, und reden wir mit Tim.«

Aber es wurde ein vollständiger Reinfall. Dummerweise konnten wir Tim nicht allein erwischen. Die drei Männer tranken gerade in der Küche ihren Tee, als wir kamen, und Sam sagte sofort: »Was gibt's? Ich sehe es Larry an der Nasenspitze an, daß etwas nicht stimmt.«

Larry stürzte sich in den Kampf. »Also, der Colonel und Ursula waren gerade bei uns, und sie haben einen Plan ausgeheckt, der dich interessieren dürfte, Tim.«

»Großer Gott, was hat der alte Knabe denn jetzt schon wieder vor? Noch so eine Ruby?«

Hier beging Larry einen Fehler. Sie sagte: »Nein, schlimmer. Ursula hat sich erboten, zu euch zu kommen und sich nützlich zu machen, wie sie es nennt.«

Alle drei Männer starrten uns an, als wären wir vom Himmel gefallen. Dann sagte Paul: »Aber das ist verdammt nett von ihr. Du hast Glück, Tim.« Und Sam schloß sich an: »Wirklich eine gute Nachricht. Anne ist ihre Sorgen los. Genau das, was man von so einer großartigen Frau erwartet.«

Wir schauten Tim an. Er war unsere letzte Hoffnung. Aber er grinste albern. »Donnerwetter, die Idee ist gut. Mächtig anständig von ihr. Keine Sorgen mehr für Anne. Ursula wird sich um alles kümmern.«

Und Paul gab uns den Rest: »Du wirst ein herrliches Leben haben, Tim. Sie wird sich um Anne kümmern und die Kinder versorgen. Sie wird es dir richtig gemütlich machen. Sie gehört zu den Frauen, die wissen, was Männer schätzen.« Dann fing er meinen wütenden Blick auf und fügte schnell hinzu: »Natürlich geht es hier um Anne. Ursula wird ihr eine große Hilfe sein.«

Ohne ein weiteres Wort drehten Larry und ich uns um und verließen die Küche.

4

Innerhalb von drei Tagen hatte Ursula sich in Annes Haushalt eingerichtet und führte ihn. Anne reagierte wie erwartet und ließ sich nichts anmerken. Sie sagte zu mir am Telefon: »Es ist schrecklich lieb von ihr, Susan«, und es klang wie eine Verteidigung. Ich stimmte hastig zu; es würde für sie noch anstrengend genug werden, da brauchte ich es ihr nicht noch schwerer zu machen.

Und Tim war so ein Dummkopf. Als die drei einmal auf dem Heimweg von Te Rimu hereinschauten, grinste er wie ein Honigkuchenpferd.

»Es geht wunderbar mit Ursula!« vertraute er mir in der Küche an. »Sie teilt ihre Zeit so großartig ein. Heute früh hing die Wäsche doch tatsächlich schon um acht Uhr auf der Leine, und sie kam heraus, um mir das Schafgatter aufzumachen und die Nachzügler zusammenzutreiben. Sie reitet ausgezeichnet.«

Ich murmelte etwas ins Spülbecken und ärgerte mich. Anne ritt ebenfalls ausgezeichnet, und sie hatte sich immer eifrig bemüht, Tim zu helfen, wenn die Zwillinge ihr Zeit dazu gelassen hatten. Doch mußte ich zugeben, daß sie weder Ursulas Reitstil noch eine englische Reitausrüstung besaß.

Tim redete weiter: »Weißt du, sie ist viel bei Jagden geritten und hat angeboten, Sahib das Springen beizubringen. Das wird ein Spaß, wenn er beim Sportfest mitmacht. Selbstverständlich wird sie ihn reiten.«

Selbstverständlich würde sie Annes Pferd reiten, und selbstverständlich würde sie gewinnen. Ich war so unvernünftig, mich noch mehr zu ärgern. Sahib war ein temperamentvoller schwarzer Wallach, etwa einen Meter fünfzig hoch, den der Colonel Anfang des Jahres zu einem Preis gekauft hatte, den er nicht verriet, und seiner Tochter geschenkt hatte. Wegen ihrer Schwangerschaft hatte Anne ihn fast nie reiten können, und das tat ihr sehr leid. Nun würde sie zusehen müssen, wie jemand anderes mit ihrem Pferd einen Sieg erritt — jemand, der das sicher nur seinen eigenen Fähigkeiten zuschreiben würde.

Ich wünschte mir sehr, ein Pferd zu besitzen, das es mit Sahib auf unserem Sportfest in Tiri aufnehmen konnte. Dann hätte ich Larry gebeten, es zu reiten, und Ursula hätte einen gefährlichen Gegner gehabt, denn so gut sie auch ritt, sie hatte doch nicht den Kontakt zu den Pferden wie Larry — diese völlige Übereinstimmung, die Pferd und Reiter eins scheinen läßt. Aber weder Larry noch ich hatten ein Pferd, das beim

Wettspringen hätte mitmachen können, nicht einmal, bei dem hiesigen Sportfest. Ich sagte gehässig: »Und findet sie auch Zeit, Anne genauso zu helfen wie dir?«

»Natürlich! Deshalb ist sie ja bei uns. Es ist erstaunlich, wie sie sich alles so gut einteilt, daß sie es ohne Schwierigkeiten schafft. Der Colonel sagte erst gestern, daß es doch etwas ganz anderes wäre mit so einer Frau im Haus, und daß wir großes Glück hätten.«

Ich konnte mir diese beiden Dummköpfe gut vorstellen, wie sie dasaßen und einander beglückwünschten, und Ursula schnurrte dazu wie eine Katze. Zweifellos mußte Anne sich sehr klein und häßlich vorkommen. Aber es ist seltsam, daß auch die besten Männer kein Verständnis dafür haben, wie empfindlich eine Frau sein kann, besonders, wenn sie in wenigen Wochen ein Kind erwartet und höchst unvorteilhaft aussieht. Und die arme Anne sah sich einer sehr schlanken, eleganten Frau gegenüber, die auf alles die passende Antwort wußte und sie auch mit großem Nachdruck gab.

Immerhin hielt Anne es bisher erstaunlich gut aus. Durch ihre natürliche Würde ließ sie sich nie in die Rolle der eifersüchtigen und unvernünftigen Ehefrau drängen. Sie bekräftigte alle meine Höflichkeiten und stimmte zu, daß das Leben nun viel leichter für sie sei, seit Ursula sich nützlich machte. (Wir hatten uns anscheinend alle diesen Ausdruck angewöhnt, und ich hatte ihn schon gründlich satt.)

Der Besuch verlief angenehm. Wie immer kümmerte sich Ursula recht auffällig um Tim und bediente ihn, der es sonst gewohnt war, sich bei uns selbst zu versorgen. »Noch eine Tasse Tee, Tim?« Und ich ließ sie hinauseilen und den Tee holen, wobei sie bemerkte: »Zwei Löffel Zucker, oder? So wichtig für dich, wenn du den ganzen Tag Energie verbrauchst.«

Als sie aufbrachen, bot sie zu meiner Überraschung an, zu fahren.

»Du hast selten Gelegenheit zum Ausspannen. Willst du mit Anne hinten sitzen?«

Tim war etwas verlegen, lehnte aber entschieden ab. Vielleicht konnte Ursula mit Autos nicht so gut umgehen wie mit allem anderen — Frauen immer ausgenommen.

Ursula war offensichtlich verärgert, und ihr Lachen klang gereizt. »Du traust wohl meinen Fahrkünsten nicht ganz. Ich kann dir versichern, daß ich durch ganz England und halb Europa gefahren bin.«

»Das glaube ich dir gerne«, sagte er beschwichtigend. »Aber du mußt doch zugeben, daß die Straßen hier bei uns ein wenig anders sind als da drüben?«

Es war ihr unerträglich, daß jemand ihre Fähigkeiten bezweifelte, aber sie nahm sich zusammen. »Ich finde eigentlich nur eure Autos ein bißchen schwer zu handhaben. Ich versuchte es kürzlich mit Pauls, und ich fand die Plackerei mit den Gängen recht ermüdend. Aber daran gewöhnt man sich vermutlich.«

Anne sagte, etwas zu höflich: »Oder die Autos sind zu alt. Die neuen Modelle sind recht einfach zu fahren, aber das hier ist — genau wie Pauls — fünf Jahre alt.«

So wenig es auch war, zeigte es doch deutlich genug, daß ihr diese Frau schon auf die Nerven ging.

Ich ging ins Haus zurück und sagte zu Paul: »Ich verstehe nicht, wie sie das schafft.«

Natürlich meinte ich, wie Ursula es fertigbrachte, so reizend zu den Männern zu sein, daß sogar die intelligenten darauf hereinfielen; aber Paul sagte mit einer Wärme, die ich bei ihm nicht gewöhnt war: »Ja, es ist erstaunlich, wie sie das alles fertigbringt. Anne hat wirklich Glück.«

Als ich am nächsten Tag Larry von Pauls Reaktion erzählte, lachte sie nur: »Typisch. Aber wenn wir uns merken lassen, wie sehr wir uns ärgern, machen wir uns nur lächerlich. Wir werden also Ursulas Loblied immer mitsingen, wenn uns die Männer hören können.«

»Weißt du, daß sie Annes Sahib für das Sportfest trainiert?«

»Ja. Sie reitet gut, aber ich wollte...«

Ich wußte, was Larry wollte — sich ein Pferd wie Sahib leisten können. Aber Sam hatte keine hundert Pfund übrig, um so ein Pferd für seine Frau zu kaufen, und so etwas hätte Larry auch niemals von ihm verlangt. Nichts hätte sie dazu gebracht, auch nur mir gegenüber zuzugeben, daß sie sich ein anderes Pferd gewünscht hätte als ihr braves Pony, das sie seit Jahren ritt.

Wir freuten uns alle auf das Sportfest von Tiri. Die Idee war neu für unsere Gegend, und wir hielten es dieses Jahr erst zum dritten Mal ab. Das Ganze war noch dilettantisch, aber uns gefiel es so. Ein richtiges Provinztreffen mit ein paar Außenseitern, bei dem sich lauter alte Bekannte trafen. Natürlich kamen auch gute Pferde aus anderen Gebieten, aber Tiri war zu abgelegen, um die anzuziehen, die bei den anderen Provinztreffen die Runde machten und die Preise kassierten. Es war zu mühsam, wertvolle und gut trainierte Pferde auf unseren kurvigen Straßen über weite Entfernungen zu transportieren, nur wegen der sehr bescheidenen Preise, die wir uns leisten konnten. Wir waren nur froh darüber und genossen unser anspruchsloses Sportfest so wie es war. In den beiden vergangenen Jahren hatte es im Februar stattgefunden, das war für die Farmer am günstigsten, das Heu war eingeholt, die Lämmer verkauft und das Wetter verhältnismäßig beständig. Aber dieses Jahr mußten wir es in den Dezember legen, denn jeder andere Termin war schon von einem Sportclub aus der Nähe oder einem Kricketspiel oder einem Schulpicknick belegt. Wir fanden das Fest genau am Samstag vor Weihnachten zwar lästig, aber es gab keine andere Möglichkeit.

Ursula würde einen neuen Maßstab in Eleganz setzen, und wenn es ihr gelang, sich mit Sahib zu befreunden, dann würden sie ein eindruckvolles Paar abgeben. Wir unterhielten uns eines Abends darüber, als Tony heimkam, und ich sagte: »Er ist ein prachtvolles Pferd. So etwas gibt es nicht noch einmal in der Gegend, aber natürlich konnte auch nur der Colonel so einen Preis zahlen.«

Das hätte ich nicht sagen sollen. Paul hatte Tony zum Geburtstag ein sehr gutes Pony geschenkt, zu einer Zeit, als sie wegen Norman Craig sehr unglücklich gewesen war. Babette hatte kein Vermögen gekostet, weil wir keines ausgeben konnten, aber wir hatten sie zu einem sehr günstigen Preis bekommen, da ihr früherer Besitzer einen guten Platz für sie suchte. Er hatte sie aufgezogen und war dann sehr enttäuscht gewesen, als er zu schwer für sie war. Außerdem war er in der gleichen Kompanie in Afrika gewesen, wie alle unsere Männer. Paul hatte günstig eingekauft, und Babette war Tonys wertvollster Besitz.

Paul schaute ein wenig beleidigt, sagte aber nichts, Tony dafür um so mehr.

»Sahib ist überhaupt nicht besser als Babette. Er ist etwas höher, dafür hat Babette einen hübscheren Kopf und einen viel liebenswürdigeren Charakter. Sahib ist scheußlich nervös und reizbar und mag keine Fremden. Die gute Babette stört so etwas gar nicht, sie ist ein vollkommenes Lamm. Ich bin sicher, daß sie genauso gut springen kann, obwohl ich es bisher nur über Baumstämme versucht hab'. Wenn ich nur besser reiten könnte, dann würde ich beim Sportfest mitmachen und vielleicht gegen diese Frau gewinnen.«

Paul war nicht begeistert von der Art, mit der sie über die tüchtige Ursula sprach, die er so bewunderte, und sagte scharf: »Ursula Maitland reitet ausgezeichnet, natürlich im englischen Stil. Du kannst dich unmöglich mit ihr vergleichen. Sie ist in England viel bei Jagden geritten, und diese Engländerinnen kann man schon ihres Stiles wegen nicht schlagen.«

Das sind genau die Bemerkungen, die das Herz jeder Neuseeländerin höher schlagen lassen!

Tony steckte den Anschnauzer widerspruchslos ein, sie hielt nicht viel von ihren Reitkünsten, und Paul fährt einen so selten an, daß wir dann immer nachgeben. Sie sagte: »Ach, ich weiß, daß ich es nicht könnte, und ich mach' mir auch nichts daraus, aber ich hätte so gerne, daß Babette zeigen kann, wie gut sie ist. Könntest nicht du oder Susan sie reiten?«

Ich sagte hastig: »Ich nicht, Tony. Es tut mir leid, aber ich gehöre nicht zu den gelernten Springreiterinnen.«

Paul sagte freundlich, aber ziemlich uninteressiert: »Mein liebes Mädchen, du unterschätzt immer deine Reitkünste. Ursula natürlich...«

(»Ursula natürlich...« — Ich hatte mich inzwischen daran gewöhnt, das zu hören.)

»Und wie steht es mit dir, Paul?« Tony wollte unbedingt, daß ihre Babette mitmachte.

Dann fiel mir Larrys Gesicht ein, als sie sagte: »aber ich wollte...«, und ich hatte die Lösung des Problems. »Tony, würdest du sie Larry leihen? Sie ist nicht schwer, trotz ihrer Größe, und du weißt, wie sie mit Pferden umgehen kann. Wenn jemand auf Babette gewinnen kann, dann sie.«

Tonys Gesicht hellte sich auf. »O Susan, was für eine himmlische Idee! Aber ob Larry das tun wird? Es braucht doch viel Zeit!«

Paul lachte. »Larry nimmt sich die Zeit für sowas, und wenn die Familie von Brot und Wasser leben müßte.«

Das ärgerte mich. Larry hatte zwar ihre eigene zwanglose Art, war aber genauso tüchtig wie Ursula, und ich war so dumm, das zu sagen, und erhielt die Antwort: »Du kannst die beiden nicht vergleichen. Larry wird zwar immer irgendwie fertig. Sie ist sehr klug. Aber sie haßt Routine und Methode, und das muß man haben, um wirklich tüchtig zu sein.«

Ich sandte ein Stoßgebet um Geduld gen Himmel und schwieg. Nur weil Larry damit angibt, daß sie keine Routine mag, und sich weigert, montags zu waschen, und um neun Uhr abends den

Küchenboden putzt, wenn es sie packt, meint Paul, sie könne sich ihre Zeit nicht einteilen. Ich hielt es für ungefährlicher, das Gespräch wieder auf die Pferde zu bringen.

»Natürlich müßtest du Babette ganz Larry überlassen. Das bedeutet, daß du sie die Woche über nicht in Tiri haben kannst, aber ich kann dich gut am Montag morgen hinbringen und am Freitag abend wieder abholen. Da hab' ich gleich eine gute Ausrede, Tantchen öfter zu besuchen.«

Tony stürzte zum Telefon. »Larry, ich möchte so gerne, daß Babette am Sportfest beim Springen mitmacht. Sie wäre sicher gut. Der Mann, von dem Paul sie gekauft hat, hat es gesagt, aber ich hab' es nur so auf der Koppel ausprobiert und ich reite sowieso nicht gut genug. Würdest du sie trainieren und beim Rennen reiten?«

Die Antwort kam prompt. »Würde ich wohl gerne in den Himmel kommen? Nur, daß Babette reiten mehr nach meinem Geschmack ist. Ja, ganz klar, Tony, liebend gerne. Aber — wie steht es mit dir? Kannst du sie einen ganzen Monat entbehren?«

»Natürlich. Am Wochenende komm' ich dann immer und schau euch zu. O Larry, glaubst du, sie kann Sahib schlagen?«

»Wir werden verdammt gute Chancen haben. So ein Spaß, Tony, und gerade im richtigen Moment. Ich hab' mich schon so gelangweilt, daß ich mit dem Gedanken spielte, einen Hausputz zu machen. Sam wird dir schrecklich dankbar sein. Er haßt die Putzerei, weil ich immer neue Ideen habe, wie man die Zimmer einrichten könnte, und dann muß er Möbel rücken. Lächerlich, daß ein großer, starker Mann deshalb so ein Theater macht.«

Sam, der gerade im Zimmer war, schnappte sich den Hörer aus der Hand seiner Frau und sagte: »Tony, hör dieser Frau nicht zu. Heute früh bestand sie darauf, das ganze Schlafzimmer so umzuräumen, daß sie vom Bett aus zum Fenster hinausschauen kann. Als wir fertig waren, entschied sie, daß man so alle kaputten Stellen im Teppich sehen kann und meinte, ich würde doch sicher gerne alles wieder zurückräumen. Dann stellte sie mir noch eine Kommode auf den Fuß. Jetzt werde ich mein ganzes Leben lang hinken. Hausputz ist die Hölle auf Erden. Mir wäre es wesentlich lieber, sie ritte ein halbes Dutzend Pferde im Zirkus.«

»Sie wird keine Zeit mehr für einen Hausputz haben, wenn sie Babette nimmt und ihr das Springen beibringt.«

»Dem Himmel sei Dank. Eine gute Idee, das Pferd beim Sportfest mitmachen zu lassen. Ich hab' gehört, daß Ursula

Maitland Sahib trainiert. Gegen ihn hat Babette selbstverständlich keine Chancen, besonders, wenn Ursula ihn reitet. Diese Engländerinnen sind im Geländeritt vielleicht nicht so gut, aber sie verstehen was vom Springen.«

Als Tony mir dieses Glanzstück später wiedergab, fügte sie nachdenklich hinzu: »Ich finde das wirklich komisch. Die Männer mögen Ursula alle so gerne, und doch hat sie nicht geheiratet.«

Ich sagte boshaft: »Jemanden aus der Ferne zu bewundern und seiner Frau als Vorbild hinzustellen, das ist einfach. Mit ihr verheiratet zu sein, das ist etwas anderes.« Und Tony meinte, es müsse nervtötend sein, wenn jemand einen dauernd kritisierte, besonders beim Frühstück.

Sie sagte: »Ein Mann, der sie nicht für großartig hält, ist Colin Manson. Er sagte vor kurzem zu mir, daß eine Frau, die alles zu wissen und zu können glaubt, schrecklich langweilig sei. Überhaupt nicht charmant, sagt er.«

Jetzt wollte ich Ursula plötzlich verteidigen und sagte scharf: »Er ist vermutlich einer von denen, die das Heimchen am Herd schätzen, das zu seinem Herrn und Meister aufblickt und sich ihm fügt.«

Worauf Tony mit Recht erwiderte, daß ich anscheinend schwer zufriedenzustellen sei. Zwar mochte ich Ursula selbst nicht, aber ich nahm anscheinend an, daß hingegen Colin dazu verpflichtet sei.

Der Grund dafür war, daß Colin in Tonys Leben eine wichtige Rolle zu spielen schien, und ich war so dumm, mich darüber aufzuregen. Letztes Wochenende war er unter dem Vorwand zu unserer Farm gekommen, daß er mit Paul über den Kauf eines Hubschraubers reden wolle, mit dem man Unkrautvertilgungsmittel über die steilen Hügel sprühen konnte. Ob er sich mit Colin und noch ein paar anderen zusammenschließen und an dem Hubschrauber beteiligen wolle? Ich fand das recht unnötig. Er wohnte fünf Meilen weit auf der anderen Seite von Tiri, und dort gab es einige andere erfolgreiche Farmer, die sicher gerne bei dem Unternehmen mitgemacht hätten, ganz zu schweigen vom Colonel und Julian. Aber er erklärte, daß die Anschaffungskosten für die Maschine beträchtlich seien, und je mehr Verwendung man dafür finden könne, desto besser.

Paul war von der Idee begeistert, genau wie Sam und Tim. Unser Grund ist an manchen Stellen sehr steil, und es war fast unmöglich, den Ginster auszurotten, der eindrang und sich schnell und verheerend ausbreitete. Ein Hubschrauber war die beste

Lösung. Die Besprechung dauerte so lange, daß Colin zum Essen dablieb und nachher mit Tony über die Farm ritt.

Er war sehr geschickt und lobte alles überschwenglich, als er zurückkam.

»Wunderbar, wie Sie das alles gemacht haben! Sie haben recht, das ist die beste Methode, mit dem Ginster fertig zu werden. Immerhin haben Sie davon nicht so viel wie ich. Aber mit dem Hubschrauber werden wir ihm schon Herr werden. Ich hielt das für die beste Lösung, wollte aber erst mit jemand so erfahrenem wie Ihnen darüber reden und Ihre Meinung hören. Sie kennen das Land gut.«

Natürlich sagte Paul nachher, er sei ein netter Kerl und habe die richtige Einstellung zur Landwirtschaft. »Nicht einer von diesen Besserwissern, die kommen und meinen, sie könnten uns was erzählen.«

»Es geht doch nichts über neue Gesichter in der Gegend«, sagte ich boshaft, denn unsere drei Männer waren neuen Siedlern gegenüber nie so freundlich gewesen, wie es sich eigentlich gehört hätte. Aber Colin hatte es geschickt angefangen, und Tony hatte ihn zweifellos gerne. Seine leichtfertige Einstellung dem Leben gegenüber brachte sie zum Lachen. Wenn sie sich Abwechslung gewünscht hatte, so war ihr die jetzt sicher, denn niemand hätte ein größerer Gegensatz zu Norman Craig sein können.

Ich hoffte, daß nicht mehr dran war, denn meiner Meinung nach war Colin nicht besonders zuverlässig. Außerdem hatte ich gehört, daß er recht erfahren mit Mädchen war. Offensichtlich fand er Tony anziehend, was aber nicht viel bedeutete, denn unser verlorenes kleines Mädchen von vor zwei Jahren schien für Männer nun ziemlich unwiderstehlich zu sein. Er war oft im Supermarkt, wenn ich auch gerade kam, und Tony war vergnügt und flirtete kräftig mit ihm. Aber dann behandelte sie alle anderen genauso und war sich vermutlich klar darüber, daß Colin keine ernsten Absichten hatte. Ich versuchte, mir das einzureden, und Larry mein Unbehagen nicht merken zu lassen.

Tantchen ahnte offensichtlich meine Gedanken, denn sie sagte eines Tages tröstend: »Tony hat viele Verehrer, Susan. Es ist interessant, wie schlecht manche Junggesellen ihren Haushalt plötzlich führen können. Früher haben sie mir einmal in der Woche eine telefonische Bestellung aufgegeben, und jetzt kommen sie jeden Freitag abend vorbei und brauchen schrecklich viel Zeit zum Einkaufen.«

Ich erzählte ihr von dem Hubschrauber. »Ich weiß, daß die

Idee gut ist. Paul wollte es schon lange einmal damit versuchen, aber Colin wird es als Vorwand benützen, sich an unsere Familie anzuschließen.«

Sie schüttelte mißbilligend den Kopf. »Also Susan, nehmen Sie sich zusammen. An so was müssen Sie sich gewöhnen. Wenn Sie das stört, dann hätten Sie keine so hübsche Nichte bei sich aufnehmen dürfen.«

Sie wechselte schnell das Thema und fragte, wie Larry mit Babette vorankäme.

»Sie hat sie ja noch nicht lange, aber Sam hat ein paar gute Hindernisse aufgebaut, und Larry ist ganz weg vor Begeisterung. Sie sagt, Babette sei die geborene Springerin und sehr intelligent. Haben Sie eine Ahnung, wie Sahib sich entwickelt?«

»Ursula kam am Samstag auf ihm heruntergeritten und entschuldigte sich furchtbar, weil sie mich am Wochenende störe. Sie sah sehr elegant aus, und vermutlich hätte Sahib jedem Pferdefreund gefallen. Er tänzelte umher, aber das störte das Mädchen nicht. Er warf dauernd den Kopf hoch in der ekelhaften Art, wie es Pferde eben tun, aber sie lachte nur darüber und sagte, es sei ein Jammer, daß er an eine so schlechte Reiterin wie Anne vergeudet würde.«

»Das hat sie wirklich gesagt? Typisch für sie. Dabei hat sie Anne kein einziges Mal auf einem Pferd gesehen. Sie haben ihr hoffentlich gründlich die Meinung gesagt?«

»Aber Susan, Sie wissen doch, daß mir das nicht liegt. Ich sagte nur sanft, daß Babys und temperamentvolle Pferde schlecht unter einen Hut zu bringen seien, daß Anne aber später sicher viel Freude an ihm haben würde. Es ist sinnlos, sich mit dieser Frau zu verfeinden. Sie benimmt sich so gut sie kann, und sie hilft Anne durch eine schwierige Zeit.«

»Kurz gesagt, sie macht sich nützlich. O ja, ich weiß, sie ist ein Muster von Tugend.« Worauf Tantchen nur antwortete, es sei ein Jammer, daß ich die meine nicht mehr pflegte, und dann mit der Frage ablenkte, ob ich schon gehört hätte, daß Peter Anstruther in ein oder zwei Tagen heimkommen sollte.

»Nein. Ich hab' Julian und Alison seit einiger Zeit nicht mehr gesehen. Sie wird sich freuen, wenn ihr Bruder wieder da ist. Das war eine lange Reise, nicht wahr?«

»Sechs Monate. Er hat es nötig gehabt, nachdem er jahrelang hier angekettet war und seine selbstsüchtige Mutter bedient hat. Es war ein Glück für die beiden, daß sie heiratete, obwohl Sie und Larry ja bei dieser Geschichte die Hände mit im Spiel gehabt haben. Nein, ich will nichts hören. Je weniger ich von eurem Treiben weiß, desto besser.«

Tantchen hatte sich diese Haltung angewöhnt, seit Larry und ich eines Tages das Verbrechen begangen haten, die Telefonleitung durchzuschneiden, um ein Eingreifen des Colonels bei der Hochzeit von Anne und Tim zu vermeiden. Bis heute hatten wir über diese Affäre weder gesprochen, noch sie Tantchen direkt erzählt. Aber wir waren uns beide ziemlich sicher, daß sie unsere Rolle dabei schon lange ahnte.

Ich sagte schnell: »Ich kenne Peter eigentlich kaum. Komisch, wo wir doch mit Alison so gut befreundet sind, aber er war immer auf der Farm beschäftigt und war ernsthaft und zurückhaltend. Mögen Sie ihn, Tantchen?«

»Sogar sehr. Und Sie werden ihn auch mögen, wenn Sie ihn erst kennengelernt haben. Ernsthaft? Nun, er albert eben nicht immer herum, wie gewisse Leute. Aber in meinen Augen steigt er deshalb nur um so höher«, und Tantchen bemühte sich um einen strengen Gesichtsausdruck.

An diesem Abend sagte ich zu Paul: »Peter Anstruther soll diese Woche von seiner Reise zurückkommen. Ich bin gespannt, ob er jetzt etwas geselliger ist, nachdem er sich für einige Zeit von seiner Farm losgerissen hat.«

»Gesellig? Vermutlich meinst du damit, daß er zu allen Tanzveranstaltungen und nach Te Rimu rennen soll? Das kann ich mir von Peter nicht vorstellen. Er ist mehr einer von den Zuverlässigen und Ruhigen.«

Aus Pauls Mund war das das höchste Lob. In meinen Augen war es nicht unbedingt eine Empfehlung, und in Larrys auch nicht. Noch weniger sicher in Tonys.

Ein oder zwei Tage später rief Tony an: »Susan, ich möchte so gerne, daß die Hochzeit in der Kirche ist!«

»Jetzt ist es also passiert!« dachte ich niedergeschlagen. Natürlich Colin Manson. Aber was für eine Art, mir das mitzuteilen! Um Zeit zu gewinnen, murmelte ich: »Was hast du gesagt, Tony?«

»Ich hab' gesagt: eine richtige Hochzeit. Standesämter sind scheußlich. Ich hab' zwar noch nie eines gesehen, aber ich bin sicher, daß es dort nur Staub und verkalkte alte Männer gibt.«

Immer noch um Zeit zu gewinnen, sagte ich konfus: »Ich bin auch noch nie in einem gewesen, aber sie sind sicher nicht sehr aufregend.«

»Und letztes Mal war die Trauung nur standesamtlich, also ein Grund mehr, diesmal in der Kirche zu heiraten. Da kann sie nichts an früher erinnern, denn so verrückt es auch klingt, Susan, ich glaub', sie macht sich immer noch viele Sorgen wegen dem schrecklichen Kerl.«

Ich war erleichtert. Sie sprach von Edith Freeman, wie wir sie nannten, obwohl sie von Rechts wegen Edith Bolton hieß.

»Wann heiraten sie denn? Ich dachte, sie wollten sich in aller Stille davonmachen und sich in der Stadt trauen lassen.«

»Das wollten sie auch. Gräßlich langweilig. Das macht überhaupt keinen Spaß.«

Irgendwie hatte ich das auch nie von Ediths Hochzeit erwartet. Edith war von ihren traurigen Erfahrungen mitgenommen, und Ted war zwar ein herzensguter Kerl, aber nicht besonders lustig. Sie regten beide nicht sehr zur Fröhlichkeit an. Als ich das zu sagen wagte, war Tony empört.

»Gerade deshalb müssen sie einen richtigen Start haben! Ich hab' Edith erklärt, daß sie ein passendes Kleid haben und im engsten Kreis in unserer kleinen Kirche heiraten müsse. Und hinterher eine ganz kleine Party, irgendwo.«

Ich war ziemlich sicher, daß das »irgendwo« für die ganz kleine Party unser Haus sein würde; und warum eigentlich nicht? Tony sprudelte weiter.

»Gegen die Kirche spricht gar nichts. Schließlich ist ja keiner von beiden geschieden.«

Da Edith nie richtig verheiratet gewesen war, war das nur zu wahr. Wahr war auch, daß sie für all das nichts gekonnt hatte. Ich war überzeugt, daß kein Pfarrer Einspruch erheben würde, am wenigsten unser netter Mr. Mason, den wir nun an Stelle von Norman Craig hatten. Aber ich fragte mich, ob es dem Paar nicht lieber sei, nur aufs Standesamt zu gehen und irgendeinen Trauzeugen zu nehmen.

Tony war über diesen Einwand entrüstet. »Schrecklich! Nein, diesmal soll sie etwas haben, woran sie sich ihr ganzes Leben lang erinnert. Dann wird sie das andere sicher vergessen.«

Tony war wirklich noch recht jung. Edith würde die Vergangenheit wahrscheinlich nie vergessen. Aber Tony war so begeistert, daß ich sie nicht darauf hinweisen wollte. Mir gelang es schließlich zu sagen: »Aber das Kleid? Ist das nicht unnötig, wenn sie so wenig Geld hat?«

Denn Freeman hatte sie nicht nur ohne einen Pfennig Geld sitzen lassen, er hatte auch auf ihren Namen Schulden gemacht, mit deren Abzahlung sie sich herumzuschlagen hatte. Mit Miss Adams Hilfe und dem Beistand eines Rechtsanwalts war es ihr gelungen, die Sache mit fast allen Firmen zu regeln. Nur eine war geldgierig und hatte kein Mitleid, und sie bekam von ihr immer wieder eingeschriebene Briefe. Wenn die kamen, brach sie immer in Tränen aus.

Tony sagte: »Aber sie braucht sich doch keines zu kaufen. Ich hab' genau das richtige, und wir haben ungefähr die gleiche Figur. Wenn es nicht paßt, dann änderst du es doch, Susan, bitte?«

Das war klar, aber ich wollte wissen, an welches Kleid Tony dachte.

»Weißt du, das, das Daddy mir gekauft hat, als wir zur Jahresfeier seiner Firma gegangen sind. Es ist ein reizendes Kleid.«

Das stimmte, aber ich fand es für Edith als Brautkleid nicht passend. Immerhin war sie schon einmal einem Bigamisten zum Opfer gefallen. Ich wagte zu sagen: »Ist das nicht zu anspruchsvoll? Ich finde, Edith braucht etwas Einfacheres.«

»Aber es ist einfach. Solche Kleider sind jetzt Mode. Es ist nur wegen dem Schnitt und der Stickerei so teuer gewesen. Es ist einfach süß, und ich möchte es ihr so gerne schenken. Daddy kann mir ja ein neues kaufen, wenn er mich wieder zu einer Party mitnimmt, und weil er das sowieso für Ewigkeiten nicht mehr tun wird, hat er das erste dann schon längst vergessen.«

»Hast du dir das auch genau überlegt, Tony? Vielleicht brauchst du es doch noch selbst?«

»Sicher nicht. Können wir heute Abend zur Anprobe kommen? Und hast du oder Larry zufällig einen passenden Hut? Ich setze ja nie einen auf, und wenn, dann so einen albernen, der Edith nicht stehen würde.«

Ich sagte, daß Anne sicher etwas für sie hätte, wenn wir keinen fänden, und daß ich mich freuen würde, Tony heute Abend zu sehen. Dann fragte ich: »Wie geht es übrigens deinem Schützling, Caleb Fielder? Hat sich etwas getan?«

»Noch nicht, aber er erwartet jeden Tag, daß er hinausfliegt, der arme Kerl. Ich grüble immer darüber nach, aber ich muß mich jetzt erst um Edith kümmern.«

Ich lachte, als ich den Hörer auflegte. Wenn Tony nicht so jung und hübsch gewesen wäre, dann hätte es uns sicher gestört, daß sie ihre Nase in alles steckte.

Tony hatte erklärt, sie könnten nur ein oder zwei Stunden bleiben, weil im Supermarkt so viel zu tun sei, und fügte vergnügt hinzu: »Nur um schnell zu sehen, ob du es überhaupt ändern mußt. Wenn es gar nicht paßt, müssen wir natürlich etwas anderes suchen. Larry ist zu groß, aber vielleicht hast du oder Anne...«

Mir wurde klar, daß wir nun alle hineingezogen wurden.

Ich sagte zu Larry: »Eigentlich schäme ich mich, daß ich mich um Ediths Hochzeit nie gekümmert hab'. Es sah so uninteressant aus.«

»Wir sind natürlich schon ein bißchen zu alt, um von Hochzeiten zu schwärmen. Wir haben das Gefühl — wieder ist eine gute Frau in die Falle gegangen.«

Dann sagte sie ernsthaft: »Tony hat recht, und wir sind egoistisch gewesen. Es stimmt, daß Edith uninteressant und ein wenig langweilig ist. Aber Tony schließt alle immer gleich ins Herz. Wir sollten uns ein Beispiel an ihr nehmen. Also los, sorgen wir dafür, daß die Hochzeit ein rauschendes Fest wird.«

Anne sagte fast das gleiche. »Ich hab' Tony richtig lieb. Sie ist so ungeheuer jung.«

»Mit deinen sechsundzwanzig bist du auch kein Methusalem.«

»Ich fühle mich aber bald so. Viel älter als Ursula. Susan, sieht sie nicht gut aus?«

»Für einen Pferdefreund vielleicht. Aber wie steht es mit einem Hut, Anne?«

»Da find' ich sicher was. Was für eine Farbe hat das Kleid? Dieses entzückende Blaugrün? Tony müßte bildschön damit aussehen.«

»Das glaub' ich auch. Sie hat sicher viel Erfolg gehabt auf Alastairs Party, mit kastanienbraunem Haar, braunen Augen und magnolienfarbener Haut.« Das Kleid war genau richtig für sie. Nicht für Edith Bolton, die unscheinbar war wie eine kleine Maus.

Anne fuhr fort: »Sicher hab' ich irgendwas — vielleicht dieses Ding aus dunklem Stroh, etwas ganz Schlichtes. Er gefiel mir sehr gut, aber Tim nicht, deshalb hab' ich ihn nie aufgehabt. Sag' Tony, sie soll auf dem Weg zu euch hereinschauen, ich werde ein paar Hüte herrichten.«

Larry hatte versprochen, zu kommen und bei der Kleiderprobe zu helfen. Als sie kam, zog sie die wunderschöne Türkiskette heraus, die ihr Onkel Richard zum letzten Geburtstag geschenkt hatte.

»Ich leihe sie ihr. Sie paßt genau zum Kleid. Ist es nicht unglaublich, um wieviel schöner Onkel Richards Geschenke geworden sind, seit er Lydia geheiratet hat? Sie waren früher immer so scheußlich. Das Kleid ist wirklich reizend. Am liebsten würde ich ihr die Türkise schenken, aber ich trau' mich nicht, Onkel Richard hat die unangenehme Angewohnheit, seine Geschenke zu überprüfen, wenn er uns besucht. Als wenn ich nicht in Ehren hielte, was ich von ihm bekomme.«

»Das ›in Ehren halten‹ ist mir neu«, sagte ich boshaft und erinnerte sie an den gräßlichen Anhänger, den Onkel Richard ihr vor Jahren geschenkt hatte, und den sie einem Juwelier verkauft hatte. Dabei war sie fast erwischt worden, und allein Julians Geistesgegenwart hatte sie gerettet.

Sie überging das mit der Bemerkung, daß das eine alte Geschichte sei und ich lernen müsse, mich von der Vergangenheit zu lösen. Ich brauchte mir keine passende Anwort mehr zu überlegen, denn Tony und die Braut kamen gerade.

Tony stürzte ins Haus, mit einer Hutschachtel in der Hand. »Anne hat uns ein paar zum Aussuchen mitgegeben. Ich bin schon sehr gespannt. Ist das Kleid nicht reizend? Genau das richtige für Edith, aber sie stellt sich furchtbar an und meint, daß sie es nicht annehmen könne. Bring du ihr bei, Susan, daß ich es einfach nicht mehr haben will.«

Edith blickte unglücklich drein, und sie war nur schwer dazu zu überreden, das Kleid auch nur anzuprobieren.

»Aber das geht doch nicht. Es ist viel zu schön. Tony, es ist dein Kleid, genau deine Farbe und dein Stil!«

»Das stimmt nicht, und außerdem gehört es jetzt dir. Mein Hochzeitsgeschenk — mit dem Unterzeug, das dazugehört. Du wirst dich selbst nicht mehr kennen, Edith, wenn wir erst mit dir fertig sind. Keine Widerrede! Willst du für Ted nicht hübsch aussehen?«

»Ja, schon! Ted ist so gut und lieb zu mir. Aber ich kann dir doch nicht dein neues Kleid wegnehmen, und ich bin nicht so hübsch wie du.«

»Abwarten!« Und in kürzester Zeit hatte sie ihr das Kleid über den Kopf gestreift, und Larry hatte ihr die Kette umgelegt. Die Wirkung war überraschend. Tony hatte recht gehabt mit der Farbe, sie bewirkte bei Ediths ordentlicher, unauffälliger Erscheinung das, was die Verkäufer »nachhelfen« nennen. Ihre Augen waren von einer unbestimmten Farbe und schienen nun so blaugrün wie das Kleid, und ihr weiches blondes Haar ließ sie sehr zart aussehen. Sie war eine süße kleine Braut, und Ted Stuart würde glücklich sein.

Der Hut paßte genau. Anne erzählte mir später, sie sei sich damit sehr schön vorgekommen, aber Tim habe nur einen Blick darauf geworfen und gesagt: »Der ist für die Gartenarbeit, nicht wahr, Liebes?« und sie hätte sich nie mehr überwinden können, ihn wieder aufzusetzen. »Also bin ich Edith richtig dankbar, daß sie ihn mir abnimmt.«

Als wir Edith angekleidet hatten, und Tony ihr das Gesicht flüchtig, aber wirkungsvoll zurecht gemacht hatte, führten wir sie vor den großen Spiegel in meinem Zimmer. Sie starrte ihr Spiegelbild eine ganze Weile an, und dann stieg ihr langsam eine hübsche Röte in die Wangen. Vermutlich kam ihr da zum ersten Mal der Gedanke, daß in dieser Ehe nicht nur Ted der Gebende war.

»Dem Himmel sei Dank, daß wir einen kleinen Funken Selbstvertrauen in ihr entfacht haben«, sagte Larry nachher. »Stell dir nur vor, wenn sie immer geglaubt hätte, ihm dankbar sein zu müssen. Ted wird dankbar sein, wenn er sie durch die Kirche auf sich zukommen sieht.«

»Ich hätte gerne gewußt, was Ted von diesen ganzen Vorbereitungen hielt.«

»Ach, dem ist es recht«, sagte Tony gutgelaunt. »Edith bat mich, es ihm beizubringen, und er wandte nichts ein. Ich hielt die Gelegenheit für günstig, auch gleich von einem neuen Auto zu reden. Er kann es sich leisten, und seine alte Karre würde bei der Hochzeit fürchterlich aussehen.«

»Und ist er damit einverstanden, daß du alle seine Angelegenheiten in die Hand nimmst?« Das war natürlich Paul.

Tony war erstaunt. »Aber Paul, das tu' ich doch gar nicht!

Edith ist nur so unglaublich schüchtern. Ich versteh' das gar nicht.«

»Wirklich? Ich schon«, sagte er grimmig, aber Tony sprudelte weiter.

»Dann, als wir über Autos redeten, fragte ich, wohin sie ihre Hochzeitsreise machen würden. Und stellt euch vor, auf diese Idee ist er überhaupt noch nicht gekommen!«

»Aber ich nehme an, du hast ihm auch das beigebracht?«

»Wirklich nicht! Ich hab' nur gesagt, daß das keine richtige Hochzeit wäre, wenn sie dann gleich zum Kühemelken heimgingen. Und wie wäre es mit Caleb?«

»Wie was mit ihm wäre?« fragte ich verwirrt. »Was hat er damit zu tun?« Sollte Caleb auch noch in diese Hochzeit verwickelt werden?

»Ich hab' gedacht, er könnte so lange auf Teds Farm leben und die Kühe versorgen.«

»Und damit soll Caleb fertig werden? Er wird versuchen, die einen zweimal zu melken und die anderen vergessen.«

»Damit hast du nun wirklich nicht recht, Susan. Ein paar Tage lang versorgt Caleb alles wunderbar. Es wäre ja nicht für so lange, daß er alles durcheinander bringen könnte, und er ist schrecklich nett und lieb zu Tieren. Und außerdem so zuverlässig und vorsichtig. Und es würde ihm gut tun, wenn er dann auch zur Hochzeit kommen könnte...«

In dem Moment lachten Paul und ich laut los, und Paul sagte: »Beim Teufel, du bist eine Gefahr für die Allgemeinheit, Tony. Du wirst bald alles in der Gegend organisieren.«

Tonys hübsche Augen wurden sehr groß, und sie war beleidigt. »So ein Blödsinn, Paul. Ich versuche nie, jemanden herumzukommandieren. Ich mache nur Vorschläge!«

Das nächste Opfer für einen Vorschlag war der Colonel. Nachdem ihm Tony alles über die Hochzeit erzählt hatte, fragte er: »Wie steht es mit einem Empfang nach der Trauung? So nennt man das wohl heutzutage nicht mehr? Ich meine so eine Art Party. Macht man doch für gewöhnlich?«

»Ja. Susan wird sicher eine geben, und wir wohnen nur neun Meilen von Tiri weg.«

Der Colonel wohnte nur drei Meilen weg.

»Warum so weit laufen? Nein, belästigen Sie Susan nicht damit. Die hat genug zu tun. Ich werde ein Wort mit Mrs. Evans reden, sie liebt Partys.«

Mrs. Evans versorgte den Colonel seit dem Tod von Annes

Mutter, und sie war mit allem einverstanden, was der Colonel wünschte. Tony sagte hoffnungsvoll: »Es werden sicher nicht viele. Auch wenn alle von uns aus Tiri kommen, sind wir nur etwa zwanzig.« Aber Mrs. Evans meinte gemütlich: »Meine Liebe, Sie leben hier noch nicht so lange wie ich. Wir werden wesentlich mehr als zwanzig Leute sein. Aber Miss Adams hat Kuchen bestellt, und den Rest übernehme ich gerne. Ich mag diese kleine Frau, und es ist eine Schande, wie dieser Freeman sie behandelt hat.«

Tatsächlich rührte sich bei allen plötzlich das Gewissen.

Für Tony gab es jetzt kein Halten mehr. Als sie das nächste Mal heimkam, sagte sie zu mir: »Susan, könntet ihr mir einen Gefallen tun, du und Larry? Edith hat praktisch keine Aussteuer. Ihr ganzes Geld ist für die Rechnungen von dieser Firma draufgegangen. Sie würde sich sicher ungeheuer freuen, wenn sie ein paar nette Sachen zum Anziehen hätte. Stell dir vor, sie hat sich seit einem Jahr kein neues Kleid mehr gekauft«, und Tony, die ein großzügiges Taschengeld von ihrem Vater bekam, und außerdem den Lohn, den ihr Miss Adams unbedingt zahlen wollte, machte ein tragisches Gesicht. Sie fuhr fort: »Daddy hat mir einen Scheck geschickt, damit ich allen Weihnachtsgeschenke kaufen kann, aber ihr habt ja beschlossen, das dieses Jahr einzuschränken.«

Klang das wehmütig? Im Grunde war Tony noch in dem Alter, in dem man an Weihnachtsgeschenken viel Freude hatte. Ich sagte unsicher: »Ach, so genau braucht man es nicht zu nehmen. Nur kein umständliches Essen und keine Unmengen von Geschenken für andere Leute.«

»Ich finde die Idee wirklich ausgezeichnet, und so bequem. Natürlich werde ich ein paar Leuten in Tiri etwas schenken, die nett zu mir gewesen sind, wie Mick und der Colonel.« (Ich amüsierte mich darüber, wie sie die beiden in einem Atemzug nannte, und hoffte, der Colonel würde sich auch amüsieren.)

Sie redete weiter: »Im Augenblick kann ich nicht nach Te Rimu fahren, weil wir fürchterlich viel zu tun haben, und du und Larry, ihr wißt sowieso besser, was Edith brauchen kann. Könntet ihr bitte Daddys Scheck für eine Aussteuer für Edith nehmen? Ich weiß, daß er es verstehen wird.«

Das würde er sicher nicht. Edith war sicher nicht nach seinem Geschmack. Aber ich mußte natürlich zustimmen. Tony wickelte uns einfach alle um den Finger. Doch ich war froh, daß sie nicht selbst fahren konnte. Ich hatte nicht vor, das ganze Geld, das Alastair seiner Tochter geschickt hatte, für eine Ausstattung für Ediths sehr einfaches Farmerleben zu verwenden, und ich wußte, daß Tony Großartiges vorhaben würde.

Ich erwiderte: »Selbstverständlich machen wir das. Schreib uns nur eine Liste von allem, was wir kaufen sollen«, und beschloß im Stillen, ein Wort mit Paul zu reden. Die Hochzeit begann eine Sache von allgemeinem Interesse zu werden, und wir waren immer so stolz darauf gewesen, daß alle in der Gegend so gut zusammenhielten.

Ich sprach mit Larry darüber, und sie war begeistert. »Ganz klar, daß Sam da beisteuert. Schließlich war es nicht die Schuld dieser armen kleinen Frau, daß sie diese Schulden abbezahlen mußte, und außerdem geben wir dieses Jahr nichts für Weihnachten oder ein großes Essen oder sowas aus. Viel besser, dafür etwas zu zahlen.«

Paul war der gleichen Meinung. »Natürlich helfe ich. Viel vernünftiger, als einen Haufen Geld für Geschenke auszugeben, die doch niemand will. Die Frau hat ihr Teil hinter sich, wir sollten ihr wirklich helfen.«

Tony brach fast in Tränen aus, als sie von Pauls Scheck hörte. Dann kicherte sie plötzlich. »Wenn der Gute nur wüßte, daß er der nächste ist, dem ich einen Vorschlag zu machen hab'! Er muß einfach für Edith den Brautvater machen. Es gibt niemanden anderen, der sich breitschlagen ließe, und außerdem sieht Paul so gut aus.«

Das war zu viel für mich. Ich lachte schwach und sagte: »Wenn du das fertigbringst, dann ist dir wirklich nichts unmöglich — aber trotzdem viel Glück!«

Der Bräutigam tat alles, was er von Tony gesagt bekam. Er hatte ein viel moderneres Auto gekauft, mit Caleb ausgemacht, daß er die Farm für drei Tage übernehmen würde, und mit dem Pfarrer gesprochen. Dann war er nach Te Rimu gefahren und hatte einen Ring gekauft, und war nun sehr zufrieden mit sich.

Die Hochzeit sollte schon in einer Woche stattfinden, und Larry und ich fuhren eiligst in die Stadt, um für Edith einzukaufen.

»Und wir können dabei gleich ein paar Kleinigkeiten für Weihnachten besorgen«, sagte sie beiläufig.

»Ich dachte, wir machen dieses Jahr keine Weihnachtseinkäufe.« Larry wich aus. »Ach, nicht direkt Einkäufe. Nur so bei Gelegenheit ein paar Kleinigkeiten.«

»Aber du hast gesagt, daß es sowas dieses Jahr nicht gäbe.

Nicht diese Hin-und-her-Schenkerei. Du hast viel darüber geredet, und ich hab' es für abgemacht gehalten.«

»Komm, Susan, ich wollte, du wärst nicht so stur. Man merkt, daß du älter wirst. Du kennst das doch, wie die Leute im letzten Moment noch Geschenke schicken, wenn man schon hofft, daß sie einen endlich vergessen haben.«

»Und das ist genau der richtige Moment, um festzubleiben und nichts zurückzuschicken.«

Larry lenkte ab, wie gewöhnlich. »Du bist komisch, Susan. Du siehst so lieb und freundlich aus, und im Grunde deines Herzens bist du so grausam. Im Prinzip hast du natürlich recht, aber ...«

Das war es. Dieses »aber« erfaßte die ganze Lage.

Anne bestand darauf, daß wir unsere Kleinen zu ihr brachten. Als wir widersprachen und sagten, daß sie uns keine Last seien — was restlos gelogen war — ergriff Ursula den Hörer und sagte fröhlich, daß das gut ginge. Sie werde nicht mit Tim auf der Farm draußen arbeiten und könne sich leicht um die Kinder kümmern. Eigentlich habe sie noch nie verstanden, warum man so ein Getue mit Kindern mache. Sie habe nie Schwierigkeiten mit ihnen.

Als ich Larry das erzählte, lachte sie grimmig. »Warte nur, bis sie Patience und Mark einen Tag lang gehütet hat. Dann hält sie uns vielleicht nicht mehr für vollkommen blöd.«

Der Colonel kam extra heraufgefahren, um die Kinder zu holen und uns den Umweg zu ersparen. »Mühe? Keine Rede davon. Sie werden unter Ursulas Obhut wie die Lämmer sein.«

Wir verbrachten einen herrlichen Vormittag und waren sehr zufrieden mit unseren Einkäufen. Wir kauften für Edith ein paar Baumwollkleider und noch ein eleganteres. Dann konnten wir uns in der Wäscheabteilung lange nicht entschließen, und nachher kauften wir sogar noch ein Paar hübsche Sandalen und Schuhe für den großen Tag. Das konnten wir, da Tony Edith ihr einziges gutes Paar geklaut und uns als Muster mitgegeben hatte, und sie es glücklicherweise nicht vermißt hatte. Nach Hüten schauten wir gar nicht, Edith würde selten Gelegenheit haben, einen zu tragen, und wir wollten sie schließlich nicht mit Geschenken überhäufen. Es blieb Tony überlassen, ihr alles zu überreichen und sie zur Annahme zu bewegen. Sie würde ihre Sache sicherlich gut machen, auch wenn sie sich nicht ganz an die Wahrheit hielte.

Am Nachmittag feierten wir die Tatsache, daß wir ohne

Kinder unterwegs waren. »Da läuft gerade ein Film«, begann Larry, und das genügte schon.

Auf dem Land geht man wenig ins Kino. Larrys und meine Auffassung von Vergnügen entsprechen sich völlig; notwendige Einkäufe, ein exotisches und schwerverdauliches Mittagessen, und ein Film. Als er zu Ende war, wankten wir leicht benommen ans Tageslicht hinaus und lechzten nach einer Tasse Tee.

Dann murmelten wir etwas von »Geschenke für die Kinder kaufen« und trennten uns. Es sei so einfach diesmal, erklärten wir einander, da wir nur für sie einzukaufen brauchten. »Mir tun all die armen Teufel leid, mit langen Listen in der Hand, die sich um Sonderangebote schlagen«, sagte Larry überheblich.

Bald darauf entdeckte ich Larry mitten im Gewühl, sie hatte sich der kämpfenden Menge angeschlossen. Gleich darauf war ich ebenfalls darin untergetaucht und suchte ein Buch für den Colonel aus und eines für Mrs. Evans und eine Krawatte für Mr. Evans. Dann kam Tantchen an die Reihe — wir hätten auch nicht im Traum daran gedacht, ihr nichts zu schenken. Und so ging es weiter, bis ich mir einen Weg durch die Freitagabend-Einkäufer bahnte, hinein in ein großes Warenhaus, das eine riesige Glückwunschabteilung hatte. Besser, ein paar in Reserve zu haben, so für den Fall ...

Ich hatte mir fünf Dutzend beiseite gelegt, als ich eine Stimme sagen hörte: »Ich nehme ein paar von diesem Regal«, und ich war nicht überrascht, als ich Larry sah — erhitzt und zerzaust und mit Unmengen von Paketen in der Tasche. Ich schlüpfte hinter ein hohes Regal und sah ihr zu, wie sie in fünf Minuten fünfzehn Schillinge ausgab. Dann verstaute ich meine eigenen Karten tief in der Tasche und gesellte mich zu ihr mit der freundlichen Bemerkung: »Sag bloß, du gibst dich mit diesem altmodischen Kram ab? So eine Geldverschwendung.«

Auf dem Heimweg fingen wir plötzlich zu lachen an. Larry fragte: »Wieviel hast du ausgegeben? Nicht für Edith, mein' ich. Von deinem eigenen Geld für unnötige Weihnachtsgeschenke?«

Wir bekannten es einander und kamen zu dem Schluß, daß dieses Weihnachten zwar ganz einfach, jedoch nicht billig werden würde.

Tony stellte sich ziemlich an, weil wir nicht ihr ganzes Geld für Edith ausgegeben hatten, aber unsere Einkäufe gefielen ihr sehr. Sie sagte: »Alles klappt wie am Schnürchen. Ted hat ein recht anständiges Auto gekauft, und Caleb kann kommen und die Kühe versorgen. Ich glaub', er ist dankbar dafür, denn er hat so Angst davor, plötzlich hinausgeworfen zu werden. Aber etwas ist passiert, was mir nicht recht ist, Susan. Edith liegt so viel daran, daß ich Brautjungfer mache. Ich glaub', ich werd' furchtbar doof aussehen, aber ich werd' schon etwas zum Anziehen finden, und vielleicht sieht es dann mehr nach einer richtigen Hochzeit aus. Sie hat mich so gebeten, daß ich einfach muß.«

»Ich finde die Idee sehr nett«, sagte ich sofort. Dann kam mir ein Gedanke, und ich fragte: »Aber wen nimmt Ted als deinen Herrn? Du brauchst jemanden. Hoffentlich schlägt er nicht Mick O'Connor vor?«

»Das ist schon geregelt«, sagte Tony vergnügt. »Colin war dabei, als wir darüber redeten, und er sagte: ›Sowas mach' ich mit Vergnügen, es macht mir Riesenspaß. Garantiere, daß ich den Ring in der Tasche hab' und mich um die Brautjungfer kümmer'.‹«

Das glaubte ich ihm, aber ich war niedergeschlagen. Hochzeiten sind gefährlich. Sie können ansteckend wirken.

Larry und ich fanden, daß Ursula recht erschöpft aussah, als wir unsere Kinder nach dem Einkaufsbummel einsammelten, und Larry meinte: »Lieber nicht fragen, aber es sieht so aus, als seien die lieben Kleinen doch nicht so lammfromm gewesen, obwohl sie unter Ursulas Obhut gewesen sind.«

Es war auch nicht nötig zu fragen. Ursula rief am nächsten Tag an und sagte, sie hätte gerne ein Wort mit Larry und mir geredet. Das klang bedrohlich. Hatten diese Bälger irgendetwas Schreckliches verbrochen? So schlimm war es jedoch nicht. Ursula wollte uns nur eine Unterweisung geben in der schwierigen Kunst der Kindererziehung.

»Meiner Meinung nach fassen Sie alles ganz falsch an. Die Kinder sind intelligent, und man könnte sie zum Guten beeinflussen.«

Larry sagte sanft, daß wir sie eigentlich selten zu Verbrechen anregten.

»Ich will damit sagen, daß Sie Ihre Intelligenz zu Hilfe nehmen sollten, um der der Kinder immer voraus zu sein.«

Ich warf ein, daß das nur der Teufel könne.

»Sie sollten ihnen immer einen Schritt voraus sein«, fuhr Ursula fort, ohne mich zu beachten. »Immer schon auf die nächste Frage vorbereitet sein, auf das nächste zarte Keimen ihrer Intelligenz gefaßt sein. Hoffen Sie nicht einfach das Beste. Gedankenloser Optimismus ist ein Verbrechen in der Kindererziehung!«

Hier stimmten wir so einmütig zu, daß Ursula uns mißtrauisch ansah. Aber sie redete eifrig weiter. Wir wurden restlos abgekanzelt. Wir verzogen unsere Kinder nicht nur, wir richteten sie zugrunde. Sie benötigten intelligente Unnachgiebigkeit — sie wiederholte das Wort »intelligent«. Sie benötigten eine feste, aber zarte Führung. Kurz, sie brauchten kluge und verständige Eltern. »Ich weiß ja, daß Paul und Sam ihr Bestes tun, aber sie sind nicht immer da. Es ist die Pflicht der Frau« . . . und so weiter.

Sie verließ uns mit der selbstzufriedenen Bemerkung, daß uns wahrscheinlich bisher nur jemand gefehlt habe, der uns diese Dinge klargemacht hätte. Als sie gegangen war, dauerte es einige Zeit, bis wir unseren Humor wiedergefunden hatten. Erst kochten wir vor Wut. Dann sagte Larry: »Komisch, daß wir das nicht schlucken können. Keine Mutter kann das. Wir sind genauso voreingenommen wie die anderen und vertragen keine Kritik an unseren Kindern, keinen Kommentar zu unseren Methoden. Susan, was täten wir nur, wenn wir sie ernst nehmen wollten!«

Danach war es leicht, die gewohnten Phrasen über alte Jungfern und Kinder anzubringen und zu lachen. Aber wir beschlossen, den Männern nichts davon zu erzählen. Wir fürchteten, daß sie Ursula recht geben könnten. Ich sagte: »Am besten versuchen wir es jetzt, Paul beizubringen, daß er bei Edith Brautvater machen soll. Die Gelegenheit ist günstig, denn er ist sehr zufrieden mit dem Geld, das er für die ersten fetten Lämmer bekommen hat.«

Tony interessierte sich zuerst brennend für den Erfolg, den er mit den Lämmern gehabt hatte. »Wie gut du das gemacht hast, Paul! Jetzt hab' ich kein so schlechtes Gewissen mehr wegen des Schecks, den du Susan für Ediths Aussteuer gegeben hast.«

»Schlechtes Gewissen? Nicht nötig. Tue alles, was ich kann, um der armen Frau zu helfen.«

»Meinst du das ernst?«

»Wofür hältst du mich eigentlich?«

»Lieber Paul, würdest du dann noch etwas tun? Ihr nicht nur helfen — sondern ihr auch deinen Arm reichen?«

»Was zum Teufel meinst du damit? Was hast du jetzt wieder vor?«

»Schau, irgendwer muß für Edith den Brautvater machen. Jemand, den alle kennen und achten, keiner von den Neuen. Einer von den Alten. Paul, weißt du, keiner könnte das so gut wie du.«

Ich folgte Tonys Ausführungen mit Anerkennung, während das Lächeln vom Gesicht meines Mannes verschwunden war und einem gehetzten Ausdruck Platz gemacht hatte. Er sagte: »Meinen Arm? Meinen Arm reichen? Nein, Tony, ich stolziere nicht durch die Kirche mit einer Braut am Arm. Nicht für dich und auch für sonst niemanden.«

»Nicht für mich, Paul, sondern für Edith. Du hast gesagt, du tätest alles, was du kannst. Siehst du nicht ein, daß das nötig ist, damit auch alle sehen, daß das Vorgefallene nicht ihre Schuld gewesen ist? Wenn du das tust, dann werden das alle begreifen. Von dir hält man so viel hier in der Gegend!«

»Keine Schmeicheleien! Es gibt genug andere Männer. Warum versuchst du es nicht bei denen?«

»Weil du mein Onkel bist und ich stolz auf dich bin.«

In dieser Art ging es weiter. Paul kämpfte verbissen, aber ich konnte sehen, daß Tony gewinnen würde. Paul machte einen letzten verzweifelten Versuch. Er sagte: »Aber mein Anzug ist uralt!«

Jetzt griff ich ein. Seit drei Jahren versuchte ich, Paul dazu zu überreden, sich einen neuen Anzug zu kaufen. Ich sagte: »Dann kauf dir eben einen neuen! Du kannst ihn dir leisten, und du weißt, daß du ihn dringend brauchst. Außerdem geben wir kein Geld für Weihnachtsgeschenke aus, und du kannst also das Geld dafür nehmen, von dem du mir sonst einen neuen Sattel gekauft hättest.«

Paul blickte verärgert. »Dieser ganze Unfug mit den Geschenken«, brummte er, aber ich war mir klar darüber, daß er nur ablenken wollte, und sagte unbeirrt: »Natürlich sollst du das Geld für dich ausgeben und einen neuen Anzug kaufen. Das predige ich schon seit Ewigkeiten.«

Er starrte vor sich hin. Bei der Wahl zwischen diesen beiden Übeln würde er lieber bei der nächstbesten Braut den Brautvater machen, als gezwungen sein, in die Stadt zu fahren und einen neuen Anzug zu kaufen. Mir wurde klar, daß ich meinen privaten Kampf verlieren würde, Tony den ihren aber gewinnen.

Paul sagte: »Was gibt es an meinem Anzug auszusetzen? Ich kauf' mir keinen neuen, das schlagt euch gleich aus dem Kopf.«

Tony warf mir einen bedauernden Blick zu. Sie wußte, daß sie mich jetzt vernichtete, aber es war notwendig. Sie sagte zuckersüß: »Ist auch nicht nötig! Deiner ist wirklich noch gut, und es ist ja nur eine kleine Hochzeit.«

Er blickte sie finster an, und dann mußte er wider seinen Willen lachen. »Du bist ein hinterlistiger kleiner Teufel. Wozu nur all das Getue? Man könnte denken, es sei deine Hochzeit.«

Sam und Tim brachten viele Gründe vor, warum sie nicht an der Hochzeit teilnehmen könnten. In Wirklichkeit wollten sie sich nur nicht für drei Stunden von ihren Farmen losreißen. Aber Sam änderte seine Meinung, als er hörte, daß Paul für Edith den Brautvater mache, obwohl Tim sich noch an die vergebliche Hoffnung klammerte, daß Anne nicht gehen wolle.

»Zu anstrengend für sie«, erklärte er, aber Larry zerstörte diese Hoffnung.

»Und du glaubst, du kannst zuhause bleiben und ihr Gesellschaft leisten? Das gibt's nicht. Anne kommt. Sie freut sich darauf, den von dir verschmähten Hut durch das Kirchenschiff segeln zu sehen. Es wird ihr guttun. Sie braucht Aufmunterung.«

»Das ist mir neu. Sie ist ja nicht allein. Natürlich vermißt sie die Kinder, seit sie in der Schule sind, aber sie hat doch Ursula. Die leistet ihr großartig Gesellschaft.«

»Das weiß ich. Sie macht sich den ganzen Tag nützlich. Wunderbar für Anne. Trotzdem wird die Hochzeit eine nette Abwechslung sein«, setzte Larry hinzu und nahm sich zusammen, um nichts Boshaftes über Ursula zu sagen.

Tim war beleidigt. »Ich wollte die einjährigen Schafe aussondern.«

»Hättest du sowieso nicht gekonnt. Sam und Paul kommen beide zur Hochzeit.«

»Das macht nichts. Ursula hilft mir sehr geschickt.«

Larry schluckte eine Bemerkung hinunter und blickte Tim besorgt an, sagte aber nur: »Das glaub' ich dir, aber Ursula hätte sicher auch ihren Spaß an der Hochzeit und der Party hinterher. Ich nehme nicht an, daß sie schon einmal auf einer Hochzeit in den Backblocks gewesen ist, und noch dazu ist die Braut schon fünf Jahre mit einem Bigamisten verheiratet gewesen.«

Tim meinte, solche Bemerkungen könne sie sich sparen, aber sicherlich würde Ursula bei der Party eine große Hilfe sein, sie sei so gut im Organisieren.

Larry sagte, daß Ursula unentbehrlich sein werde, und ging dann eiligst zu der Frage über, ob ich einverstanden sei, wenn sie den Brautstrauß richte, ihr Garten sei im Moment voll von Blumen. Ich war erleichtert, denn Larry hat eine geschickte Hand mit Blumen. Sie behauptet, jegliche Blumenkunst zu verachten, und sie mache die Sträuße sehr schlampig, aber das Ergebnis ist immer wundervoll.

Die Hochzeit sollte am Samstag vormittag um elf stattfinden, und die Braut kam Freitag abend mit Tony zu uns. Wir hatten versucht, Tag und Zeit geheimzuhalten, aber es war natürlich durchgesickert. Wir würden uns damit abfinden müssen, daß alle zwanzig Einwohner von Tiri kommen würden und dazu noch einige mit Ted befreundete Farmer. Ich fragte mich, wie viele nachher bei der Party auftauchen würden, aber Mrs. Evans würde allem gewachsen sein. Wenn der Colonel die ganze Gegend einlud, dann tat er es in einer großartigen Weise.

Ich erwachte früh, die Sonne strahlte, und ich schlich auf Zehenspitzen hinaus, um mir etwas Tee zu machen. Ich hörte Geräusche aus dem Gastzimmer und klopfte an die Türe. Edith schlüpfte heraus und sah nicht gerade nach einer Braut aus in ihrem unscheinbaren Nachthemd und den Lockenwicklern im Haar. Ich flüsterte, daß ich Tee machen wolle, und sie folgte mir in die Küche, mit einem alten Mantel um die Schultern.

Ich verlor meinen ganzen Optimismus als ich sie genauer betrachtete. Es würde viel Kleinarbeit kosten, sie in die bezaubernde Braut zu verwandeln, die Tony sich wünschte. Außerdem hatte sie offensichtlich die ganze Nacht geweint, statt dankbar zu sein, und das ärgerte mich. Ihre Augen waren rot gerändert und leicht geschwollen.

In der Küche konnten wir uns unterhalten, ohne jemanden aufzuwecken, und ich fragte sie, ob sie schlecht geschlafen habe.

»Eigentlich nicht, aber ich bin früh aufgewacht und bin dagelegen und hab' nachgedacht.« Dann mit plötzlicher Offenheit: »Mrs. Russell, ich hab' Angst!«

Ich sagte all die Dinge, mit denen man für gewöhnlich eine Braut beruhigt; daß sie Ted gut kenne, daß er freundlich und verständnisvoll sei, daß sie sehr glücklich sein werde, und daß die eigentliche Feier schnell vorbei und die Party sehr lustig sein werde.

»Ach! Alle sind so furchtbar lieb gewesen, und es ist wunderbar, aber ...« Und dann rollte zu meiner Verwirrung langsam eine Träne ihre Wange hinunter.

Ich tat, als hätte ich nichts gesehen, schenkte ihr eine Tasse starken Tee ein und sagte, wie nett es sei, daß wir so schönes Wetter hätten. Aber sie wollte mir ihr Herz ausschütten, und fuhr fort: »Natürlich war Percy ein Nichtsnutz, und nach den ersten paar Wochen war er nicht einmal mehr nett zu mir. Aber ich fand ihn großartig. Wissen Sie, ich war noch ein Kind, und ...«

Das kleine dumme Ding trauerte doch sicher nicht dem widerlichen Freeman nach? Ich dachte an den ruhigen, zuverlässigen Ted und ärgerte mich noch mehr. Ich sagte heftig: »Sie haben ja bald herausgefunden, wie er in Wirklichkeit war, und das Beste, was Sie tun können, ist ihn vergessen, Edith.«

»Ich wollte, ich könnte es, aber es fällt einem schwer, wenn man wieder heiratet.«

Das war eine scheußlich verwickelte Sache, aber der Augenblick schien mir nicht geeignet für den Hinweis, daß sie noch nie verheiratet war. »Aber Sie trauern ihm doch sicher nicht nach? Nach all den unglücklichen Jahren und allem, was passiert ist?«

Zu meiner Erleichterung blickte sie mich erstaunt an. »Ihm nachtrauern? Percy nachtrauern? Natürlich nicht. Darum geht es ja gar nicht, Mrs. Russell. Ich hab' nur so Angst!«

»Wovor fürchten Sie sich denn? Sie sollten sich doch sicher und geborgen fühlen.«

»Das werde ich auch — morgen.« »Warum erst morgen?«

»Sie kennen doch diese Stelle im Gottesdienst ... Ich hab' es gestern Abend gelesen, und deshalb bin ich heute früh ganz verstört aufgewacht.«

»In einem Hochzeitsgottesdienst ist nichts, was einen erschrekken könnte, wenn man einmal den Entschluß zu dieser Heirat gefaßt hat. Und das haben Sie doch?«

»Sicherlich! Ich liebe Ted wirklich. Es ist ganz anders als das, was ich in jenen ersten Tagen für Percy empfunden hab'. Ich war damals noch so jung. Diesmal ist es so ruhig und glücklich.«

Das war immerhin ein Segen. Ich war aber erbittert und fragte scharf: »Was ist denn dann so furchtbar?«

»Sie wissen doch, daß der Geistliche fragt, ob jemand einen Hinderungsgrund weiß, und wenn, so soll er sprechen oder für immer schweigen«, und dann machte sie Anstalten, wieder in Tränen auszubrechen.

»Na und? Es ist doch alles in Ordnung. Es gibt keinen Hinderungsgrund. Es wäre etwas anderes, wenn Sie ... wenn Sie ...« ich wollte nicht sagen: »... wenn Sie wirklich verheiratet gewesen wären«.

Jetzt sprudelte alles heraus, und ich traute meinen Ohren kaum.

»Ich hab' das komische Gefühl, daß Percy versuchen wird, die Hochzeit zu verhindern. Er selbst war nicht nett zu mir, aber er wurde immer sehr unangenehm, wenn ein anderer Mann mich nur anschaute. Er würde wahnsinnig vor Eifersucht, wenn er wüßte, daß ich Ted heirate, und daß es eine richtige Hochzeit mit allem Drum und Dran ist.«

»Und was macht das? Er kann es überhaupt nicht wissen, und selbst wenn ... Er könnte nichts dagegen tun. Außerdem ist er nicht hier. Wahrscheinlich ist er in Südamerika, von dort haben wir das letzte Mal von ihm gehört.«

»Aber — sind Sie wirklich so sicher? Sie wissen, wie gerissen Percy immer gewesen ist. Vielleicht ist er zurückgekommen, ohne daß irgendwer es nur ahnt.«

»Sicher nicht. Er wird nie mehr nach Neuseeland zurückkommen, weil er vor der Polizei Angst hat. Um Himmels willen, Edith, reißen Sie sich zusammen. Ihnen sind nur die Nerven durchgegangen. Freeman ist und bleibt verschwunden. Verschwunden, als sei er tot, was übrigens durchaus möglich ist, nach allem, was wir wissen. Vergessen Sie ihn. Schlagen Sie sich solche dummen Gedanken aus dem Kopf.«

Aber sie schaute immer noch wie eine verschreckte Maus, und sie sagte nur: »Jetzt fühle ich mich besser, Mrs. Russell; Sie sind schrecklich lieb zu mir. Ich weiß, daß es albern ist, aber ich werde mich erst beruhigen, wenn die Stelle im Gottesdienst vorbei ist.«

»Wenn Sie sich aufregen, werden Sie überhaupt keine hübsche Braut sein. Stellen Sie sich nur Tonys Enttäuschungen vor!«

Das wirkte anscheinend. Sie putzte sich entschlossen die Nase und sagte: »Gut, ich werd' es versuchen, solange nichts passiert«, und da tauchte Tony auf, verschlafen und zerzaust und sehr hübsch, und ich war erleichtert.

»Ist das Wetter nicht wunderbar? Wie auf Bestellung. Alles klappt sicher ganz großartig, Edith. Ich bin froh, daß du daran gedacht hast, die Lockenwickler drinzubehalten, Larry und ich werden dir eine leicht gewellte Frisur machen. Das ist zwar nicht gerade Mode, aber es steht dir sicher glänzend«, und sie ging zum Schrank, um sich eine Tasse zu holen.

Ich ergriff die Gelegenheit, Edith eindringlich zuzuflüstern: »Kein Wort davon zu Tony! Verderben Sie ihr nicht den Spaß!« und ich war erleichtert, als die dumme kleine Frau mit dem Kopf nickte.

Tony schwatzte, als sie sich den Tee einschenkte. »Als ich weg war, und alle so moderne, schlichte Frisuren hatten, überlegte ich mir, ob ich mir nicht aus meinen Haaren die Locken herausmachen lassen sollte. Aber Daddy war von dieser Idee offensichtlich wenig begeistert.«

»Das bin ich auch nicht«, sagte ich scharf, ich ließ meinen Ärger an Tony aus. »Ich wäre wütend geworden, wenn du beim Heimkommen wie ein Scotch Terrier durch glatte Strähnen geblinzelt hättest. Du weißt gar nicht, was du für ein Glück mit deinen Haaren hast. Ist dein Kleid gebügelt?«

»Kaum. Es ist noch genau so, wie ich es nach dem Ausflug mit Daddy ausgepackt hab', aber diese neuen Sachen knittern nicht, und außerdem ist es mir egal, wie ich ausseh'.«

»Trotzdem wäre es mir lieber, dein Kleid würde nicht aussehen, als hättest du darin geschlafen«, sagte ich und wünschte, daß Tony das reizende Kleid anziehen könnte, das sie der Braut geschenkt hatte. Das Kleid, das sie jetzt anziehen wollte, war hübsch, aber mit dem anderen nicht zu vergleichen. Aber dann überlegte ich mir, daß sie ja die Braut nicht ausstechen sollte, und wenn Colin Manson sie gar zu bezaubernd fand, dann könnte er von den Ereignissen mitgerissen werden und ihr auf der Stelle einen Heiratsantrag machen — wenn er das überhaupt vorhatte. Ich hatte Klatsch über Colin gehört, und da war sicher etwas Wahres dran, aber, wie gesagt, die Stimmung bei Hochzeiten kann ansteckend wirken.

Larry kam nach dem Frühstück und hatte den sorgfältig in einen Pappkarton verpackten Brautstrauß dabei. Er war wunderschön und sehr schlicht und paßte ausgezeichnet zu dem entzückenden Kleid. Larry hatte vor, Tony zu helfen bei ihren energischen Anstrengungen, die Braut zu verschönern, und ich überließ ihnen das und versuchte, unsere vier Kinder im Auge zu behalten.

Als die Hochzeit auf den Samstag festgelegt wurde, wegen Tony und Miss Adams, sagten Larry und ich wie aus einem Mund: »O weh, dann müssen die Kinder dabei sein!« Und Tony antwortete strahlend: »Ja, ist das nicht reizend? Es wird lustig sein mit ihnen.«

Larry und ich merkten, daß wir zustimmen mußten. Aber der Gedanke, daß alle sechs Kinder, unsere vier und Annes zwei, bei der Trauung von Edith und Ted dabei sein würden, ließ uns Böses ahnen. Sie würden sicherlich etwas anstellen, wenn wir sie nicht trennten.

Larry hatte ihre zwei nun mitgebracht und entschuldigte sich: »Ich konnte nicht anders, Sam ist noch draußen auf der Farm. Ich hab' ihre Kleidchen für die Hochzeit in diesen Koffer gepackt, also können sie in der Zwischenzeit machen, was sie wollen.«

Der Meinung war ich nicht, vielleicht würde sich eines ein Bein brechen oder ertrinken, und so machte ich mich ein paarmal auf die Suche nach ihnen, während Larry und Tony die Braut schön machten. Beim ersten Mal holte ich sie von ihren Ponies herunter, die sie gefangen und gesattelt hatten. Das zweite Mal sammelte ich sie vom Stalldach herunter, wo sie eben einen Kriegstanz aufführten, den sie von ihren kleinen Schulfreunden gelernt hatten. Dann glaubte ich, sie spielten Indianer in der alten Hütte, und ließ sie zu lange allein. Ich kam gerade noch rechtzeitig, um die Katastrophe zu verhindern. Sie hatten sich ein paar Schiffchen aus Rinde gebaut und ließen sie schwimmen — und waren zum einzigen tiefen Tümpel gegangen, strikt verbotenes Gebiet, über dessen Rand sie nun aufgeregt hingen.

Ich brachte sie zum Haus zurück und schimpfte den ganzen Weg lang. Christopher bemerkte, daß ich heute eine gräßliche Spielverderberin sei, und Christina, seine treue Verbündete, beklagte sich, daß sie eine Hochzeit für einen Spaß gehalten habe, bei dem nicht alles, was man gerne täte, verboten war.

Als ich zum Haus zurückkam, läutete das Telefon, und ich hörte Ted Stuarts aufgeregte Stimme: »Hallo, Mrs. Russell?«

Edith mußte mich angesteckt haben, als sie vorhin die Nerven verloren hatte, denn ich befürchtete das Schlimmste. Er war hörbar beunruhigt. Was war passiert? Natürlich war es unmöglich, daß es etwas mit Percy Freeman zu tun hatte, aber trozdem ...

»Es geht um Trilby, Mrs. Russell.«

Trilby? Ich forschte in meinem Gedächtnis vergeblich nach einer Trilby. War es möglich, daß diese Frau zu Teds Vergangenheit gehörte? Aber er sah so aus, als hätte er nie eine Vergangenheit gehabt, abgesehen natürlich von seiner höchst ehrbaren und glücklichen Ehe.

»Wissen Sie, sie hat angefangen, und ich kann sie nicht allein lassen.«

»Angefangen?« Das war ja schrecklich. Nicht Percy, sondern Trilby würde die Hochzeit vereiteln.

»Wissen Sie, es sieht so aus, als könnte sie Schwierigkeiten beim Kalben haben, und ...«

Ich mußte mich sehr zusammennehmen, um nicht vor Erleichterung zu lachen. Trilby war offensichtlich eine Kuh, und sie hatte sich diesen unpassenden Zeitpunkt zum Kalben ausgesucht. Ich murmelte etwas, was hoffentlich mitfühlend und nicht nur albern klang, und er sprach weiter: »Wissen Sie, sie ist meine beste Kuh. Caleb ist ja ein guter Kerl, aber wenn etwas schief geht, wird er nie damit fertig werden, und ...«

Das klang so verzweifelt, daß ich möglichst freundlich sagte: »Das tut mir leid, Ted. Aber was wollen Sie tun? Es wäre nicht schön, Edith warten zu lassen, meinen Sie nicht auch? Sie würde sich schrecklich aufregen.«

Denn der Gedanke war für mich zu entsetzlich, Ediths sowieso schon angegriffene Nerven zu beruhigen, während er Trilby versorgte.

Er sagte: »Ich weiß, Mrs. Russell. Es ist wirklich nicht schön, aber vielleicht wird sie rechtzeitig fertig. Ich hab' Mr. Mason angerufen. Er war sehr verständnisvoll und weiß für einen Pfarrer viel über Kühe. Er sagte, wenn das Kalb bis halb elf nicht da wäre, sollte ich ihn wieder anrufen, und Sie sollte ich bitten, Edith bei sich zu behalten, bis ich kommen kann.«

Das war alles recht merkwürdig, aber ich lebte schon lange genug auf dem Land, um mir über die Bedeutung von Kühen im klaren zu sein, und so sagte ich: »Also gut, wir müssen eben hoffen, daß sie es vorher schafft. Ich werd' es Edith beibringen, und Sie können mich anrufen, sobald Sie wissen, wann Sie Trilby allein lassen und in die Kirche kommen können.«

Dann ging ich ins Schlafzimmer, um es Edith zu berichten. Ich begann: »Ted hat gerade angerufen. Es tut ihm furchtbar leid, aber . . .« So hätte ich nicht anfangen sollen. Es klang schrecklich, Tony schnappte nach Luft, und Larry sah erschreckt auf. Und Edith wandte sich mir vom Spiegel zu und flüsterte: »Ist es . . . ist es Percy? O Mrs. Russell, ich hab' gewußt, daß es so kommen würde.«

Ich dachte: »Jetzt wird sie hysterisch!« und sagte scharf: »Blödsinn! Wie können Sie nur so dumm sein, Edith! Es ist nur Trilby.«

Ich hatte keine Zeit für Erklärungen, aber ihr Gesicht hellte sich auf. Offensichtlich wußte sie über Trilby Bescheid, denn sie sagte: »Oh, hat sie angefangen? Armer Ted.«

Larry und Tony schauten völlig verständnislos, waren aber erleichtert über Ediths Ton. Ich sagte zu ihnen: »Trilby ist Teds beste Kuh, und sie kriegt heute Vormittag ein Kalb, und er will sie nicht allein lassen, weil es wahrscheinlich nicht glatt gehen wird. Er kommt vielleicht ein bißchen zu spät.«

Tony ließ sich auf einen Stuhl fallen, und Larry fing zu lachen an, aber die Braut war wieder vollkommen glücklich. Offensichtlich war sie nicht eifersüchtig auf Trilby, denn sie sagte: »Gott sei Dank, daß das alles ist. Nicht, daß Trilby unwichtig wäre, aber einen Moment lang hab' ich geglaubt . . .« Dann fing sie meinen drohenden Blick auf, brach plötzlich ab und sagte: »Ted tut mir leid. Er wird sich aufregen«, was ich unerwartet vernünftig und verständnisvoll fand. Edith würde mit Ted und seinen Kühen ausgezeichnet auskommen.

Als Larry und ich später allein waren, sagte sie: »Was war

denn eigentlich los? Warum ist Edith so erschrocken? Hat sie gedacht, Ted hätte sie sitzenlassen wollen?«
»Ob du's glaubst oder nicht — sie hat Angst vor Freeman.«
»Freeman? Aber wieso denn?«
»Ich weiß nicht. Sie übrigens auch nicht. Aber sie glaubt, daß er durch irgendwelche mysteriösen Umstände in dem Moment auftaucht, in dem der Pfarrer sagt: ›Sprich jetzt, oder schweige für immer!‹«
»Ich hab' nicht gedacht, daß Edith so ein Gefühl für Dramatik hat. Es ist auch eine aufregende Stelle. Ich hoff' immer noch, daß einmal plötzlich jemand auftaucht und sagt: ›Ich spreche!‹, oder was man eben sagen würde.« Dann schämte sie sich. »Natürlich nicht heute. Als ob Freeman das könnte. Edith spinnt ja ein bißchen.«
»Bräute sind oft hysterisch. Sie wird es schon überstehen. Hoffentlich kommt Ted rechtzeitig. Hast du schon jemals gehört, daß ein Bräutigam wegen einer Kuh zu spät gekommen ist?«
»Nicht wegen einer vierbeinigen. Ach, ich würde mich nicht aufregen. Er schafft es bestimmt.«
Und er schaffte es. Kurz vor halb elf rief er an und seine Stimme klang aufgeregt. »Alles in Ordnung, Mrs. Russell. Das Kalb ist da. Eine Tochter! Ziemlich klein, aber es geht ihr gut, und Trilby auch. Ich zieh' mich jetzt sofort um. Ich komm' nicht später als elf Uhr. Aber wegen Caleb tut es mir leid. Er will Trilby nicht allein lassen. Tony wird enttäuscht sein. Sie wollte ihn so gerne bei der Hochzeit dabei haben.«
Ich wies ihn nicht darauf hin, daß es immerhin seine und Ediths Hochzeit sei, nicht Tonys. Dann beeilte ich mich, der Braut die gute Nachricht zu überbringen.
Sie war fertig, und der Erfolg von Larrys und Tonys Bemühungen war überraschend. Nichts erinnerte mehr an das verschüchterte Wesen mit den roten Augen, das heute früh am Küchentisch gehockt war und von Percy Freeman geredet hatte, der auftauchen und die Hochzeit verbieten würde. Sie war wie verwandelt. Ich stand einen Augenblick nur da und schaute sie an, bevor ich ihnen erzählte, daß Trilby ihnen den Gefallen getan hatte.
Sie hatten eine sehr hübsche Braut aus ihr gemacht, ihr etwas langweiliges blondes Haar hübsch frisiert und einen Hauch von Rouge auf ihre blassen Wangen getupft. Ihre Augen glänzten vor Aufregung, und sie gefiel sich so gut mit dem dezenten und sorgfältigen Make-up, daß das traurige Geschöpf, das wir als Mrs. Freeman kannten, sich in eine sehr anziehende Braut verwandelt

hatte, so jung und hübsch, daß sogar die gefühlvolle Tony damit zufrieden war.

Ich hatte die Kinder angezogen, und sie standen bewundernd um sie herum. Christina, die nun alt genug für romantische Gefühle war, sagte: »O-o-oh. Wie hübsch sie ist!«, und Patience, die ihre Meinung wie immer teilte, bemerkte weniger taktvoll: »Kommt vom Kleid; und die Backen sind rot angemalt.« Christopher und Mark fragten mit männlicher Ungeduld, wann wir losführen, und ob wir genug von dem Papierzeug hätten, das sie in Unmengen werfen wollten, sobald wir draußen vor der Kirche wären.

Dann erschien Paul mit düsterem Gesicht, weil er an einem so schönen Tag um elf Uhr vormittags einen Anzug anziehen mußte, und nahm Edith und mich und eine Ladung Kinder mit, während Tony mit Larry und dem Rest fuhr. Wir hatten sie sorgfältig getrennt und planten, sie in der Kirche in sicherem Abstand voneinander zu halten.

Ich hatte recht damit gehabt, daß viele Leute die Trauung sehen wollten. Es waren mindestens fünfzig da. In den beiden vordersten Bänken saß unsere Prominenz: der Colonel mit Anne, Tim und Miss Adams, hinter ihnen Julian, Alison und Sam. Ich war erleichtert, als ich sah, daß Anne die Zwillinge gut im Auge hatte und Julian anscheinend noch von hinten aufpaßte. Im ersten Moment erkannte ich den Vierten in der Bank nicht; dann gab es mir einen Ruck, denn es war Peter Anstruther, zurück von seiner Weltreise, und ich staunte, daß er sich bei einer Festlichkeit sehen ließ. Er sah sympathisch aus — groß, wie seine Schwester, aber dunkel, mit einem eckigen ernsten Gesicht. Ich hoffte, daß wir ihn nun öfters treffen würden; früher hatten wir ihn kaum gekannt, denn er war immer auf der Farm beschäftigt gewesen oder hatte sich um seine anspruchsvolle Mutter gekümmert.

Die Kirche war ziemlich voll, es waren noch einige Farmer da, die mit Ted befreundet waren, und alle Einwohner von Tiri. Durch die offene Türe des Gemeindesaals warf ich einen flüchtigen Blick auf den Bräutigam, der recht blaß aussah und sich sichtlich unbehaglich fühlte in seinem besten dunkelblauen Anzug, der ein bißchen zu eng war. Er war altmodisch, und mir kam der Gedanke, daß er ihn wahrscheinlich das letztemal vor fünf Jahren getragen hatte, bei der Beerdigung seiner Frau. Ich verscheuchte eiligst diese makabre Idee und blickte schnell zu Colin hinüber, der sehr gut aussah und der sich offenbar bei der Sache ausgezeichnet unterhielt.

Für diese Beobachtungen hatte ich nur eine Minute gebraucht, aber das war schon zu lange gewesen. Ich schaute mich nach den Kindern um und sah sie gerade noch durch die Türe des Gemeindesaals entwischen, wobei sie fast den Pfarrer umgerannt hätten. Ich schnappte nach Luft und drehte mich zu Larry um. »Warum hast du nicht aufgepaßt?« flüsterte ich und sah, daß sie mit dem Lachen kämpfte. »Du hast's ja auch nicht!« flüsterte sie amüsiert zurück. »Aber schau doch nur!«

Wir standen im Vorraum und hatten einen guten Blick über die ganze Kirche, waren aber zu weit weg, um einzugreifen. Es war sowieso schon zu spät. Vermutlich hatte Anne der plötzliche Einmarsch durch die Türe des Gemeindesaals ebenfalls überrascht, oder etwas anderes hatte sie für einen Moment abgelenkt. Dieser Moment hatte genügt. Auf eine unfaßbare Weise waren aus den vier Kindern nun sechs geworden, da die Zwillinge von der Seite ihrer Wächter geflohen und unter den einfachen Bänken durchgeschlüpft waren — wir hatten uns bisher für unsere kleine Kirche noch keine besseren leisten können — und sich auf einer leeren Bank weiter hinten zu ihren Freunden gesellt hatten. Die Bande war nun vollständig und würde sicher Unheil anrichten.

Ich sagte zu Larry: »Wir müssen etwas tun — sie zurückholen und festhalten!« Aber es war zu spät. In diesem Moment hatte die Frau des Pfarrers auf dem Harmonium »All people that on earth do well« (Alle Menschen, die Gutes tun auf Erden) angestimmt, die Gemeinde hatte sich erhoben, und Ted, Colin Manson und der Pfarrer hatten ihre Plätze eingenommen. Wir konnten uns nicht mehr um unsere Kinder kümmern, ohne unziemliches Aufsehen zu erregen.

Inzwischen hatte Paul die Braut fest am Arm, Tony stand an ihrem Platz, und wir standen im Weg. Larry fand noch Zeit, Paul zuzuflüstern: »Immer schön langsam! Das ist weder ein Fußballspiel noch ein Wettrennen.«

Er warf ihr einen vernichtenden Blick zu, als wir in eine Bank hinten in der Kirche schlüpften, befolgte aber ihren Rat und glich seine großen Schritte Ediths kleinen an. Es war sehr eindrucksvoll, als sie zusammen die Kirche betraten, und ich war stolz auf alle drei.

Einige der Gemeinde drehten sich um, um die Braut zum Altar schreiten zu sehen. Ihr Erscheinen war eine Sensation. Eine Frau, die vor mir saß, murmelte: »Sie ist wirklich hübsch«, und ein kleines Kind sagte laut: »Das ist nicht Mrs. Freeman«. Ich weiß nicht, ob der Bräutigam diese Bemerkung auch gehört hatte, aber er wandte sich mit sichtlichem Unbehagen um, und ich sah ihn hochfahren. Seine Augen wurden immer größer, sein Mund öffnete sich, und ich befürchtete schon, er würde sagen, daß das wirklich nicht seine Edith sei. Nachdem er sie aber kurz angestarrt hatte, begann er über's ganze Gesicht zu strahlen, und seine Augen blickten triumphierend. Zu meinem Entzücken sah ich ihn mit einem warmen Lächeln zu ihr hinunterschauen und dann seine Hand ausstrecken und ihre kleine Hand in seine riesige nehmen. Wenn ich wegen unserer verflixten Kinder nicht so beunruhigt gewesen wäre, und wenn ich nicht Larrys prüfenden Blick gespürt hätte, dann hätte ich eine stille Träne vergießen können beim Anblick ihres Glücks.

Alles klappte wunderbar. Paul strahlte vor Wohlwollen, und niemand hätte den Kampf ahnen können, den wir mit ihm ausgefochten hatten. Tony sah bezaubernd aus in ihrem zweitbesten Kleid, und Colin Manson stand sehr dekorativ da und schielte immer wieder zu Tony hinüber, was ich ziemlich unnötig fand.

Aber die kleine Braut stellte alles in den Schatten, wie es nur recht und billig war. Sie sah verschüchtert aus und klammerte sich fest an Teds Hand, aber in ihrem Gesicht lag ein so großes Vertrauen, als sie zu ihm aufblickte, daß ich Mick O'Connor zustimmen mußte, als er laut hörbar murmelte: »Richtig glücklich wird sie diesmal werden. Nicht wie mit dem Schweinehund von Freeman.« Er war in einer sehr sentimentalen Stimmung, wie immer, wenn er leicht betrunken war. Ich sagte mir dankbar, daß sie nun endlich diese unglückliche Vergangenheit vergessen würde, und auch den Mann, der ihr das Leben so schwer gemacht hatte.

Unser Pfarrer war der richtige Mann für dieses Ereignis, nicht zu kühl oder offiziell, sondern wohlwollend und von einer warmen Menschlichkeit. Er lächelte den beiden ermutigend zu und sprach die Worte des Gottesdienstes mit so viel Würde und Gefühl, daß wir alle beeindruckt waren.

Alle — außer den sechs Kindern. Ich hatte bemerkt, daß sie flüsterten und versuchten, das Brautpaar besser zu sehen, und es war mir geglückt, Christophers umherwandernden Blick zu erhaschen und wild den Kopf zu schütteln. Ich sah, wie Paul sich einmal umdrehte und Patience sich hinter die Bank duckte, als der strenge Blick ihres Vaters sie traf, und hoffte, daß wir sie damit gebändigt hätten. Aber dann drückte Larry meinen Arm, und ich schaute zwischen den Leuten durch, die vor uns saßen, zu der Bank, in der die Kinder sich niedergelassen hatten, vorsichtshalber in sicherem Abstand von uns allen.

Zu meiner Bestürzung sah ich, daß ihnen ihre Aussicht endgültig zu schlecht geworden war, und sie auf ihre Bank hinaufgeklettert waren. Ich flüsterte Larry verzweifelt zu: »Tu doch was! Sie wird umkippen!«

Larry schüttelte den Kopf. »Wir können jetzt nicht stören. Wir können nur hoffen«, und ich bereute bitter, daß ich die Bande nicht direkt unter den Augen des Pfarrers getrennt hatte.

Mr. Mason blickte flüchtig zu dem Haufen aufgeregter Kinder hinüber, ließ sich aber nicht stören. Jetzt war der dramatische Augenblick erreicht, vor dem Edith sich so gefürchtet hatte — »So jemand einen Hinderungsgrund weiß« — und so weiter. Er machte eine wirkungsvolle Pause, und einen Moment lang hörte man keinen Muckser in der Kirche, so daß ich schon glaubte, das Herz der dummen kleinen Braut klopfen zu hören.

Und dann passierte es. Ein lautes Krachen, ein Kreischen, ein Stimmengewirr. Der Pfarrer unterbrach sich und blickte strafend auf die Gemeinde. Ted wandte sich erschrocken und blaß um, und ich sah, wie Edith zusammenzuckte und nach seinem Arm griff. »Und jetzt fällt sie in Ohnmacht«, hörte ich mich zu meinem Entsetzen laut sagen.

Aber niemand hatte mich gehört, das Durcheinander war viel zu groß. Das Unvermeidliche war geschehen. Die sechs Kinder, die sich um einen guten Platz gedrängt und nach vorne gelehnt hatten, hatten die Bank zum Kippen gebracht, und sie war noch auf sie drauf gefallen. Sie krochen nun darunter hervor, und die Leute, die in der Nähe saßen, halfen ihnen aufgeregt.

Niemand war verletzt, aber die Wirkung war ungeheuer. Edith war nicht in Ohnmacht gefallen, aber sie hatte sich umgeschaut und ihr Gesicht hatte für einen Augenblick alle Anmut verloren und war von Angst verzerrt gewesen. Paul, der ganz vorne saß, sprang auf, Sam und Tim drängten sich an den anderen vorbei aus ihren Bänken heraus. Jeder der Väter ergriff seine Sprößlinge und führte sie unnachgiebig an ihre Plätze zurück. Die Kinder waren tatsächlich so entsetzt über ihre Tat, daß sie nicht einmal weinten, wie ich erleichtert feststellte.

Aber die Unruhe hatte auch die Gruppe am Altar erfaßt. Ich war glücklich, daß Edith sich wieder gefangen hatte und ruhig dastand. Der Pfarrer wartete und auch Ted hatte seine Haltung wiedergefunden. Aber jetzt trug Colin noch zur allgemeinen Verwirrung bei. Ihm kam plötzlich seine gewohnte Lässigkeit abhanden und er ließ den Ring fallen, den er schon bereitgehalten hatte. Er rollte davon, und ich hörte Tony unterdrückt kichern, als sie sich danach bückte. Im selben Moment beugte Colin sich hastig vor, und sie stießen hart mit den Köpfen zusammen. Diesmal hörte ich Colin unterdrückt lachen, als er sich aufrichtete und seine gelassene Haltung wieder annahm.

Die Krise war vorbei, der Pfarrer fuhr ruhig in seinem Gottesdienst fort. Aber es war nicht verwunderlich, daß Teds Stimme, als er sein Gelübde ablegte, vor Erleichterung so laut war, daß sogar er selbst staunte.

Ich freute mich, daß Ediths Stimme nicht zitterte, und sie ihre Antwort ruhig und fest sprach. Ich glaube, daß dieser Schreck ihre Angst verscheucht hatte, und der Geist von Percy Freeman für immer gebannt war.

Wenn der Colonel und Mrs. Evans sich entschließen, ein Fest für die ganze Gegend zu geben, dann steht das Haus jedermann offen. Und alle kommen, von Miss Adams (die der Colonel bedauernd »eine der Unseren« nennt) bis zu Mick O'Connor und vielen kleinen Maorikindern.

Die Party nach Ediths Hochzeit wurde ein toller Erfolg. Die Brautleute waren ganz überwältigt von dem Wirbel, der um sie gemacht wurde. Edith bekam rote Backen und strahlte über's ganze Gesicht, und der Vorfall in der Kirche war vergessen. Ted war blendender Laune, aber sein blauer Anzug war ihm offensichtlich ein wenig unbequem und zu warm. Er verlor kein Wort über den unglücklichen Zwischenfall, jedoch gestand er Tony, daß er sich wegen Trilby große Sorgen mache.

»Das Kalb ist gesund, aber klein. Komisch! Trilby hatte sonst immer solche Prachtexemplare.«

»Regen Sie sich nicht auf, Ted. Es wächst sich sicher zu einer großartigen Kuh aus. Kleine Babies sind später oft die kräftigsten«, sagte Tony und redete wie immer sehr klug daher, ohne etwas davon zu verstehen.

»Haben Sie was dagegen, wenn Edith und ich es nach Ihnen nennen?« fragte er und strahlte sie plötzlich an, und sah genauso glücklich aus wie die Braut. »Schließlich haben Sie diese Idee gehabt.« Er deutete mit seiner großen roten Hand auf die fröhliche Gesellschaft, die sich um das kalte Buffet drängte.

Tony genoß dieses Lob und war sehr mit sich zufrieden. Doch dann sagte sie mit der ihr eigenen Fairness: »Aber nein, Ted. Miss Adams hat den Kuchen gestiftet, und Mrs. Evans hat alles andere gemacht. Ist das nicht rührend von ihr?«

Mir gestand Mrs. Evans, daß ihr solche Parties Spaß machten.

»Es kommt ja nicht oft vor, Mrs. Russell, und wir haben noch nie eine Hochzeit im Haus gehabt. Unsere liebe Miss Anne hat ja ganz allein in der Stadt geheiratet.« Ich hatte schon immer vermutet, daß Mrs. Evans über Annes unüberlegten und verzweifelten Schritt traurig gewesen war, weil er sie um die Freude gebracht hatte, eine Hochzeit auszurichten. Sie zögerte einen Moment und sagte dann: »Wie finden Sie, daß sie aussieht? Ein bißchen überanstrengt, nicht? Es wird ihr wohl langsam zuviel?«

Ich konnte mir denken, was Mrs. Evans mit »es« meinte. Sie dachte nicht an den Haushalt und auch nicht an die Zwillinge. Wir blickten einander gedankenvoll an, aber nichts hätte sie dazu gebracht, deutlicher zu werden und sich mit mir oder jemand anderem über die Nichte des Colonels zu unterhalten. Ich sagte leichthin: »Ach, der letzte Monat ist eine scheußliche Zeit. Alles geht einem auf die Nerven. Vielleicht hat Anne ein klein wenig zu viel Geduld. Es ist eine Erleichterung, wenn man sich manchmal gehen läßt.«

»Was ich befürchte ...«, begann sie, führte den Satz aber nicht zu Ende. Doch ihr Blick wanderte zwangsläufig zu Ursula, die sich gewohnt auffällig darum bemühte, daß sich alle bedienten — was sie viel lieber ohne Hilfe getan hätten — und sogar unsere Kinder überredete, sich große Portionen Huhn und Vanilleeis mit hinauszunehmen. Sie hatte wieder einmal alles in ihre Hand genommen, und ich glaube, Mrs. Evans war davon genauso begeistert wie wir anderen.

Aber sie hatte recht. Anne sah wirklich müde und abgespannt aus. Sie gehörte nicht zu den Frauen, — wenn es die überhaupt gibt — denen das letzte Stadium der Schwangerschaft nichts ausmacht. Sie war zu schmächtig dafür. Ihr liebes rundes Gesicht war schmal geworden, und sie sah älter aus als sechsundzwanzig Jahre. Neben ihr wirkte Ursulas bewundernswert schlanke und graziöse Figur besonders vorteilhaft. Mir kam der gehässige Gedanke, daß Ursula dieses unnötig elegante Kleid nur angezogen hatte, um den Unterschied noch stärker zu betonen.

Sie kommandierte alle herum, und ich hörte sie zu Anne sagen: »Komm, du brauchst dich um nichts zu kümmern. Setz' dich hin und überlaß' alles mir. Es macht mir großen Spaß, so etwas habe ich noch nie erlebt.« Dann wandte sie sich vertraulich an mich: »Schade, daß Anne darauf bestanden hat, zu kommen. Tim hat versucht, es ihr auszureden. Er meinte, ich könne ohne weiteres ihre Rolle übernehmen«, und in dieser Meinung wurde sie noch vom Colonel bestärkt, der laut sagte: »Weiß nicht, was wir ohne dich täten, meine Liebe. Übernimmst doch die Sorge für alles, nicht? Anne wird dir dafür dankbar sein.«

Anne hatte zugehört, und aus ihrem Gesicht konnte ich sehen, daß sie nicht unbedingt vor Dankbarkeit überfloß, besonders als Tim besorgt sagte: »Liebling, du siehst richtig mies aus! Willst du hier verschwinden und heimfahren?«

Keine Frau hört gerne, daß sie »richtig mies« aussieht, und so sagte Anne mit schneidender Stimme: »Natürlich nicht. Ich kann doch nicht von Papas Fest wegrennen, nach all der Arbeit, die sie sich damit gemacht haben. Es geht mir ausgezeichnet.«

Man hätte meinen sollen, daß Tim sich damit zufrieden geben

würde, aber weit gefehlt. Er fuhr unbeirrt fort: »So siehst du aber nicht aus. Ich glaub', es ist viel besser für dich, wenn ich dich schnell heimfahre. Ich kann Ursula ja später abholen, und es ist wirklich nicht notwendig, daß du dableibst. Sie wird mit allem bestens fertig.«

Annes blaue Augen, normalerweise so sanft und fröhlich, blitzten zornig, als sie mit mühsamer Beherrschung sagte: »Sicherlich. Aber ich bin doch ein recht eindrucksvolles Dekorationsstück, nicht wahr?«

Offensichtlich drang es nun in Tims lieben, aber nicht sehr klugen Kopf, daß er etwas Falsches gesagt hatte, denn er warf ihr einen verwirrten und unglücklichen Blick zu. Schnell sagte ich: »Komm, Anne, wir setzen uns da in die kühle Ecke. Oder hast du gerade was zu tun? Es ist schon lästig, wenn man Gastgeberin ist.«

»Das bin ich anscheinend gar nicht«, sagte Anne bissig, und Ursula, die uns zugehört hatte, verstand endlich einmal, woher der Wind wehte. Darum sagte sie liebenswürdig: »Setz dich in diesen bequemen Sessel hier, Anne. Da kommen alle Leute vorbei. Ich verdränge dich nicht von deinem Platz, und sicher wollen sich viele mit dir unterhalten.«

Das war plump. Aber als Anne sich in dem angebotenen Sessel niederließ, flüsterte sie mir schuldbewußt zu: »Weißt du, sie ist schon schrecklich nett. Zumindest versucht sie es«, und sie wandte sich einigen Farmersfrauen zu, die von der anderen Seite von Tiri zu Teds Hochzeit gekommen waren.

Tim war betroffen. »Was ist los, Susan?« fragte er, als er mich einmal kurz in einer Ecke erwischte. »Mit Anne, meine ich. Hab' ich was Falsches gesagt? Sie ist ganz anders als sonst.«

Ich sehnte mich danach, ihm kurz und deutlich zu sagen, was los war. Ich verspürte sogar die primitive Regung, ihn bei seinen hübschen Ohren zu packen und zu schütteln. Aber der Augenblick war nicht geeignet für Tätlichkeiten, und so sagte ich nur: »Frauen schätzen es nicht besonders, wenn man ihnen sagt, daß sie ›richtig mies‹ aussehen, Tim. Versuch dir das zu merken. Das ist Lektion Nummer eins für werdende Väter.«

Er warf mir einen beleidigten Blick zu. »Du bist genauso launisch wie Anne, aber ohne ihre Entschuldigung«, gab er zurück, und ich konnte nicht anders als sagen: »Ich werde dir Lektion Nummer zwei, drei und vier jederzeit mit Vergnügen erteilen, aber nicht bei einer Hochzeit.« Dann wandte ich mich Ursula mit einem heuchlerischen Lächeln zu: »Ein herrliches Fest. Ich möchte wissen, wie Mrs. Evans das macht. Sie sorgt anscheinend mit der gleichen Leichtigkeit für fünfzig wie für zwanzig Leute.«

Ihre selbstgefällige Antwort reizte mich. »Ach, ich bin gestern heruntergekommen und habe geholfen. Von Anne kann man im Augenblick natürlich nicht erwarten, daß sie sich um so etwas kümmert, und ich bin große Feste gewöhnt. Obwohl«, fügte sie mit einem nachdenklichen Blick über die Gäste hinzu, »so etwas habe ich noch nie erlebt. Niemand kümmert sich um Hautfarbe oder Klassenzugehörigkeit des anderen. Höchst interessant. Ich frage mich, ob ich sie ein wenig hätte auseinanderhalten sollen. So grundverschiedene Menschen.«

Das ärgerte mich. Solche Gedanken kennen wir nicht hier in den Backblocks. Für mich war das völlig in Ordnung, daß Paul gerade mit Mick O'Connor einen trank und Larry ganz selbstverständlich dem kleinsten Maorimädchen die Nase putzte, als sie ihm Vanilleeis auf den Teller löffelte.

Ich sagte: »Darüber brauchen Sie sich wirklich nicht den Kopf zu zerbrechen. Wir haben uns sehr aneinander gewöhnt hier in Tiri.« Aber ich bereute gleich meinen scharfen Ton. Ich vergaß immer, daß Ursula wirklich eine Hilfe für uns bedeutete.

Das war eben das Schlimme mit dieser Frau. Sie brachte es immer fertig, daß Larry und ich uns von der schlechtesten Seite zeigten, und vermutlich ging es anderen Frauen genauso. Das nahmen wir ihr wahrscheinlich so übel, denn eigentlich meinte sie es gut und war wirklich tüchtig. Ich schämte mich für meine Heftigkeit und versuchte eifrig, es wieder gutzumachen.

Alle waren sehr lustig und vergnügt. Die meisten Gäste hatten sich auf die Terrasse oder in den Garten zurückgezogen, und der Colonel und ich unterhielten uns gerade angeregt, als Colin Manson hereinkam und sagte: »Da ist einer an der Tür. Will nicht reinkommen. Hat eine Nachricht für Ted, so viel ich verstanden hab'. Ist ziemlich aufgeregt. Können Sie mal nachsehen, Sir?«

Neugierig und ängstlich folgte ich dem Colonel auf den Flur. Ediths Nervosität hatte mich angesteckt, denn ich hatte die albernsten Befürchtungen. Es war doch sicher nichts schiefgegangen? Verrückte Idee, daß Freeman vor der Türe stehen könnte.

Aber es war nur Caleb Fielder, ein wenig erhitzt und atemlos, aber sein abgetragener Anzug war sauber und ordentlich. Colonel Gerard kannte ihn offensichtlich schon und begrüßte ihn herzlich.

»Nur immer herein, Caleb! Erzählen Sie, was es gibt. Ted hat gesagt, Sie würden die Festung halten, solange er weg ist. Hoffentlich ist nichts schiefgegangen?«

Caleb murmelte etwas, was ich nicht verstehen konnte. Beschämt wegen meines Horchens hatte ich mich taktvoll vom Flur zurückgezogen, aber ich konnte den Colonel lachen hören, und er sagte: »Vorzüglich, ganz vorzüglich! Aber kommen Sie herein, mein Bester, und erzählen Sie ihm die Neuigkeit selbst.«

Caleb murmelte wieder etwas, ließ sich aber überreden. Mit der verzweifelten Entschlossenheit eines hoffnungslos schüchternen Menschen stürzte er auf den Bräutigam zu, der ziemlich erschrak.

»Es sind Zwillinge!« stieß Caleb hervor, und seine Stimme schnappte vor Aufregung über. »Zwei kleine Töchter, Ted, und nicht eine, und es geht ihnen beiden gut.«

Ted war so schnell auf den Beinen, daß seine Braut staunte. »Zwillinge?« brüllte er, »Trilby? Zum Teufel, Caleb, das ist ja toll! Hab' bisher noch nie Zwillinge auf der Farm gehabt. Ich hab' mir schon Sorgen gemacht. So ein kleines Kalb, und Trilby ist so dick gewesen. Hab' in der Kirche immer daran denken müssen...«

Dann merkte er, daß alle ihm zuhörten, und er nahm sich zusammen und sagte unbeholfen zum Colonel: »Entschuldigen Sie bitte, Colonel, daß ich ein wenig aufgeregt bin. Aber ich hab' Trillby selbst aufgezogen, und sie ist meine beste Milchkuh. Hab' mir immer überlegt, ob wohl doch was schiefgegangen ist.«

Colonel Gerard ist der perfekte Gastgeber. Er beeilte sich zu sagen: »Und jetzt können Sie beruhigt sein. Ausgezeichnet. Wir müssen auf Trilbys Gesundheit trinken. Eine großartige Leistung, ein richtiges Hochzeitsgeschenk.« Und in kürzester Zeit hatte er Caleb überredet, mit auf Trilby und die Töchter zu trinken.

»Sie müssen einfach mitmachen. Sie kommen dann noch leicht rechtzeitig zum Melken«, sagte er. »Können jetzt nicht wegrennen, nachdem Sie uns die gute Nachricht gebracht haben. Wie sind Sie hergekommen? Doch sicher nicht mit dem Fahrrad? Doch? Dann müssen Sie bleiben. Fahrräder machen Durst und Hunger. Bleiben Sie, und feiern Sie mit.«

Tony war begeistert. »Wie schön, daß es Caleb so gut geht«, wisperte sie mir zu. »Vermutlich ist er seit Jahren auf keinem Fest mehr gewesen, und nach der langen Fahrt ist er sicher erhitzt und müde. Er sieht einfach selig aus!«, und sie lachte den alten Mann mütterlich an.

Calebs Freude war jedoch von kurzer Dauer. Die meisten Männer hatten sich nach draußen ins Kühle zurückgezogen, und Caleb bestand bald darauf, beim Servieren zu helfen — seine Manieren waren besser, als man bei dem schäbigen Anzug und seiner Ungeschicklichkeit erwartet hätte.

»Ich kann nicht stillsitzen und Sie arbeiten lassen, Miss Tony«, sagte er, als Tony ihn zur Rede stellte, und ergriff eine große Schüssel mit Vanilleeis.

Tony begann: »Das ist doch nicht nötig, Caleb«, und machte ein bedenkliches Gesicht. Aber es war zu spät. Caleb entwickelte sich zu einem begeisterten Kellner. »Wenn er nur Ruhe geben würde!« murmelte Tony. »Entweder verschüttet er etwas, oder er läßt es fallen, und es wäre scheußlich, wenn . . .«

In diesem Moment passierte es. Caleb, der mit seiner Schüssel voll Eis in Ursulas Nähe gekommen war, stolperte über einen Teppich. Paul machte einen Satz und erwischte ihn beim Arm, so daß er nicht hinfiel, aber für das Eis kam er zu spät. Die Schüssel kippte, und der Inhalt ergoß sich in Ursulas elegantem Schoß.

Es war ein fürchterlicher Augenblick. Caleb war entsetzt und begann stammelnd, sich überall zu entschuldigen, besonders bei Ursula. Sie war mit einem wütenden Ausruf aufgesprungen, und von ihrem Kleid tropfte Vanilleeis.

Caleb stieß gequält hervor: »Bitte verzeihen Sie mir, Miss Maitland! Ich bitte um Entschuldigung! Ein schrecklicher Vorfall. Wie ungeschickt von mir. Ihr Kleid. Darf ich ihnen beim Säubern behilflich sein?« Und er zog ein sauberes, aber ungebügeltes Taschentuch heraus und tupfte erfolglos auf dem Kleid herum.

Und dann geschah etwas höchst Überraschendes. Ursula, die immer freundliche junge Frau mit den untadeligen Manieren, verlor die Beherrschung. Sie bekam einen knallroten Kopf und murmelte etwas, was verdächtig nach »verdammter alter Esel« klang, und dann, etwas förmlicher, aber noch vernichtender: »Mein Kleid ist ruiniert! Von so einem herumpfuschenden Idioten. Schaut euch nur diese entsetzliche Schweinerei an.«

Und tatsächlich war das Eis in der kurzen Zeit überraschend weit gekommen.

Aber Mrs. Evans reagierte schnell und griff vermittelnd ein: »Regen Sie sich über das Durcheinander nicht auf, Miss Maitland. Und Sie auch nicht, Mr. Fielder. So was kann passieren und ist nicht weiter schlimm«, und im nächsten Moment hatte sie eine Schüssel und einen Lappen herbeigeschafft und putzte das Gröbste ab, während Anne zu ihrer Cousine hinübereilte und versuchte, sie zu beruhigen.

»Das geht beim Reinigen sicher wieder heraus«, sagte sie freundlich. Ursula bedankte sich mit einem Wutanfall.

»Natürlich, aber nicht jetzt sofort! Ich hasse es, wenn jemand so ungeschickt ist und so was anrichtet! Selbstverständlich habe ich ein anderes Kleid hier, Anne. Ich habe nicht alle mit zu dir genommen, und natürlich kann ich mich umziehen, aber . . .«

Larry sagte trocken: »Was für ein Segen, wenn man eine umfangreiche Garderobe hat«, und ihre Stimme drückte deutlich ihre Gefühle aus. »Gehen Sie schon und ziehen Sie das Kleid aus, Ursula, Sie verderben ja das ganze Fest. So was ist doch keine Tragödie.«

Und dann begannen alle gleichzeitig zu reden, und Tonys Stimme war laut zu hören: »Jetzt schauen Sie doch nicht so entsetzt, Caleb. Was macht schon ein bißchen Vanilleeis auf einem Kleid? So was passiert täglich, und niemand macht deswegen so ein Theater. Nur keine Aufregung. Über Teppiche stolpert jeder einmal, und wenigstens sind Sie nicht auf sie drauf gefallen. Das ganze Getue wäre ja berechtigt, wenn Sie sie halb erdrückt hätten«, und dann flüsterte sie mir zu: »Und ich wollte, er hätte sie ganz erdrückt, wenn man das bei dieser Frau fertigbrächte!« Glücklicherweise war Ursula da schon verschwunden, von Anne fürsorglich begleitet.

Dann versuchten alle verzweifelt, fröhlich zu sein. Zum Glück waren bei der Geschichte nur wenige im Zimmer gewesen. Der Colonel hatte den Wutausbruch seiner Nichte nicht miterlebt, und Tim und Sam leider auch nicht, aber Paul hatte alles mitbekommen und war offensichtlich fassungslos. Als der Colonel hereinkam, wollte Caleb sich unbedingt entschuldigen, wurde aber beruhigt.

»Machen Sie sich keine Gedanken, mein Bester. Diese Teppiche sind wirklich Fußangeln. Ein Glück, daß Sie sich kein Bein gebrochen haben. Mrs. Evans muß diese Dinger verbrennen. Das Kleid? Völlig unbedeutend. Wahrscheinlich ist es nach dem Waschen so gut wie neu«, und er begann laut und wohlwollend mit dem Bräutigam und Caleb über Kühe zu sprechen — von denen er überhaupt nichts verstand — und machte derbe und freundliche Späße über Trilbys Hochzeitsgeschenk, wie er die Zwillinge nannte.

Aber für Caleb war das Fest verdorben. Er wirkte so verzweifelt, daß Tony schier das Herz brach. »Und er ist so glücklich gewesen! Ich könnte diese Frau umbringen.«

Es überraschte mich nicht, daß er sich davonstahl, sobald er sich unbeobachtet fühlte. Zweifellos war er darauf bedacht, weiteren Kontakt mit der aufgebrachten Ursula zu vermeiden. Ich folgte ihm trotzdem und wollte ihn überreden, doch bis zur Abfahrt des Brautpaares zu bleiben. Aber als ich zur Tür kam, sah ich ihn gerade noch die Einfahrt hinunterradeln, und seine Schultern schienen noch mehr zu hängen als gewöhnlich. Sein einziger Versuch, bei einem unserer Feste mitzufeiern, hatte mit einem Mißerfolg geendet, und er kehrte dankbar in Trilbys anspruchslose Gesellschaft zurück. Er tat mir sehr leid.

Inzwischen hatten sich alle im Salon versammelt, Ted und seine Braut brachen gerade auf. Das erste Mal an diesem Tag kam ich zufällig neben Peter Anstruther zu stehen, der unauffällig und hilfsbereit wie immer gewesen war, aber sich wenig an der Unterhaltung beteiligt hatte. Ich sagte: »Wissen Sie, Peter, daß wir uns zum letzten Mal vor sechs Monaten getroffen haben? Wie war die Reise?«

»Ich bin zufrieden«, sagte er und lächelte dabei. »Aber tun Sie nicht so, als wollten Sie etwas darüber hören. Nichts ist so langweilig wie eine Reise, die man nur erzählt bekommt.«

Das brachte mich aus der Fassung. Normalerweise brennen alle Leute darauf, zu erzählen, was sie in Tokio getan haben, und wie sehr Venedig ihnen gefallen hat. Ich sagte unsicher: »Sind Sie froh, daß Sie wieder hier sind?« und er nickte: »Ist auch Zeit geworden. Der Mann, der inzwischen die Farm versorgt hat, ist zwar ein guter Arbeiter, aber er versteht nichts vom hiesigen Boden.«

»Soll das heißen, daß Sie sich gleich wieder auf Ihrer Farm vergraben wollen? Nehmen Sie sich doch Zeit für ein wenig Vergnügen. Wir haben Sie vermißt!«

»Das ist pure Höflichkeit. Sie haben mich vorher auch fast nie gesehen.«

Das war leider wahr. Peter war immer zu beschäftigt gewesen, erst mit seinem schwierigen Vater und der Farm, dann mit seiner herrschsüchtigen Mutter und der Farm, und zuletzt nur noch mit der Farm, woran wir uns inzwischen schon gewöhnt hatten. Wir mochten ihn alle gern, kannten ihn aber nicht so gut wie seine Schwester Alison. Trotzdem hatte ich immer das Gefühl gehabt, daß es bei ihm einiges kennenzulernen gab, was der Mühe wert gewesen wäre. Ich konnte nur antworten: »Stimmt, aber das sollte sich ändern!«

Er lächelte unverbindlich und wechselte das Thema. »Der Colonel bewirtet die Gegend immer noch königlich. Ein herrliches Fest.«

In diesem Moment kam Ursula ins Zimmer zurück, gefolgt von Anne. Sie hatte ein anderes Kleid angezogen, das nicht so elegant war wie das erste, und von der Art, wie Larry und ich es nie angezogen hätten. Sie hatte auch ihre gewohnte Haltung wiedergefunden, schämte sich jedoch vielleicht ein wenig für die Szene, die sie gemacht hatte, und war offensichtlich entschlossen, alles im Scherz abzutun. Nur leider waren Ursulas Scherze immer etwas plump. Sie blickte sich in der leicht verlegenen Gesellschaft um und sagte herzlich: »Alles vergeben und vergessen. Aber wo ist er denn, der reizende Herr, der mich mit Vanilleeis überschüttet hat?«

Alles lächelte gequält, und Larry sagte: »Hat sich verzogen, der arme Alte. Radelte dankbar heim zum Frieden seines Kuhstalls.«

Der Ton war beißend, und alle begannen eiligst zu reden, aber Peter sagte ruhig zu mir: »Eins zu Null für Larry. Sie nimmt immer noch kein Blatt vor den Mund. Und das saß.«

Die Wärme dieser Worte überraschte mich, doch dann erinnerte ich mich an eine Bemerkung von Paul, daß Peter Anstruther rot sähe, wenn jemand sich so daneben benimmt. Ich fragte mich, ob das eine unbewußte Reaktion auf die charmante Tyrannei seiner Mutter war. Aber man muß zu den Frauen halten, und so sagte ich nachsichtig: »Na ja, keine Frau ist begeistert, wenn sie das Kleid voll Vanilleeis hat.«

»Trotzdem hat mir die Reaktion dieser Dame nicht gefallen.«

Ich warf einen schnellen Blick zu seinem Gesicht hinauf. Peter Anstruther schloß anscheinend keine Kompromisse. Vermutlich würde er sich nicht der Schar von Ursulas Bewunderern anschließen.

Doch hatte ich jetzt keine Zeit mehr, mich mit ihm herumzustreiten, und Ursula hatte auch keine Gelegenheit, ihn wieder für sich zu gewinnen, denn Ted und Edith begannen sich zu verabschieden. Alle versammelten sich vor dem Haus, um ihnen nachzuwinken. Edith war überwältigt von Dankbarkeit und Glück, und Ted stand neben ihr und strahlte vor Stolz und Zufriedenheit.

»Vielen, vielen Dank!« hörte ich sie viele Male sagen, erst zum Colonel, dann zu Miss Adams, dann zu mir. Aber bei Tony vergaß sie alle Vornehmheit, fiel dem Mädchen um den Hals und küßte es. »Es ist alles deine Idee gewesen«, sagte sie. »O Tony, warum bist du so lieb?«

Peter, der immer noch neben mir stand, hörte diese Worte und flüsterte mir zu: »Die Frage ist berechtigt. Warum ist sie so lieb? Mit neunzehn ist man nicht selbstlos.«

Ich war überrascht, ließ mir aber nichts anmerken und sagte leichthin: »Ach, Tony tut so was gerne. Kümmert sich mit Begeisterung um die Angelegenheiten anderer Leute. Sie hat sogar Paul dazu gebracht, daß er den Brautvater für Edith gemacht hat.«

Er lächelte: »Dann besitzt sie eine gehörige Portion Überzeugungskraft.« Im nächsten Moment wurden wir getrennt, da alle vorwärtsstürzten, um dem scheidenden Paar zuzuwinken und Glückwünsche nachzurufen.

Ursula lächelte wieder bezaubernd, und niemand hätte geglaubt, daß es diesen häßlichen kleinen Vorfall gegeben hatte. Aber an diesem Abend, als Paul und ich endlich allein waren und erschöpft in die Federn krochen, sagte er: »Ein tolles Fest. Alles war da. Nur schade ...«

»Was war schade?« fragte ich, während ich mit einem Reißverschluß kämpfte.

»Die Sache mit Ursulas Kleid.«

Eine unvernüftige Wut stieg in mir hoch, wie immer, wenn Paul sie verteidigte, und ich sagte: »Na ja, das geht wieder raus, und sie hat eine Menge anderer.«

»So hab' ich das nicht gemeint«, sagte Paul langsam. »Schade, daß sie so hochgegangen ist. Scheußlich für Caleb. Peinlich für alle.«

Ich verbarg sorgfältig die Freude, die mir diese Bemerkung machte. War es möglich, daß Paul einen Makel an der tüchtigen und wunderbaren Ursula entdeckte?

Ich meinte: »Es war ein teures Kleid, und die Versuchung war groß.«

Aber Paul brütete vor sich hin. Er sagte langsam: »Natürlich, aber weißt du noch, wie jemand Kaffee über Larrys neues Kleid gegossen hat, und wie sie nur darüber gelacht hat? Sie hat nicht viele Kleider gehabt, aber sie hat sich nicht so aufgeführt.«

Jetzt war Vorsicht geboten. »Aber Larrys Kleid ist lange nicht so teuer gewesen.«

Ich war sehr stolz auf diese Anstrengung, und Paul sagte zu meinem größten Vergnügen: »Wahrscheinlich nicht, aber es ist ihr einziges gutes gewesen, und sie hat gesagt, daß es ihr verdammt wenig ausmachen würde.«

Ich hielt es für klüger, nicht weiter über die Sache zu reden und sagte: »Versuch' doch, ob du diesen Reißverschluß aufkriegst.» Aber später wiederholte ich Larry jedes Wort dieser Unterhaltung. Sie lachte nur und sagte: »Dem Guten geht anscheinend ein Licht auf. Wenn Tim nur auch dabeigewesen wäre!«

Da ich Tony ja kenne, hätte es mich nicht überraschen dürfen, Caleb Fielder bei meinem nächsten Besuch im Laden zu sehen: Er war eifrig im Lagerraum beschäftigt, wog peinlich genau Kartoffeln und Zwiebeln ab, wobei ihn sein widerlicher großer Kater unverwandt anstarrte.

Aber bei der Erinnerung an die Schweine im Fischernetz und das Eis in Ursulas Schoß sagte ich entsetzt zu Miss Adams: »Sie haben Caleb doch nicht fest angestellt? Was ist mit seiner kleinen Farm? Versorgt die sich selbst?«

»Da ist nicht mehr viel Arbeit. Er hat alle Tiere verkauft«, antwortete sie ausweichend.

Aber ich wollte es genau wissen und fragte: »Also Tantchen, was haben Sie vor? Haben Sie Caleb etwa bei sich aufgenommen?«

Sie mußte wider Willen lachen. »Sie meinen, was hat Tony vor? Das Mädchen ist wirklich eine Gefahr für die Allgemeinheit. Nachdem sie Edith erfolgreich verheiratet hat, konzentriert sie sich jetzt auf Caleb.»

»Ich hoffe bloß, sie hat Ihnen nicht diesen hilflosen, alten Mann aufgehalst. Er ist doch für Sie nur eine Last, aber keine Hilfe.«

»Sie sind voreingenommen, Susan. Nur weil er auf der Hochzeit Vanilleeis verkleckert hat — und wie schlecht hat sich diese junge Frau benommen — und weil er eine armselige kleine Farm nicht führen kann, muß er doch nicht auch beim Heben von schweren Kisten und Abwiegen von Sachen ungeschickt sein. Er kann auch das Telefon bedienen und Bestellungen annehmen, wenn die Leute langsam genug sprechen — ein Haufen lästiger Arbeiten, für die Tony und ich keine Zeit mehr haben, seit Edith weg ist. Natürlich hat Mick die besten Vorsätze, aber dabei bleibt es auch oft. Caleb ist uns eine große Hilfe.«

»Soll das heißen, daß Sie ihn anstellen? Wo soll er wohnen?«

»Hinter dem Supermarkt ist Ediths Wohnung, und er hält alles außerordentlich sauber. Fest anstellen? Ich weiß nicht recht, aber ich hab' das Gefühl, er ist es schon.«

»Da haben Sie sich was Schönes eingebrockt! Tantchen, ich hätte Tony nie herschicken sollen. Sie zieht Sie in alles mögliche hinein. Sie steckt ihre Nase immer in die Angelegenheiten anderer Leute.«

»Was sind denn ihre eigenen Angelegenheiten — oder meine? Steht da nicht etwas in der Bibel von einer Pflicht gegen den

Nächsten? Tony scheint das ernster zu nehmen als wir alle. Sie kümmert sich wirklich um ihren Nächsten.«

»Das ist gut, solange sie Ihnen nicht ihre Schützlinge aufhalst. Ja, sie sorgt sicherlich für andere. Ich möchte wissen, warum. Peter Anstruther sagte bei der Hochzeit zu mir, mit neunzehn sei man nicht selbstlos — und das stimmt.«

»Wenn die neunzehn Jahre schon fast vorbei sind und sehr unglücklich waren, dann lernt man, über anderer Leute Nöte nachzudenken. Nein, Susan, machen Sie sich keine Sorgen. Tony macht mir Freude und zieht mich in nichts hinein. Ich bin alt genug, um auf mich selbst aufzupassen, und fühle mich nicht mit solcher Leidenschaft für die ganze Welt verantwortlich wie dieses Mädchen. Caleb wird uns eine Hilfe sein. Natürlich wird er Fehler machen und Sachen fallen lassen, aber wir sind nicht alle Ursula Maitlands, und wir werden dafür sorgen, daß er immer etwas zu tun hat und zufrieden ist. Das Allerwichtigste ist: Er ist absolut ehrlich — und sauber.«

Tony erzählte mir die ganze Geschichte auf der Heimfahrt. Sie freute sich sehr darüber.

»Weißt du, Susan, Trilby war an allem schuld. Ich meine damit, wenn ich nicht ihre Zwillinge hätte sehen wollen — und sie sind ganz gleich und schrecklich süß — hätte ich gar nichts von der Geschichte gemerkt, und Caleb wäre einfach verschwunden.«

»Was gemerkt?«

»Daß er von seiner Farm geflogen war und seine armseligen paar Sachen gepackt hatte, und daß er und sein Kater verschwunden wären, sobald Ted und Edith heimkamen. Stell dir nur vor, bloß mit einer Katze und einem kleinen Koffer.«

»Was ist mit dem Fischernetz passiert?« war meine erste Reaktion.

»Er hat es dem Mann verkauft, der die Schweine genommen hat. Der hat eine Hütte an der Bucht. Was er für die Schweine und das Netz bekam und was Ted ihm zahlte, war all sein Bargeld. Er und sein Kater wollten zusammen weggehen. Er wußte nicht, wohin. Das klingt romantisch, findest du nicht auch?«

»Vielleicht, wenn man noch sein ganzes Leben vor sich hat, aber Caleb ist alt und wußte nicht, wohin er gehen sollte. Der arme alte Mann. Vermutlich bist du heimgestürzt und hast alles Miss Adams erzählt und sie überredet, ihn zu sich zu nehmen? Wirklich, Tony, du darfst nicht länger anderen Leuten solche Sachen aufhalsen. Erst die Hochzeit und Teds Auto, dann die Hochzeitsreise und das Fest beim Colonel, und jetzt Caleb.«

»Du bist nicht ganz gerecht, Susan. Für Ted ist es höchste Zeit gewesen, sich ein neues Auto zu kaufen. So was kann er sich leisten, und die ganze Wirkung wäre beim Teufel gewesen, wenn sie in der scheußlichen alten Karre weggefahren wären. Man hat ihn nur erst auf die Idee bringen müssen, genau wie mit der Hochzeitsreise. Und das Fest hat der Colonel selbst angeboten.«

»Nachdem du es ihm recht deutlich nahegelegt hattest. Niemand hätte daran gedacht, aus Ediths Hochzeit ein rauschendes Fest zu machen, wenn du nicht damit angefangen hättest.«

»Aber es war doch wunderschön! Für Ted und Edith war es herrlich. Es geht nichts über einen guten Start und das Gefühl, daß man Erfolg hat. Genau das hat Edith nötig gehabt. Und wenn jetzt diese elenden Rechnungen nicht mehr kämen, wäre alles in Ordnung.«

»Welche Rechnungen? Ich dachte, Edith hätte Freemans Gläubiger abgefunden. Genau genommen war sie für gar nichts verantwortlich.«

»Stimmt, und die meisten waren auch recht entgegenkommend. Alle, außer einer gemeinen Firma. Und noch dazu ist die so reich. Aber ich glaube, jetzt haben sie es aufgegeben. Seit einiger Zeit ist schon kein Brief mehr gekommen. Die arme Edith hat sich wegen dieser Briefe furchtbare Sorgen gemacht. Sie hat mir gesagt, es wäre ihr unerträglich, Ted davon zu erzählen — sie würde sich so schämen. Aber ich glaube, das ist jetzt auch in Ordnung. Und du brauchst mir wegen der Hochzeit nichts vorzuwerfen, Susan. Dir und Larry hat es schließlich auch gefallen, und alles lief großartig.« Dann, mit einem geschickten Themawechsel: »Außer natürlich das mit Ursulas Kleid. Armer Caleb. Sie trafen sich vor kurzem im Supermarkt, und er bat sie, die Reinigung zahlen zu dürfen. Ist das nicht goldig von ihm, wo er so wenig Geld hat?«

»Hoffentlich war Ursula auch goldig?«

»Ich muß schon sagen, sie hat sich sehr anständig benommen; sagte, daß sie nichts davon hören wolle, daß so was bei Parties immer passieren könne, und schloß damit, daß es Mrs. Evans Fehler gewesen sei, weil sie den Teppich dahin gelegt habe. Sie hatte Zeit gehabt, sich wieder zu sammeln und war wieder ganz große Dame, und alles löste sich in Wohlgefallen auf. Aber war das nicht eigenartig, wie sie damals hochging? Ich hätte ihr das nie zugetraut. Nur gut, daß der Colonel nicht im Zimmer war. Er hätte sich für sie geschämt. So was gefällt ihm gar nicht. Ob wohl der eine Zweig der Familie doch nicht ganz so vornehm war? Schließlich wissen wir überhaupt nichts über ihre Mutter.«

Ich sagte, daß ich es nicht für nötig hielte, bei Ursula Ahnenforschung zu betreiben, und daß viele Leute ihre Beherrschung verlieren würden, wenn sie mit Eis überschüttet würden. Aber Tony schüttelte den Kopf.

»Anne nicht, und du und Larry auch nicht. Ich glaub', Paul war ganz schön schockiert. Ich sah, wie ihm vor Überraschung der Mund offen blieb. Schade, daß Sam und Tim auf der Terrasse waren. Ich hab' die Nase voll von der Frau«, schloß Tony unnötigerweise.

»Hat das noch tiefere Gründe?«

»Wie sie immer anruft und Bestellungen aufgibt, als wäre sie bei Anne Herr im Haus, und als wäre ich, wie der Colonel sagt, ›ein Mädchen aus einer niedrigen Klasse‹.«

»Ach, sie meint es nicht so, und du mußt es lernen, was einzustecken. Im Dienst der Allgemeinheit, so ungefähr.«

»Alle bewundern sie sowieso nicht. Nur Paul und die anderen älteren Männer.«

Diese Einordnung meines Mannes schockierte mich etwas, aber Tony fuhr fröhlich fort: »Colin kann sie nicht ausstehen, und Peter Anstruther schwieg verbissen, als sie ihn vor kurzem im Laden überschwenglich begrüßte.«

Das war das erste Mal, daß sie Peter erwähnte, und ich fragte: »Siehst du Peter oft? Wie kommst du mit ihm aus?«

»Sozusagen gar nicht. Er kommt herein, holt sich, was er braucht, wechselt drei höfliche Worte mit mir und zieht wieder ab. Ich kenn' ihn überhaupt nicht und lege auch keinen gesteigerten Wert darauf. Er ist ziemlich langweilig, ganz anders als Alison«, und sie fuhr fort, über Colin zu reden, den sie offensichtlich gar nicht langweilig fand.

»Wir redeten über das Sportfest, und er meinte, Babette würde sicher gewinnen. Er sagte, Sahib ist zu nervös für ein Rennen. Es ist zwar gemein, Annes Pferd zu wünschen, daß es durchdreht und deshalb verliert, aber ich könnte es einfach nicht ertragen, wenn diese Ursula gewinnen würde.«

Offensichtlich entwickelte Tony einen soliden Haß. Ich wechselte das Thema.

»Du weißt ja, Tony, daß ich Tiere mag, aber Calebs Kater ist ein ekelhaftes Biest. Ich hab' heute versucht, ihn zu streicheln, und er hat mich kräftig gebissen.«

Tony lachte: »Beweist das nicht Charakter? Er benimmt sich wie ein Hund, ist Caleb ergeben und haßt alle anderen. Wir müssen die Leute warnen, wenn sie hereinkommen, ihn nicht anzurühren. Aber er ist sein ein und alles, und sie hängen sehr aneinander.«

»Ein recht schwieriges Haustier. Hoffentlich beißt er nicht eure besten Kunden.«

»Ach, ich hänge ein Schild auf: ›Vorsicht, bissiger Kater!‹, so wie man es sonst bei Hunden macht. Susan, wie kommt Larry mit Babette zurecht? Ich bin schon so gespannt, sie springen zu sehen.«

»Sie machen gute Fortschritte, glaub' ich. Julian und Alison waren gestern da, und er ritt eine Runde. Er hat in England bei vielen Jagdspringen mitgemacht und ist ein ausgezeichneter Reiter.«

»Klingt fast nach Ursula. Aber er sagt, er will beim Sportfest nicht mitmachen. Vermutlich wollen sie jungen Männern wie Colin den Vortritt lassen.«

So zählte also auch Julian schon zum alten Eisen, wie unsere Männer. Das durfte ich nicht vergessen, Larry zu erzählen.

Als Paul hörte, daß Caleb jetzt in Tiri untergekommen war, freute er sich viel mehr, als ich es getan hatte.

»Er ist ein guter alter Kerl, und absolut ehrlich. Klar, er bringt immer alles ein bißchen durcheinander, aber wenn man ihm genau sagt, was er tun soll, dann macht er es ordentlich. Ich hab' schon lange gedacht, daß Tantchen da unten einen Mann braucht für die schwereren Arbeiten. Vermutlich wird er einen Teil der Lieferungen übernehmen, und Tony muß sich nicht so plagen.«

Tony sagte: »Das Dumme ist nur, daß er so lange kein Auto gehabt hat. Deshalb hat er seinen Führerschein verfallen lassen.« Sie wollte ihm helfen, seine Fahrkünste wieder aufzufrischen, und dann würden sie wegen der Fahrprüfung nach Te Rimu zum Traffic Officer fahren. Sie hoffte, daß ihm die Prüfung erspart bleiben würde. Der Officer hieß Deardon, wie sie gehört hatte, und das sei doch ein ungewöhnlicher Name. Ihr Vater habe von einem jungen Mann dieses Namens erzählt, der bei ihm im Geschäft arbeitete. Daraufhin versank Tony in nachdenkliches Schweigen. Sie heckte vermutlich etwas aus.

Ganz gegen meinen Willen erlebte ich eine von Calebs Fahrstunden in einem modernen Auto mit. Ich war nach Tiri gefahren, um unseren Wagen abschmieren zu lassen — wir waren sehr stolz auf die neue Servicestation im Dorf — und hatte vorgehabt, die Zwischenzeit bei Tantchen und Tony zu verbringen, wurde aber in den Lieferwagen geladen mit dem Befehl, mitzukommen und zu sehen, »wie gut Caleb vorwärts kommt. Es ist schwierig für ihn, denn er hat bisher nur einen Ford gefahren, aber er lernt schnell. Nur das Rückwärtsfahren macht ihm noch Schwierigkeiten.«

»Das muß er aber noch lernen«, warf ich ein, denn ich selbst kann es auch schlecht und habe oft große Mühe, in der Stadt in belebten Straßen zu parken. »Wo gibst du ihm seine Fahrstunden?«

»Bloß zwei Meilen von hier gibt es ein hübsches, gerades Stück, genau richtig zum Rückwärtsfahren«, teilte mir Tony mit.

Ich hatte da meine Bedenken. Wenn ich mich recht erinnerte, dann hatte diese Straße auf der einen Seite eine steile Böschung. Ich protestierte schwach, daß ich lieber dableiben und mich mit Miss Adams unterhalten würde, aber das half nichts. Vermutlich hat Paul recht damit, daß ich Wachs in Tonys Händen bin, denn als sie sagte: »Aber es macht viel mehr Spaß mit dir, Susan«, quetschte ich mich noch mit in den Lieferwagen und fand mich damit ab, daß ich wahrscheinlich jung sterben würde.

Tony war bester Laune und zu meinem Entsetzen bestand sie darauf, daß Caleb sich gleich ans Steuer setzte. »Unsinn, natürlich geht alles gut, wenn Sie nur nicht vergessen, wo die Bremse ist«, sagte sie vergnügt, was mich selbstverständlich ungemein beruhigte.

Wir fuhren in einem beängstigenden Tempo los, aber nachdem Caleb wild in den Gängen herumgerührt hatte, gelang es ihm doch noch, die Bremse zu finden, und schon nach kurzer Zeit fuhren wir mit vernünftigen zwanzig Meilen pro Stunde. Tony war des Lobes voll.

»Großartig, daß Sie diesmal die Bremse gefunden haben. Solange Sie die erwischen, kann nichts passieren.«

In gewisser Hinsicht hatte sie recht. Zu einem tödlichen Unfall würde es wohl nicht kommen, aber es gab genügend kleinere Zwischenfälle. Zum ersten kam es, als eine Ziege fest entschlossen war, mitten auf der Straße stehen zu bleiben; darauf folgte eine Begegnung mit einem Kalb, das seiner Mutter davongelaufen war, die friedlich auf der anderen Straßenseite graste. Es wählte für seine Rückkehr genau den Moment, in dem Caleb Gas gab, und der Ruck, mit dem er das Auto zum Stehen brachte, zerrüttete meine ohnehin schon angegriffenen Nerven restlos. Aber Tony lobte ihn dafür, daß er jedesmal den Unfall gerade noch vermieden hatte, und wiederholte ständig, daß nichts über eine gute Bremse ginge, und darin mußte ich ihr recht geben.

»Aber vor dieser bösen Kurve schalten Sie lieber in den dritten Gang zurück«, ermahnte sie ihn, und war begeistert, als er es fertigbrachte, wenn auch die Gänge krachten. »Glänzend. Ich glaub' nicht, daß Sie im vierten rumgekommen wären, und wir wären wahrscheinlich über die Böschung gesegelt.«

Ich warf einen Blick zurück. Die Böschung war mindestens vier Meter tief.

Bevor wir die lange Gerade erreichten, von der Tony geschwärmt hatte, hatten wir noch das Pech, daß uns an einer sehr engen Stelle ein Auto entgegen kam. Ich hatte noch eine Gänsehaut von dem winzigen Sicherheitsabstand, als wir auf eine Schweineherde stießen, und, wie Tony sagte, »beinahe den Schinken mit heimgebracht hätten«. Caleb hatte bisher die Katastrophe vermieden, aber er klammerte sich krampfhaft an das Steuerrad, und ich sah den Schweiß auf seiner Stirn. Ein nicht gerade vertrauenerweckender Fahrer; ich war erleichtert, als wir die letzte Kurve hinter uns hatten und Tony erklärte: »Wir sind da. Keine Gefahr, daß jemand kommt, und die Straße ist gerade. Genau richtig zum Rückwärtsfahren. Stellen Sie sich vor, Caleb, das ist eine enge Straße, und ich bin der Traffic Officer, jetzt schauen Sie, wie Sie zurecht kommen.«

Wie gesagt, ich kann es nicht besonders gut, aber dafür fahre ich wenigstens langsam. Caleb nicht. Aus irgendeinem unerfindlichen Grund fuhr er in einem wahnsinnigen Tempo los. Vermutlich wollte er es so schnell wie möglich hinter sich bringen. Es faszinierte mich, daß er es weder für nötig hielt, in den Rückspiegel zu schauen, noch sich zum Fenster hinauszulehnen. Er biß die Zähne zusammen, schaute geradeaus nach vorne und hoffte das Beste.

Bei seinem ersten Versuch landeten wir fast im Graben, aber wie durch ein Wunder gelang es ihm, den Wagen noch abzufangen, und er begann von neuem. Diesmal folgte er Tonys Rat, machte die Türe auf und schaute zurück. Unglücklicherweise war er damit so beschäftigt, daß er das Gleichgewicht verlor und hinausfiel. Tony packte ungerührt das Steuer, trat auf die Bremse, und sagte: »Wenigstens ist er nicht verletzt.« Dann stieg sie aus, putzte Caleb ab und beglückwünschte ihn, daß er sich nur das Knie aufgeschürft hatte.

»Man muß nur fallen können, wie beim Reiten«, bemerkte sie. »Seien Sie jetzt aber vorsichtiger. Beim nächsten Mal könnten Sie sich wirklich weh tun. Lehnen Sie sich nicht so weit hinaus und regen Sie sich nicht auf — wird schon nichts kommen.«

Das war ein schlechter Rat. Caleb blickte nur flüchtig zum Fenster hinaus und fuhr mit einem wilden Satz an. Das schien ihn so zu überraschen, daß er statt auf die Bremse auf das Gaspedal trat, und wir schossen mit etwa dreißig Meilen Geschwindigkeit zurück. In diesem Augenblick geschah das, was niemand erwartet hatte. Ein Auto kam mit hoher Geschwindigkeit um die Kurve.

Caleb schrie auf, ich fluchte, und Tony beugte sich hinüber und zog die Handbremse. Das andere Auto kam ebenfalls mit quietschenden Reifen zum Stehen. Wir stoppten etwa einen Meter vor dem Kühler eines großen neuen Wagens. Es war nur nebensächlich, daß ich mir den Kopf kräftig anstieß. Als ich es später Tony gegenüber erwähnte, bemerkte sie lediglich, das sei wesentlich weniger schlimm als ein Zusammenstoß mit dem anderen Auto.

»Was zur Hölle ...« begann der empörte Fremde, aber Tony ließ ihm keine Zeit, mehr zu sagen. Sie sprang aus dem Lieferwagen, lächelte ihn entwaffnend an und begann sich zu entschuldigen: »Sie fahren wirklich toll! Bei jedem anderen hätte es gekracht. Und Ihr Auto ist einfach wunderbar. Ich find' diese Marke ausgezeichnet. In Australien hab' ich so eines öfters gefahren. Sind die Bremsen nicht phantastisch? Gottseidank sind sie's.«

Natürlich erlag der verärgerte Vertreter dieser Behandlung. Er mußte gegen seinen Willen grinsen und sagte: »Na ja, nichts passiert. Aber warum sind Sie rückwärts gefahren?«

»Gefahren bin nicht ich. Ich bringe meinem — meinem Großvater das Fahren bei, und auf dieser geraden Strecke kann man so gut üben. Wissen Sie, er hat lange kein Auto gehabt und sein letztes war ein Ford Modell T. Sie wissen ja, wie die sind.«

Der Fremde sah nicht so aus, als wüßte er es, sagte aber nur nachsichtig: »Nun, wenn ich Sie wäre, würde ich den alten Herrn dazu bringen, daß er langsamer fährt.«

Ein anderer hätte wohl darauf hingewiesen, er selbst sei viel zu schnell gefahren, aber Tony sagte nur mit süßer Stimme: »Das werd' ich machen. Er ist ein wirklich vorsichtiger Mensch, aber Rückwärtsfahren scheint ihn aufzuregen. Aber jetzt werden wir auf die Seite fahren und Sie vorbei lassen. Vielen, vielen Dank, daß Sie uns nicht böse sind.«

Er amüsierte sich offensichtlich, blickte Tony aber bewundernd an, und das war gut so, denn was jetzt kam, war noch viel peinlicher. Das alles hatte Caleb den Mut genommen, und Tony war zu sehr damit beschäftigt, dem anderen Fahrer lächelnd zuzuwinken, um zu bemerken, daß er wieder den Rückwärtsgang eingelegt hatte. »Schon sind wir weg, und Sie können vorbei«, rief sie vergnügt— und wir fuhren los, wieder genau auf ihn zu.

Ich muß sagen, daß sowohl Tony als auch der Vertreter blitzschnell reagierten. Einen Moment lang sah es so aus, als wolle unser ordinärer kleiner Lieferwagen den Kühler des großartigen Wagens erklettern, aber es gelang ihm nicht, denn seine Beute entwischte ihm und schoß mit ungeheurer Geschwindigkeit zurück. Ein paar Meter fuhren Verfolger und Verfolgter mit hoher Geschwindigkeit rückwärts, und ich fand Zeit für die verzweifelte Frage, was geschehen würde, wenn ein drittes Auto um die Kurve käme.

Aber es kam keines, und schnell kamen beide Autos ohne Schaden zum Stehen. Diesmal aber saß der Mann sehr still da und konnte nur noch »Mein Gott« murmeln, einige Male hintereinander; es klang wie ein Gebet.

Aber das genügte nicht, um Tony einzuschüchtern. Sie streckte ihren Kopf zum Fenster hinaus und rief fröhlich: »Das war eine Jagd! Sie fahren fabelhaft. Ich pass' jetzt auf, also machen Sie sich keine Sorgen. Mein Großvater läßt vielmals um Entschuldigung bitten.«

Der Fremde riß sich zusammen, und als er losfuhr, bemerkte er, sie solle sich lieber eine Weide von zehn Hektar suchen, auf der der alte Herr üben könne. »Eine ohne Kühe!« war sein letzter Seitenhieb. Dann schlich er um uns herum, als sei unser Lieferwagen mit Dynamit beladen, hupte vergnügt und war verschwunden.

Als Calebs Nerven sich wieder beruhigt hatten, wurde der Unterricht fortgesetzt, und nach einer halben Stunde, während der ich merklich alterte, konnte er endlich mit dem Rückwärtsgang umgehen und die ganze gerade Strecke ohne Zwischenfall fahren. Tony war begeistert. »Jetzt üben wir noch ein paar Stunden das Schalten, und dann sind Sie notfalls auch einer Prüfung gewachsen.«

Caleb war nicht so zuversichtlich, »Hoffentlich muß ich keine machen. Das halt' ich nicht durch. Eine Straße in der Stadt . . .« und er verlor sich in undeutlichem Gemurmel, aber Tony beruhigte ihn.

»Der Colonel sagt, die Prüfung sei sehr einfach. Er mußte sie letztes Jahr machen, weil er siebzig geworden ist, und er sagt, daß das Büro nicht mitten in der Stadt ist, und daß er nur um den Block fahren und ein paar dumme Fragen über Verkehrsregeln beantworten mußte. Das können Sie auch«, sagte sie, und fügte dann mehr zu sich selbst hinzu: »Besonders, wenn es der gleiche Deardon ist, und Daddy hat gesagt, daß der junge Mann von hier ist.«

Ich hielt es für besser, keine Fragen zu stellen, und als ich Caleb ein paar Tage später im Laden sah, war er viel zuversichtlicher und sagte, er erinnere sich langsam wieder an alles. »Einmal ein Autofahrer, immer ein Autofahrer«, bemerkte er optimistisch, und fügte hinzu, daß es ihn wieder an den alten Ford erinnere.

Da ich die Eigenarten eines Modell T kannte, hoffte ich, daß es ihn nicht zu sehr erinnerte, und wartete auf das Wochenende, um Tonys Bericht über ihren Ausflug nach Te Rimu zu hören. Ich konnte nur das Beste hoffen, denn Tony würde bitter enttäuscht sein, wenn Caleb nicht bestehen würde. Außerdem wäre es eine große Hilfe für Miss Adams, wenn er einen Teil der Lieferungen übernehmen könnte. Trotz der nervenaufreibenden Fahrstunde mußte ich Paul darin recht geben, daß er äußerst vorsichtig mit dem Lieferwagen umgehen würde.

Tony strahlte, als ich sie an diesem Freitagabend in Tiri abholte, und konnte es kaum erwarten, mir von ihren Erlebnissen in der Stadt zu erzählen.

»Ob er seinen Führerschein bekommen hat? Na klar! Überhaupt keine Schwierigkeit. War das nicht ein Glück, daß er sich als der richtige Deardon entpuppte?«

»Der richtige Deardon? Wie meinst du das?«

»Weißt du, ich kenne einen jungen Mann namens Deardon, der vor ein paar Jahren in Daddys Geschäft eingetreten ist. Daddy hält viel von ihm und setzte durch, daß er befördert wurde. Ich traf ihn auf unserer Reise, und mir fiel auf, daß er Daddy sehr bewunderte. So meinte ich, wenn es der richtige Deardon wäre...« Sie machte eine Pause, und ich sagte empört: »Ich verstehe vollkommen. Der Traffic Officer ist sein Vater. Und Caleb hat seinen Führerschein.«

Tony war entrüstet. »Den hätte er sowieso bekommen, aber so ging alles viel reibungsloser. Wir unterhielten uns über Bruce, und sein Vater sagte, daß er alles Daddy verdanke, und es war sehr lustig.«

»Das glaub' ich dir aufs Wort. Und hat Caleb das Rückwärtsfahren geschafft?«

»Na ja, ich hatte etwas Angst davor, aber es ist gut gegangen, und als der Officer ihn in ein sehr schwieriges, enges Gäßchen fahren lassen wollte, fiel mir ein, daß Daddy etwas über die Eignung des jungen Mannes für eine leitende Stellung gesagt hatte.«

»Du hast ihn also abgelenkt. Wenn Caleb sich oder jemand anderen auf der Straße umbringt, wissen wir, wer schuld ist.«

»Das tut er bestimmt nicht. Er ist schrecklich vorsichtig. Aber,

Susan, mir ist etwas Komisches passiert. Erinnerst du dich an den Mann — den in dem großen Auto, den wir fast zusammengefahren hätten?«

Ich sagte, daß wir einander nie vergessen würden.

»Er hat uns bestimmt nicht vergessen. Als wir gerade vor dem Büro standen, und der Traffic Officer Caleb seinen Führerschein gab und ihm gratulierte, fuhr er langsam vorbei. Die Augen fielen ihm fast aus dem Kopf, als er uns sah, und er hielt an und fragte mich: ›Hat Großpapa seinen Führerschein bekommen?‹ Und als ich nickte, pfiff er ziemlich ordinär und sagte: ›Mein liebes Mädchen, Sie haben eine große Zukunft vor sich. Sie vollbringen Wunder.‹«

Als ich Paul später die ganze Geschichte erzählte und mit dem Kommentar des Vertreters schloß, meinte er niedergeschlagen, manchmal glaube er, wir hätten uns zu viel zugemutet.

Als sich an diesem Wochenende die Aufregung über Calebs Führerschein gelegt hatte, schien Tony recht niedergeschlagen. Ihre Fröhlichkeit wirkte gezwungen, offensichtlich bedrückte sie etwas. Als Larry am Samstag Vormittag herüberkam, sagte ich zu ihr, als wir einmal allein waren: »Irgend etwas stimmt nicht mit Tony. Kann etwas mit Colin Manson los sein? Ist sie verliebt in ihn? Irgendwer hat mir erzählt, er sei für seine Flirts bekannt, und ich glaub'nicht, daß er im Moment ans Heiraten denkt.«

Larry sagte aufreizend gönnerhaft: »Meine liebe, arme Susan, genau das hab' ich befürchtet. Du spinnst tatsächlich. Mütterliche Fürsorge in ihrem gefährlichsten Stadium. Hast du nicht genug zum Nachdenken über deine eigenen Kinder? Wenn ich eine fürsorgliche Mutter wäre, würde ich mir wegen dieser elenden Schule Sorgen machen. Bertie Dier ist schon langsam eine Zumutung.«

»Das weiß ich, aber es heißt, daß er am Jahresende geht. Ist etwas Besonderes los? Es stimmt, daß er keine Disziplin hält, aber was können wir dagegen machen?«

»Weiß ich nicht, aber es ist wirklich traurig, daß die Kinder sich alle zu Kriminellen entwickeln werden. Du hast doch sicher von ihren Taten am Freitag nachmittag gehört?«

Das hatte ich nicht, obwohl mir aufgefallen war, daß Christopher ungewöhnlich still und brav gewesen und mir sehr auffällig aus dem Wege gegangen war.

»Sind dir diese lammfrommen Gesichter nicht merkwürdig vorgekommen? Ich wußte sofort, daß sie etwas angestellt hatten, als Christopher mir anbot, Kartoffeln zu schälen. Normalerweise kann ich sie nirgends finden, wenn ich ihre Hilfe brauche.«

»Wer hat dir davon erzählt?« fragte ich, denn ich wußte nur zu gut, daß unsere Bande — wie ich sie in Gedanken immer nannte — zusammenhielt wie Pech und Schwefel. Sie würden einander nicht verraten.

»Mrs. White. Sie tat es mit Vergnügen, denn ihr kleiner Bertie ist so vorbildlich.«

Mrs. White hatte entdeckt, daß die Zwillinge und unsere beiden nicht nur Mr. Diers Weihnachtspflaumen gestohlen hatten, sondern sich auch noch mit ihrer Beute zum Bach hinunter verzogen und sie dort mit ihrem Pausebrot verzehrt hatten. Der arme Bertie, der keine Frau hatte, die seinen Besitz beschützen konnte, hatte ohne besonderen Nachdruck nach ihnen gesucht und es bald aufgegeben, wie gewöhnlich.

»Irgendetwas muß geschehen!« sagte ich schwach. »Unsere zwei sind schlimm genug gewesen, aber seit die Zwillinge auch in der Schule sind, kann man sie überhaupt nicht mehr bändigen.«

»Und denk nur an nächstes Jahr, da werden Patience und Mark die Bande vervollständigen«, sagte Larry zu meinem Trost. »Aber was sollen wir tun? Wenn sie uns alles erzählt hätten, dann hätten wir etwas unternehmen können, aber sie werden so hinterhältig. Über die Streiche bin ich gar nicht so böse wie darüber, daß sie nichts erzählen. Zu Sam hab' ich kein Wort davon gesagt, du weißt ja, wie Männer sind. Sie wollen immer etwas tun, und ich kann mir nicht vorstellen, was man hier tun könnte. Unsere einzige Hoffnung besteht darin, daß Bertie wirklich geht.«

»Soviel ich weiß, geht er. Paul sagt ja kein Wort. Kann er auch nicht, weil er der Vorsitzende vom Schulausschuß ist, aber ich weiß, daß Bertie ein miserables Zeugnis bekommen hat, und daß er mit einem Mädchen verlobt ist, dessen Vater ein Textilgeschäft hat. Ich kann ihn mir gut vorstellen, wie er Stoff abmißt und Strümpfe verkauft.«

»Hoffentlich stimmt das. Jedenfalls dauert die Schule jetzt nur noch eine Woche, da kann nicht mehr viel passieren.«

»Da hast du recht. Aber ich wollte wirklich, sie würden alles offen zugeben. Ich kann alles ertragen, wenn sie nur ehrlich sind.«

»Ich auch, ich hasse Unehrlichkeit.«

Tony kam herein und hörte noch die letzten Worte. »Wer soll was offen zugeben?« fragte sie, und Larry blickte sie scharf an. Ihr gefiel der Tonfall nicht.

Wir erzählten ihr die Geschichte, und sie sagte: »Keine Angst. Bertie geht. Einer vom Schulausschuß, der es nicht so genau nimmt wie Paul, hat es mir verraten. Einen noch schlechteren Lehrer könnt ihr gar nicht kriegen, also wird aus den Kindern vielleicht doch noch was. Aber ich versteh' nicht, warum sie gleich hinterhältig sein sollen, nur weil sie euch nichts von ihren Streichen erzählen.«

Ich sagte hitzig: »Natürlich sind sie es. Ich kann alles vergeben, wenn man es offen zugibt.«

Tony sagte: »Das hab' ich schon oft genug gehört. Von Mutter zum Beispiel, und wenn ich dann was erzählt hab', dann hat sie ein gräßliches Theater gemacht. Erst sagen sie einem, es würde alles vergessen, und dann machen sie einem die Hölle heiß fürs Erzählen.«

Ich sagte: »Das tu' ich aber nicht. Ich meine auch, was ich sage. Ich mache niemandem Vorwürfe, wenn er aus eigenem Antrieb zu mir kommt und mir alles erzählt — nicht einmal, wenn es um Berties Pflaumen geht.«

»Das glaub' ich dir gerne, Susan. Du reitest nachher nicht drauf herum. Deshalb bekommst du auch viel erzählt.«

»Von meinen eigenen Kindern anscheinend nicht«, sagte ich ziemlich verbittert, aber Larry hatte diesen Wortwechsel verfolgt und sagte plötzlich:»Was ist passiert, Tony? Hast du die Ladenkasse geklaut oder Kunden geküßt? Beichte am besten. Das ist angeblich gut für die Seele, obwohl ich davon noch nie etwas gemerkt hab'.«

Larrys Worte überraschten mich, und ich schaute Tony an. Hatte sie wirklich etwas, was sie sich von der Seele reden wollte? Sie sah tatsächlich schuldbewußt aus. Ihr Gesicht glühte, ihre Augen glänzten, sie war offensichtlich den Tränen nahe. Sie sagte: »Gut, ich kann es euch ja erzählen, aber schimpft mich bloß nicht! Du und Larry, ihr schimpft ja auch nicht, aber Paul. Trotzdem erzähl' ich es euch lieber, ich fühle mich nämlich scheußlich.«

Dann kam die Geschichte recht unzusammenhängend heraus. Tony hatte anscheinend in der Post ihrer Majestät herumgepfuscht, und das war die einzige Sünde, die Tantchen nicht vergeben konnte. Das wußte ich, denn Larry und ich hatten einmal versucht, sie zu überreden, einen Brief nur für vierundzwanzig Stunden zurückzubehalten, und wir hatten eine böse Abfuhr erlitten. Wir hatten die Sache dann selbstverständlich in unsere eigenen Hände genommen und die Telefonleitung abgeschnitten, aber wir waren schließlich keine Beamten und durch keinen Eid gebunden. Was Tony getan hatte, war viel schlimmer.

»Wißt ihr«, verteidigte sie sich. »Edith hat eine schlimme Zeit gehabt mit den Rechnungen von Freman. Ich hab' euch erzählt, was für Sorgen sie sich deshalb macht. Ich seh' nicht ein, was sie damit zu tun hat, aber sie hat sich geplagt, soviel wie möglich zu zahlen, und diese Firma ist einfach gemein.«

»Das weiß ich alles«, unterbrach ich. »Komm zur Sache!«

»Will ich ja, aber jetzt wirst du schon böse! Diese Firma ist an allem schuld. Sie sind Gauner, und Tantchen bestellt nie was bei ihnen. Sie sagt, Freman war verrückt, solche Schulden zusammenkommen zu lassen. Aber die Rechnungen kamen immer weiter mit so schlimmen Drohungen, und Edith hatte so Angst, daß das nach ihrer Hochzeit weitergehen würde, und sie konnte den Gedanken nicht ertragen, daß Ted die Rechnungen von Freman bezahlen müsse. Sie schauten herein, als sie von ihrer Hochzeitsreise zurückkamen, sie erwischte mich allein und fragte so verängstigt nach einem Brief, daß ich richtig froh war, als ich sie beruhigen konnte. Was ist mir dann anderes übriggeblieben?«

»Es war nicht deine Sache«, sagte ich streng. »Aber was hast du denn eigentlich getan?«

Larry sagte freundlich: »Das kann ich mir denken. Es ist doch noch ein Brief gekommen, nicht wahr, Tony?«

»Damals noch nicht, aber ein paar Tage später. Und sie sind so glücklich gewesen...« Diesmal standen ihr tatsächlich Tränen in den Augen. Sie schluckte und sagte: »Und ... und ...«

Larry lachte. »Und dann ging der Brief verloren?«

»Nein, das nicht. Er war eingeschrieben.«

»Eingeschrieben? Aber Tony!« Mein Humor war restlos zu Ende, Larrys aber nicht.

»Hast du — hast du ihn verbrannt?«

»Natürlich nicht«, sagte Tony entrüstet. »Das darf man doch nicht. Aber — ich hab' ihn niemand gezeigt. Ich hab' an diesem Nachmittag die Post sortiert, und deshalb ist das gegangen.«

Ich war verzweifelt. Miss Adams ist unbestechlich mit der Post, und sie hatte Tony vertraut. Ich blickte Larry hilflos an und wußte nicht, was ich sagen sollte. Sie fragte: »An wen war er adressiert?«

»An Mrs. Freeman natürlich.«

Larry triumphierte. »Es gibt keine Mrs. Freeman!«

Das stimmte, aber es tröstete mich nicht. »Du meinst, weil sie jetzt Stewart heißt?«

»Das auch, aber ich meine noch etwas anderes. Sie ist nie Mrs. Freeman gewesen. Ich glaub' nicht, daß sie irgendein Recht gehabt haben, ihr diese Rechnungen zu schicken. Sie ist nie seine Frau gewesen. Warum soll sie dann dafür verantwortlich sein?«

Tony strahlte. »Eben. Es gibt keine Mrs. Freeman. Das war nicht Ediths Rechnung. Eigentlich hätte ich den Brief an diese Frau in Australien schicken sollen, aber ich hab' keine Ahnung, wo sie wohnt.«

Ich sagte streng: »Eigentlich hättest du ihn Miss Adams zeigen und sie fragen sollen, was du damit tun sollst. Außerdem mußte man Edith damit belangen können, sonst hätte sie keine von diesen Rechnungen bezahlt. Noch dazu war es ein eingeschriebener Brief.«

»Ach, Susan, sei doch nicht so stur«, sagte Larry. »Man kann keinen Brief, nicht einmal einen eingeschriebenen, an jemand schicken, der tot ist, oder den es nie gegeben hat. Genauso wenig wie an ein ungeborenes Baby.«

Das war zu hoch für mich. Ich sagte schwach: »Das ist nicht der springende Punkt. Es geht überhaupt nicht um die abscheuliche Firma — es geht um Tantchen.«

»Wieso?« fragte Larry. »Sie weiß gar nichts davon. Sie hat mit der Sache nichts zu tun.«

»Sie ist die Posthalterin, und Tony ist nur ihre Angestellte. Deshalb ist sie verantwortlich für das, was Tony tut.«

Tony hatte wieder den Kopf hängen lassen. Aber sie hatte ein wenig Hoffnung, denn Larry brachte ihre Argumente so geschickt, daß sie fast vernünftig klangen. »Aber was hat Tony denn getan? Nur einen Brief jemand nicht zugestellt, den es nicht gibt! Ich nenne das schlicht und einfach vernünftig.«

Es war unser Pech, daß gerade da Paul hereinkam und diese letzte Bemerkung noch hörte.

»Was ist so vernünftig? Wenn Larry das sagt, dann wette ich meinen letzten Dollar, daß da etwas faul ist.«

Larry lachte und hätte sicher von etwas anderem angefangen, aber Tony machte ein unglückliches Gesicht. Sie sagte mit dünner Stimme: »Susan, du bist schockiert, und dabei hast du versprochen, daß du nicht böse bist, wenn ich nur alles erzähle. Ich kann das nicht aushalten, wenn du mir böse bist, Susan.«

Paul blickte uns der Reihe nach an. Tony hatte einen roten Kopf, Larry war streitsüchtig und bereit, sich in den Kampf zu stürzen, und ich fühlte mich elend. Ich liebte Tony sehr, aber ich liebte Tantchen auch, und mein Herz wurde hin und her gerissen. Ich sagte: »Ach, bei der Sache können wir jetzt sowieso nichts machen, Paul, also reden wir nicht darüber.« Ich habe vor Paul nur sehr ungern Geheimnisse, aber ich wußte, wieviel Tony daran lag, daß er nichts erfuhr. Aber ich hatte mich verrechnet. Sie wollte jetzt unbedingt alles gestehen und sagte zu meiner Überraschung: »Ach, hören wir doch mit dieser Betrügerei auf! Das ist ja schlimmer als bei den Kindern. Ich erzähl' Paul die Geschichte lieber, dann bin ich es los.« Und sie berichtete es ihm auf der Stelle.

Als sie geendet hatte, schwieg Paul eine ganze Weile. Er hatte sie nicht unterbrochen, und sein Gesicht war ernst. Dann begann er langsam: »Du hast recht damit, daß man die arme kleine Frau für Schulden schröpft, die sie nie gemacht hat.«

Larry genügte das, und sie sagte: »Mein lieber Paul, ich bin stolz auf dich. Diesmal bist du wirklich vernünftig. Selbstverständlich hätte man diese Halsabschneider nie beachten sollen. Es ist ein Jammer, daß Edith sich so lange mit dem Zahlen abgemüht hat.«

Er fuhr fort, als hätte sie nichts gesagt: »Der springende Punkt ist aber, daß dir die Post anvertraut ist, Tony. Du hättest den Brief entweder an Edith Stewart schicken müssen, dann hätte Ted die Sache in die Hand genommen, oder Miss Adams um Rat fragen sollen. Erzähl' noch einmal genau, was du mit dem Brief gemacht hast.«

»Ich hab' ihn zurückgeschickt und draufgeschrieben: ›Name und Adresse unbekannt‹.«

»Und das ist auch wahr«, unterbrach Larry. »Den Namen gibt es bei uns nicht. Es gibt keine Mrs. Freeman, und es hat sie nie gegeben. Außer der Frau, die in Australien lebt, wie Tony sagt, und du hättest doch sicher nicht erwartet, daß sie den Brief umadressiert an ›Mrs. Freeman, irgendwo in Australien‹? Ich will damit nur sagen, daß man unmöglich einen Brief jemand zustellen kann, den es gar nicht gibt.«

Paul betrachtete sie mißbilligend. »Das ist Haarspalterei, das weißt du ganz genau. Es geht weder um die Firma noch um Edith Stewart.«

»Männliche Logik«, warf Larry ein. Sie wollte ihn unbedingt ablenken. »Natürlich geht es um Edith. Ein Jahr lang hat sie geschuftet, um diese Schulden zu bezahlen. Jetzt ist sie endlich frei und glücklich verheiratet, und da versuchen die, es ihr zu verderben. Paul, wie kannst du nur sagen, daß es nicht um sie geht?«

Diesen Ausbruch überhörte Paul in einer höchst aufreizenden Weise. »Du mußt an Miss Adams denken, Tony. Du arbeitest bei ihr. Sie vertraut dir, und, was noch mehr ist, sie hat dich sehr gerne. Und jetzt pfuschst du mit der Post herum!«

Tony war völlig geknickt. Es sah so aus, als würde sie jeden Moment in Tränen ausbrechen, und Larry warf Paul einen wütenden Blick zu. Ich saß stumm da und war unglücklich. Wenn Tony ihre Stellung aufgeben müßte, was würde dann geschehen? Tantchen brauchte sie dringend. Tony war glücklich und gab sich Mühe. Es wäre falsch, sie auf der Farm zu behalten. Das würde bedeuten, daß sie uns verlassen müßte um Sekretärin oder Krankenschwester zu werden. Sie würde jemanden in der Stadt heiraten und keinen netten Farmer hier aus der Gegend. Alles wäre verdorben.

Endlich sprach sie mit sehr unsicherer Stimme: »Dann meinst du, es ist besser, ich erzähl' die ganze Geschichte Miss Adams?«

Paul sagte zu meiner Überraschung: »Das nützt jetzt gar nichts mehr. Sie würde sich nur aufregen. Hinauswerfen würde sie dich wohl nicht, aber sie würde dir nie wieder die Post anvertrauen, und das würde viel ausmachen. Sie ist nicht mehr die jüngste, und sie hat viel zu viel zu tun. Du bist ihr eine große Hilfe.«

»Aber ich würde es ihr lieber erzählen. Ich hasse es, etwas zu verbergen. Besonders jetzt, wo du es für so wichtig hältst.

Paul sagte freundlich: »Ich weiß, daß du niemanden gerne betrügst, aber wir müssen jetzt an Miss Adams denken. Eigentlich hat es keinen Sinn, ihr die Geschichte zu erzählen. Dich würde es vielleicht glücklicher machen, aber das ist dein Problem. Wenn man so etwas tut, muß man dafür bezahlen, und du mußt eben den Mund halten.«

Larry sagte: »Paul, du bist ganz schön eklig. Dabei hat sie doch nur jemandem einen Gefallen tun wollen.«

»Sie hat ihre Nase in fremde Angelegenheiten gesteckt. Das nimmt noch ein böses Ende, Tony.«

Larry überging das und fuhr fort: »Du kannst nicht erwarten, daß Susan und ich über Tony zu Gericht sitzen. Es ist nichts gegen das, was wir vor Jahren gemacht haben.«

»Ich weiß, was ihr angestellt habt. Die Telefonleitung abgeschnitten, damit der Colonel Annes Hochzeit nicht verhindern konnte. Das werd' ich nie vergessen. Aber ihr wart zwei junge Dummköpfe ohne irgendein Verantwortungsbewußtsein.«

»Besten Dank. Auf alle Fälle hat es genützt, und Tantchen hat deshalb nie ein Theater gemacht.«

»Weil sie es nie genau gewußt hat. Sie hat es sich denken können, aber ihr habt wenigstens den Anstand besessen, nicht herumzurennen und die Sache zu erzählen. Dann hätte sie etwas unternehmen müssen, so wie sie es jetzt muß, wenn Tony ihr Gewissen durch eine Beichte erleichtert. Das nützt jetzt nichts mehr.«

»Aber ich fühle mich scheußlich«, jammerte Tony, die wieder einmal den Tränen nahe war. »Ich hab' der lieben Miss Adams etwas Schreckliches angetan, und dabei wollte ich doch nur jemand anderem einen Gefallen tun.«

»Den Fehler machst du gerne«, sagte Paul unerbittlich. »Laß es dir eine Lehre sein. Renn nicht zu Miss Adams und belaste sie damit. Kopf hoch, du stehst es schon durch.«

»Lebe im Bewußtsein deiner Schuld«, mokierte sich Larry. »Ehrlich, Paul, so einen Unsinn hab' ich noch nie gehört. Es ist kein Verbrechen, klarzustellen, daß es keine Mrs. Freeman gibt, denn es ist wahr.«

»Liebe Larry«, begann Paul vorsichtig, »dein größter Fehler ist, daß du kein Verständnis für Gut und Böse hast« — und dann merkte er, daß er genau das tat, was Larry wollte. Sie hatte seine

Aufmerksamkeit von Tony abgelenkt und ihr so Zeit verschafft, sich wieder zu fangen. Sie lachte aufreizend und sagte: »Ich muß schon sagen, Paul, deine unschuldigen Kinder tun mir leid. Du redest wie ein Vater aus dem vorigen Jahrhundert. Der Himmel stehe Christopher und Patience bei, wenn sie älter werden.«

Tony hatte sich in der Zwischenzeit erholt und sagte mit dünner Stimme: »Gut, Paul, ich erzähl' ihr nichts, obwohl es mir viel lieber wäre. Ich hab' immer das Gefühl, daß ich sie betrüge.«

»Du wirst es überleben. Aber noch etwas, Tony. Larry kann so viel spotten, wie sie will, und behaupten, daß ich ein altmodischer Vater bin — aber ich bin tatsächlich für dich verantwortlich. Als deine Eltern dich hier gelassen haben ...«

»Vertrauten sie es deiner zärtlichen Fürsorge an, das arme kleine Ding«, warf Larry vergnügt ein. »Und jetzt verschüchterst du sie ...«

Paul unterbrach sanft: »Rechtmäßig bin ich mehr oder weniger dein Vormund, Tony, bis du einundzwanzig bist. Deshalb halte ich es für richtig, dich um ein Versprechen zu bitten.« Tony blickte sehr ernst, aber sie fühlte plötzlich, daß alles wieder gut werden würde. Paul redete immer noch — ein sehr ungewöhnliches Ereignis bei ihm. »Vergiß die ganze Geschichte mit dem eingeschriebenen Brief. Erzähl niemandem davon. Du bist zwar möglicherweise im Recht, aber Tantchen gegenüber war es nicht richtig. Gib mir dein Wort, daß du nicht mehr mit der Post herumpfuschst, was immer auch geschehen mag. Das meine ich wortwörtlich, auch wenn du meinst, du vollbringst eine edle Tat und rettest ein Leben. Auch dann darfst du nichts tun, ohne Miss Adams um Rat zu fragen.«

Tonys Augen waren groß und feierlich. »Ja Paul, das verspreche ich. Was auch immer geschehen mag, ich tue mit der Post nur noch das, was mir Miss Adams anschafft. Aber stellt euch bloß vor, wenn jemand versucht, Mick O'Connor zu erpressen oder Caleb Drohbriefe zu schreiben!«

Wir lachten alle los. Die Idee, daß jemand Mick O'Connor erpressen könnte, war zu komisch. Paul sagte übertrieben dramatisch: »Sogar wenn Larry und Susan darin verwickelt sind, sogar wenn du glaubst, du könntest meine Ehre retten, wenn du einen Brief vernichtest — sogar dann, Tony!«

»Sogar dann, das verspreche ich. Aber ist das wirklich richtig, Paul? Soll ich Miss Adams nichts erzählen?«

»Vollkommen richtig. Du würdest nur dich selbst glücklicher machen, aber sie würde sich Sorgen machen.«

»Kurz gesagt: Schweigen!« ahmte Larry ihn nach. »Immerwährendes Schweigen! Ach, was für ein Lärm um nichts. Paul, du wirst humorlos. Vergessen wir die ganze Geschichte und machen uns auf die Suche nach unseren schrecklichen Kindern. Wende deine Aufmerksamkeit lieber deiner eigenen Familie zu, denn wenn es je eine Bande von potentiellen Verbrechern gegeben hat...«

Aber so schnell konnte Tony sich nicht erholen. Sie kam nicht mit uns, um nach den Kindern zu sehen, sondern schlenderte allein in den Garten. Ich hatte Larry ein Stück begleitet und kam über die Koppel zurück, als ich ein Auto vor dem Tor halten sah, aus dem Peter Anstruther ausstieg. Ich hoffte, er würde Tony nicht in Tränen aufgelöst im Garten finden.

Im nächsten Moment hörte ich ihre Stimmen durch die Hecke. Tony versuchte gerade, tapfer zu sein: »Nein, nichts, nur ein bißchen verschnupft. Bin irgendwo in den Zug gekommen«. Und er antwortete: »Scheußlich lästig, so was.«

Es entstand eine Pause, dann sagte Tony plötzlich: »Wirklich nett von Ihnen, daß Sie so tun, als hätten Sie nichts gemerkt. Ich hab' mich benommen wie ein kleines Kind. Keine Erkältung. Mein schlechtes Gewissen.«

»Anstrengend, so ein schlechtes Gewissen. Kann mir nicht vorstellen, wofür wir so was haben.« Peter versuchte, leicht darüber hinwegzugehen, aber es klang nicht sehr überzeugt.

Tony sagte unvermittelt: »Die Sache ist so, daß ich etwas Schlimmes getan hab' und es gerne gestehen möchte. Keine Angst, nicht Ihnen! Sondern dem, den die Sache angeht. Aber alle sagen, ich soll es nicht tun.«

»Wahrscheinlich haben Sie recht. Oft besser, den Mund zu halten als zu reden.«

»Meinen Sie wirklich? Aber Geständnisse sind so eine Erleichterung.«

»Das ist es ja. Man selbst ist erleichtert. Aber der nicht, dem man es auflädt beim Abladen.«

Das war ein komischer Satz, aber Tony verstand ihn, denn ich hörte sie seufzen, anscheinend war Schweigen eine schwere Strafe für sie. Ich beeilte mich und lauschte nicht weiter, aber als sie ins Haus kamen, schaute Peter Tony an, als sähe er sie zum erstenmal. Sie war plötzlich eine selbständige Persönlichkeit, nicht nur Pauls hübsche Nichte.

Er blieb nicht lange. Er machte uns fast nie einen richtigen Besuch, und wenn er kam, weil er etwas zu sagen hatte, dann sagte er das und ging wieder. Er war wirklich nicht sehr gesellig, aber wir mochten ihn alle sehr gerne, trotz seiner Schweigsamkeit und seiner Zurückhaltung. Bevor er ging, strengte er sich jedoch ungewöhnlich an, offensichtlich tat ihm Tonys Niedergeschlagenheit leid, und brachte das Gespräch auf das Sportfest und ihr Pony.

»Wie geht das Springen?«

»Ganz toll. Larry sagt, daß Babette leicht zu reiten ist. Überhaupt nicht nervös, und sie springt gerne. Sie kommen doch zum Sportfest, oder?«

»Natürlich, obwohl es ja recht unpraktisch liegt, zwei Tage vor Weihnachten. Es kommen ja nie viele von auswärts, aber dieses Jahr kommt sicher gar niemand. Warum reiten Sie Ihr Pony nicht selbst?«

»Ich reite nicht gut genug, und sie muß unbedingt gewinnen. Wissen Sie, Ursula Maitland reitet Sahib.«

Er grinste. »Aha ... Nun, nächstes Jahr werden Sie sie selbst reiten können. Macht mehr Spaß. Larry ist schon eine ausgezeichnete Reiterin.«

»Oh, glauben Sie, daß sie wirklich Chancen gegen Ursula hat?« Tony glühte vor Begeisterung, und die Tragödie war vergessen.

»Weiß ich nicht. Hab' das andere Pferd noch nie gesehen, aber Babette ist ein sehr gutes Pony«, und Tony sah aus, als wollte sie ihm um den Hals fallen.

Als sie seinem Auto nachsah, sagte sie: »Peter hat heute tatsächlich mehr zu mir gesagt, als alle die Male zusammen, die ich ihn bisher getroffen hab'. Wohl weil er mich schniefend im Garten erwischt hat. Er ist richtig nett und sympathisch, findest du nicht auch?«

Ich sagte, daß ich ihn für sehr nett hielte, aber daß es schwer sei, ihn näher kennenzulernen. Und an diesem Abend, als die anderen schon im Bett waren, sagte ich zu Paul: »Ich wollte, Peter würde etwas mehr aus sich heraus gehen. Vermutlich haben die Jahre mit seiner Mutter Hemmungen in ihm erzeugt, die er jetzt nicht wieder los wird.«

Paul schaute mich an, als wäre ich leicht verrückt, und sagte: »Er ist verdammt nett. Daß ihr Frauen immer wollt, daß ein Mann geschwätzig ist«, was ich unfair fand und was mich veranlaßte, mich in beleidigtes Schweigen zu hüllen. Paul brach es mit der Bemerkung: »An deiner Stelle würde ich aufhören, mir wegen Tony Sorgen zu machen. So was macht sie sicher nicht noch einmal.«

»Ich weiß nicht, ob es Tantchen gegenüber richtig ist. Sie vertraut uns allen.«

»Es macht alles nur schlimmer, wenn wir ihr die Sache auftischen. Das Mädchen arbeitet gut, und Tantchen ist so zufrieden mit ihr. Laß sie in Ruhe.«

Ich sagte mürrisch, daß ich auch nichts anderes vorgehabt hätte. »Schließlich war es auch kein großes Verbrechen. Larry versuchte ja zu erklären, daß wir wirklich keine Mrs. Freeman kennen.«

»Ach, Larry«, sagte Paul nur müde.

Caleb lebte sich bei Tantchen gut ein und erwies sich als so nützlich, wie es die anderen von ihm erwartet hatten. Ich hatte mich getäuscht, als ich bei dem Gedanken an die Schweine im Fischernetz und den fürchterlichen Kater erwartet hatte, daß er für Miss Adams nur eine Last sein würde. Er war freundlich und zuvorkommend, immer bereit, bei allem zuzupacken und mißachtete die Vierzig-Stunden-Woche völlig. Er fuhr sogar den Lieferwagen, zwar nicht gerade hervorragend, jedoch äußerst vorsichtig und übernahm einen Teil der Lieferungen.

Er war auch beliebt. Vorher, als er noch auf seiner verlassenen Farm gelebt hatte, hatte er fast niemanden gekannt, aber jetzt hatte er viele Freunde, die nicht einmal Annabella abschrecken konnte. Er lebte sichtlich auf und war glücklich und zufrieden. Natürlich machte er auch Fehler, aber Tony sagte, sie hätten seine schwachen Stellen schnell herausgefunden.

»Man darf ihn nicht hetzen. Wenn man ihn in Ruhe läßt, macht er die Abwiegerei glänzend. Und man bittet ihn besser gar nicht erst, etwas im Supermarkt zu suchen, der bringt ihn nämlich durcheinander. Er läßt dann alles fallen und gibt an der Kasse falsch heraus.«

»Er ist wirklich eine Hilfe«, sagte Tantchen, »er nimmt uns all die lästigen Arbeiten ab, die so aufhalten. Ich hab' auch noch nie gesehen, daß er ungeduldig wird oder den Leuten schlechte Zwiebeln gibt oder zu wenig Kartoffeln. Er ist sehr vorsichtig mit dem Lieferwagen und bringt nie die verschiedenen Bestellungen durcheinander. Er ist genau das, was Tony und ich gebraucht haben.«

»Macht sich nützlich, wie Ursula«, lästerte Larry. »Nur auf eine viel nettere Art. Ich kann mir nicht vorstellen, wie Anne das aushält. Sie wird froh sein, wenn dieser Monat vorbei ist. Sie ist fest davon überzeugt, daß das Kind am Weihnachtstag kommt, weil bei ihr ja nichts ohne Komplikationen geht. Sie nennt es jetzt schon immer Nicola.«

Wir saßen in Tantchens kleinem Wohnzimmer und unterhielten uns gemütlich in einer ihrer wenigen ruhigen halben Stunden, als Larry plötzlich ein entsetzlicher Gedanke kam.

»Was passiert in der Zeit, in der Anne zur Entbindung in der Stadt ist? Ich weiß, daß sie wieder die nette kartanische Krankenschwester kommen lassen will, die schon das letzte Mal da war, und die wird sich um die Zwillinge kümmern. Vielleicht bleibt Ursula aber dort und spielt weiter die Hausherrin, damit dem lieben Tim auch nichts abgeht?«

»Wenn sie das tut, dann geht die Schwester. Nicht einmal dieses nette Mädchen wird sich von Ursula herumkommandieren lassen«, prophezeite ich düster.

»Mit welchem Vergnügen ihr Mädchen Schwierigkeiten voraussieht«, sagte Tantchen. »Angeblich reist Miss Maitland gleich nach Weihnachten ab. Und wenn nicht, wird sie wohl froh sein, wenn sie wieder zum Colonel zurückkehren kann. Euch ist anscheinend nicht klar, daß sie hart arbeitet und tasächlich eine große Hilfe ist.«

»Selbstverständlich ist uns das klar«, gab Larry zurück. »Man kann keine fünf Minuten mit ihr zusammen sein, ohne das zu merken.« In diesem Moment klopfte Caleb an die Türe.

Nachdem er uns mit übertriebener Höflichkeit begrüßt hatte, fragte er: »Miss Adams, würde es Sie stören, wenn ich ein paar kleine Schreinerarbeiten in dem alten Schuppen da hinten machen würde?«

»Natürlich nicht, Caleb. Er wird sowieso nie benutzt und fällt bald zusammen. Tun Sie dort nur, was Sie wollen.«

Als er gegangen war, sagte Larry: »Ich kann mir nicht vorstellen, daß Caleb ein geschickter Schreiner ist. Ich glaub', daß alles, was er zusammennagelt, wieder auseinanderfällt.« Aber Tony kam da gerade herein und versicherte uns, daß Caleb recht gewandt mit Werkzeugen sei und immer sehr sorgfältig Maß nehme.

»Schrecklich langsam natürlich. Ich möchte furchtbar gerne wissen, was er in dem Schuppen tun will. Er hat eine ganze Menge Holz gesammelt und damit sehr geheimnisvoll getan.«

»Vielleicht baut er einen kleinen Käfig für seinen Kater«, schlug ich vor, denn in diesem Moment war das Tier in der Toreinfahrt erschienen und beäugte uns bösartig. »Man sollte ihn einsperren können, wenn jemand kommt, den er nicht mag.«

Jemand rief vom Supermarkt herüber, und Tony verschwand. Ich hatte die Stimme erkannt und war deshalb nicht überrascht, daß Tony rötere Backen als gewöhnlich hatte, als wir zum Supermarkt hinübergingen. Sie stritt sich mit Colin über verschiedene Waschmittel.

»Als wenn es dir nicht egal wäre! Du bringst deine ganze Wäsche ja immer in eine Wäscherei in der Stadt. Du kannst kein Waschpulver vom anderen unterscheiden, und du tust nur so klug, weil du streiten willst.«

»Aber nein, ich will nur einen Grund haben, dazubleiben und mich mit einem so bezaubernden Mädchen zu unterhalten, anstatt zu meinem einsamen Haus und zu meiner schmutzigen Wäsche zurückzukehren«, sagte er in einem Ton, von dem sogar ich zugeben mußte, daß er betörend war. »Also gib mir das, was du für das Beste hältst. Obwohl ja das letzte Mal, als ich deinen Rat befolgte, meine Socken gerade noch groß genug für Micks Dreijährigen waren.«

»Eigene Dummheit, wenn du sie auskochst.«

»Aber es hatte auch seine Vorteile. Das Taschentuch, das ich mitkochte, nahm ein ganz reizendes Grau an. Ich werd' es so in die Tasche meines grauen Anzugs stecken, daß es ein wenig heraussteht.«

Sie hatten ihren Spaß miteinander, und man konnte seinen Charme nicht leugnen. Larry warf mir einen kurzen Blick zu und sagte dann laut: »Ich unterbreche diese familiäre Diskussion zwar sehr ungern, aber wir fahren heim, Tony. Meinst du, daß ich schnell einen Blick in den Schuppen werfen kann und schauen, was Caleb vorhat?«

»Hat keinen Zweck. Ich hab' versucht, es herauszubringen, aber er redet nicht darüber, es muß ein großes Geheimnis sein. Jetzt ist er sowieso nicht dort. Er tut nie seine eigene Arbeit in Tantchens Zeit. Wahrscheinlich bleibt er dort, bis es dunkel wird und weckt uns morgen früh wieder mit dem Gehämmere.«

Colin wandte seinen Charme Larry zu: »Wie geht die Dressur? Ich hab' gehört, daß der Colonel einen großartigen Pokal für den Holzhackwettbewerb stiftet. Vermutlich wird Babette alle Preise bei den Pferdewettbewerben gewinnen?«

»Ach, nie. Ich mach' mit ihr nur bei zweien oder dreien mit. Sie ist noch nicht gut genug geschult. Sie scheint zwar ausgesprochen ruhig zu sein, aber man weiß ja nie genau, wie ein Pferd auf Lärm und eine Menschenmenge reagiert.«

Colin antwortete sofort: »Warum probieren Sie es nicht aus? Ich komme und mache einen Lärm, um den mich jede Menschenmenge beneidet«, und bevor ich eigentlich wußte, wie es geschah, war schon ausgemacht, daß Colin Tony am Freitag Abend heimbringen und bei uns übernachten würde, und am nächsten Morgen würde er sich nach Kräften bemühen, Babettes Nerven zu testen.

Auf der Heimfahrt konnte ich mich nicht zurückhalten, zu Larry zu sagen: »Wirklich, dieser junge Mann hat Nerven. Er und Tony scheinen ja mächtig befreundet zu sein.«

»Nimm dich zusammen, Susan. Waschpulver ist kein romantisches Gesprächsthema, und Tony ist zu allen nett. Als ich das letzte Mal herunten war, verhandelte sie gerade ernsthaft mit Peter Anstruther über Ölsardinen.«

Das tröstete mich. Tony hatte nicht mehr von Peter gesprochen seit dem Tag, an dem er sie mit Tränen in den Augen im Garten gefunden hatte.

Ich konnte mir nicht vorstellen, daß er sich wirklich brennend für Ölsardinen interessierte. Vielleicht freundeten sie sich an. Es wäre nett, wenn ... Hier beherzigte ich Larrys Rat und nahm mich zusammen.

Sie fuhr fort: »Du mußt dich einfach damit abfinden, daß Tony mit allen recht vertraulich umgeht, und daß das meistens überhaupt nichts bedeutet. Ganz klar, daß so ein hübsches Mädchen viele Verehrer hat. Sie kennt wirklich genug andere, also beruhige dich.«

Ich war Colin Manson gegenüber eben voreingenommen. Mir gefielen die Geschichten nicht, die ich über seine Flirts gehört hatte. Außerdem fiel es mir schwer zu glauben, daß bei Tony die Sache tatsächlich so oberflächlich war, wie man aus ihrem Benehmen schließen konnte. Auf jeden Fall war er ein charmanter Gast, und Paul mochte ihn.

»O ja«, sagte ich gehässig, »er weiß genau, wie er mit den Leuten umgehen muß. Gute-Nacht-Geschichten für Patience, ein bißchen Kricket mit Christopher, viel kluges Geschwätz über Schafe für dich, und abtrocknen für mich. Der ideale Gast.«

Paul sagte: »Was ist denn in dich gefahren? Ich muß schon sagen, du bist schwer zufriedenzustellen. Vor kurzem hast du dich beklagt, daß Peter so wenig aus sich heraus geht. Colin tut es — und er ist dir wieder nicht recht. Der ist schon in Ordnung. Gerede? Natürlich gibt es hier in der Gegend Gerede über einen gut aussehenden Junggesellen. Es ist mal eine nette Abwechslung, einen Gast zu haben, der sich für alles interessiert.«

»Besonders für Tony«, sagte ich unbedacht, und Paul setzte eine Duldermiene auf.

»Komm, sei vernünftig. Du stellst dich doch sonst nicht so an! Dich reiben die Weihnachtsvorbereitungen auf. Ein Jammer, daß wir dieses Jahr alle anderen einladen müssen, aber du sollst dich deshalb nicht aufarbeiten. Geh lieber ins Bett.«

Ich brummte übelgelaunt, daß Weihnachten noch nie so einfach gewesen sei. Nur unsere eigene Familie, alle anderen brächten etwas mit. Kein schrecklicher Truthahn. Kein Plumpudding. Das sei die richtige Art, Weihnachten zu feiern, und niemand hätte viel Arbeit damit.

Am nächsten Tag schien mir das nicht mehr so sicher. Alle waren weggegangen, um Larry und Babette zu bewundern, und ich war allein zu Haus, als das Telefon läutete und Tantchen ein Ferngespräch meldete. Es war Mutter, und es mußte etwas Aufregendes passiert sein, denn so großzügig Mutter sonst ist, mit Ferngesprächen ist sie sparsam.

»Susan, kannst du mich hören? Ist diese unmögliche Leitung in Ordnung?«

»Einigermaßen, und wenn du langsam sprichst, kann ich dich auch verstehen.«

»Also, die Sache ist sehr einfach. Du weißt, daß dein Vater und ich Weihnachten bei Dawn verbringen wollten? Also, das Mädchen scheint sich für überanstrengt zu halten. Lächerlich, mit einem Kind und der Hilfe ihrer guten Mutter! Ich versteh' das einfach nicht.«

Mutter mußte sich sehr über Dawn ärgern, wenn sie sich bei einem Ferngespräch die Zeit nahm, sich über sie zu beklagen. Ich fragte: »Geht es ihr nicht gut?«

»Es geht ihr ausgezeichnet, aber du weißt ja, wie Geoffrey sie verwöhnt, und er hat beschlossen, über Weihnachten eine Kreuzfahrt mit ihr zu machen. Redet davon, daß er den ganzen Rummel umgehen will, wobei ich nicht weiß, welchen Rummel er meint, er bestellt immer einen Tisch im besten Hotel fürs Essen. Aber ich will keine Zeit mit Reden verschwenden, Susan, denn ich hoffe, dich bald zu sehen.«

Ich mag Mutter gerne, aber ich muß gestehen, daß meine gute Laune schwand. Ich konnte mir denken, was nun kommen würde.

»Wir haben daran gedacht, euch zu besuchen, mit euch Weihnachten zu feiern und noch ein paar Tage zu bleiben. Dein Vater freut sich schrecklich darauf. Er sagt, er habe Paul und die Farm seit zwei Jahren nicht mehr gesehen. Und ich sehne mich natürlich danach, meine allerliebsten Enkel zu sehen.«

Ich dachte daran, wie ich die allerliebsten Enkel zuletzt gesehen hatte. Ziemlich schmutzig und unordentlich hatten sie sich eiligst davongemacht, um ihren Wochenendarbeiten zu entgehen. Sie waren fest entschlossen, die Zeit mit Christina und Mark zu verbringen und um ihre Eltern einen großen Bogen zu machen. Mutter redete inzwischen eifrig weiter.

»Hörst du mich? Dieser Anruf wird mich ruinieren. Können wir kommen, Susan? Wird es dir nicht zu viel?«

»Aber nein, Mutter. Ich freu' mich drauf, euch zu sehen. Wann wollt ihr kommen?«

Hoffentlich klang das begeistert, aber mir war nun klar, daß es nichts würde mit unserem geplanten ruhigen und unkonventionellen Weihnachtsfest, und der Gedanke an Truthahn und Plumpudding dämpfte merklich meine Freude, die Eltern zu sehen.

»Am Tag vor Weihnachten, Liebling, und nur für vier Tage. Ich weiß, das ist schrecklich kurz, aber wir sind über Neujahr im Süden eingeladen. Wir freuen uns sehr darauf, euch wiederzusehen, und ein gemütliches Weihnachtsfest in den Backblocks zu feiern.«

Ich legte den Hörer auf, setzte mich hin und warf alle unsere Pläne über den Haufen. Meine Eltern waren seit fünf Jahren an Weihnachten nicht mehr bei uns gewesen, deshalb mußten wir es natürlich groß feiern, daß sie diesmal kamen. Paul schätzte meinen Vater sehr und würde sicher auf ein »richtiges« Weihnachtsfest Wert legen, und ich wollte natürlich auch, daß es ihnen bei uns gefiele.

Das bedeutete eine Einladung mit allem Drum und Dran. Ich überlegte mir, ob der Truthahn, von dem Paul ein oder zwei Mal wehmütig gesprochen hatte, und der auf der hinteren Koppel mit seinen vielen Frauen lebte, ausreichen würde, oder ob wir zwei brauchten — ein schrecklicher Gedanke. Ich durfte auch den Schinken nicht vergessen und mußte mit Larry und Anne das Essen besprechen.

Es würde eine große Gesellschaft werden, da ich an der Reihe war, die anderen Familien einzuladen. Das wäre nicht schlimm gewesen, wenn wir das Weihnachtsfest so hätten feiern können, wie wir verabredet hatten. Jetzt jedoch begann ich verzweifelt zu zählen: der Colonel, Ursula, Julian und Alison, Miss Adams und Caleb, Larry, Sam und die Kinder, Anne, Tim und die Zwillinge und, nicht zu vergessen, meine Eltern. Und auch Peter, der versprochen hatte zu kommen, wenn auf der Farm nichts besonderes los sei. Ich gab das Zählen auf, entschied aber, daß es das würde, was Larry »Truthahn um Zwölf« genannt hatte, daß zwei Truthähne nötig wären und ein großer Schinken, und dazu noch das Rindfleisch und die Zunge, von denen wir einmal in unserer Naivität gehofft hatten, daß sie allen Ansprüchen genügen würden. Ich seufzte und ging mein Pferd einfangen, um die Menschenmenge zu vergrößern, die Babettes Nerven testen sollte.

Sam hatte ein paar Hindernisse aufgebaut, die denen beim Sportfest ganz ähnlich waren. Die Menschenmenge bestand aus Colin, der mit einer Gießkanne bewaffnet war, Tony und unseren vier Kindern, die zusammen einen irrsinnigen Lärm veranstalteten. Babette störte das überhaupt nicht, und als ich mich dazu stellte, wandte Larry sie zum Startplatz und ritt eine fehlerlose Runde, zu Tonys größtem Entzücken. Larry war mit ganzen Herzen dabei. Sie ritt Babette leicht, hatte sie aber vollkommen in der Hand, und nahm den Beifall der Menge bescheiden entgegen. Gerade in diesem Moment gesellte sich zu unserer Überraschung Sam zu uns.

Ich sagte: »Sag bloß, du nimmst dir eine halbe Stunde Zeit, um die Reitkünste deiner Frau zu bewundern?«

Er war verlegen. »Eigentlich nicht. Ehrlich gesagt, ich wollte mit Larry reden, weil wir ein Telegramm bekommen haben. Ich bin nochmal ins Haus zurück, um meine Peitsche zu holen, und da hat Tantchen gerade angerufen. Jetzt bin ich auf der Stelle herausgekommen.«

»Ein Telegramm?« Larry sprang von Babette und übergab sie Tony, die in ihr Pony kindisch vernarrt war. »Sicher was Aufregendes, sonst wärst du nicht gleich herausgerannt. Sag bloß, ich hab' was im Preisausschreiben gewonnen. Ich weiß, was ich damit mache. Ich verkaufe es und mache einen Einkaufsbummel.«

»So was ist es nicht«, sagte Sam und schluckte nervös. »Ehrlich gesagt, es ist von meiner Mutter.« Larry warf mir einen besorgten Blick zu. Sie und Mrs. Lee mögen einander nicht, und obwohl ich ihr immer erkläre, es sei nicht fein, sich mit seinen angeheirateten Verwandten nicht zu vertragen (ich selbst habe keine außer Claudia, und die ist weit weg in Australien), weiß ich, daß ich mit Sams Mutter auch nicht auskommen könnte. Sie ist eine gut aussehende ältere Dame, die glaubt, daß ihr einziger Sohn viel zu gut für Larry sei, und eine herablassende Art hat, ihre Schwiegertochter als Dummkopf hinzustellen. Larry muß immer einiges über sich ergehen lassen, wenn sie ihren jährlichen Besuch macht, aber sie käme nie auf die Idee, ihren Ärger an Sam auszulassen.

Jetzt sagte sie: »Hoffentlich ist alles in Ordnung? Deine Mutter telegrafiert nicht oft.«

»Stimmt, und diesmal ist sogar die Rückantwort bezahlt.« Sam machte eine Pause, und ich ahnte Schlimmes. Larry **wohl** auch, denn sie sagte mit erzwungener Freude: »Kommt sie zu Besuch?«

»Ja, sie will mit uns Weihnachten feiern. Ich — ich wollte dich erst fragen, bevor ich ihr eine Antwort schicke. Ich weiß ja, daß wir Weihnachten diesmal anders feiern, ohne Rummel und Arbeit, und ich glaube, es ist das Beste, das gleich zu sagen. Sie kann ja dann im Januar kommen.«

»Du darfst ihr auf keinen Fall absagen. Natürlich muß sie Weihnachten zu uns kommen, wenn sie gerne möchte. Du bist ihr einziger Sohn, und Weihnachten ist eine traurige Zeit für Witwen«, schloß Larry. Offensichtlich hatte die Sache sie recht verwirrt, sonst hätte sie keinen solchen Unsinn dahergeredet, denn man kann sich schwer jemanden vorstellen, der weniger trauernde Witwe ist als die lebhafte und hübsche Mrs. Lee. Und außerdem ist ihr Mann schon vor fünfundzwanzig Jahren gestorben, so daß sie sich inzwischen an Weihnachten ohne ihn gewöhnt haben dürfte.

Sam war rührend dankbar, sagte aber: »Macht es dir auch wirklich nichts aus? Wir wollten doch ganz unter uns sein...«

Jetzt mußte ich eingreifen, und ich unterbrach ihn ziemlich düster: »Wir werden sowieso nicht unter uns sein. Ich bin noch nicht dazu gekommen, es euch zu erzählen, aber meine Mutter hat heute vormittag angerufen. Dawn hat sie für Weihnachten wieder ausgeladen. Sie macht irgendeine Spritztour und will ihre Ruhe haben, deshalb kommen meine Eltern hierher.«

Einen Moment herrschte Schweigen, dann lachte Larry los. »O Susan, es mußte ja so kommen. Das erste Mal, daß wir ein stilles Weihnachtsfest haben wollten! Aber es ist natürlich herrlich, wenn deine Eltern kommen. Dein Vater ist einfach süß, und Mrs. Lee und deine Mutter vertragen sich so gut.«

Das stimmte. Schon einmal, als Mrs. Lee sich zu einem Besuch bei Larry herabgelassen hatte, war die Situation durch Mutters Ankunft gerettet worden. Trotz ihrer Gegensätze verstanden die beiden sich offensichtlich sehr gut, und die Tatsache, daß Colonel Gerard und meine Mutter vor vielen Jahren in England befreundet gewesen waren, hatten die Ferien für Mrs. Lee zu einem großartigen Erfolg werden lassen. Larry wandte sich zu Sam, der erleichtert war. »Natürlich mußt du gleich telegrafieren, daß sie unbedingt kommen soll. Lad sie ganz herzlich ein, Sam«, und er bemerkte im Weggehen, daß er es mit »Larry« unterschreiben werde, das werde seine Mutter freuen.

Als er gegangen war, sagte Larry: »Außerordentlich, was ein

Mann alles glauben kann, wenn er will. Sich freuen über ein Telegramm von mir! Er wird es auch noch übertreiben und ›in Liebe‹ drunter schreiben, und sie wird genau wissen, daß die kleine Hilary, wie dieses Weibstück mich immer nennt, das weder in einem Telegramm noch sonst jemals zu ihr sagen würde. Ach Susan, Sam tut mir leid, daß er uns damit überfallen mußte. Für ihn ist es eigentlich noch viel schlimmer als für mich, denn er muß zuschauen und zuhören bei all den Sticheleien. Er weiß nämlich, was ich denke, obwohl ich mich bemühe, nichts zu sagen. Sie ist schließlich seine Mutter, und er hat sie sehr gerne.«

»Ja, es ist einfach scheußlich für euch beide. Ich kann mir nicht vorstellen, warum sie kommen will. So gut gefällt es ihr hier auch wieder nicht.«

»Jemand anderes muß sie versetzt haben, so wie Dawn deine Eltern. Wir müssen uns damit abfinden, Susan, daß wir nur Lückenbüßer sind. Aber wir müssen beginnen, fest an Weihnachten und Nächstenliebe zu denken. Bei deinen Eltern ist es natürlich etwas anderes, aber ich weiß, daß meine ganze Weihnachtsstimmung beim Teufel sein wird, wenn ich Mrs. Lees Auto die Einfahrt heraufkommen sehe. Deine Leute mögen Paul, obwohl deine Mutter sicher nicht besonders begeistert gewesen ist, daß du dich in den Backblocks begraben hast. So nennen das die lieben Verwandten immer. Ich werde nie vergessen, wie Onkel Richard sich aufgeführt hat.«

»Er glaubte wohl, du wärst viel zu gut für Sam?«

»Bevor er Sam kennenlernte, war er fast so sehr dagegen wie Mrs. Lee. Du hättest sie bei unserer Hochzeit sehen sollen. Sie waren zwar einigermaßen höflich, betrachteten einander aber mit offenem Haß. Dem Himmel sei Dank, daß sie sich seither nicht getroffen haben und es auch nicht tun werden.«

Unser Weihnachtsfest schien ziemlich kompliziert zu werden, aber das war noch nicht alles. Noch am gleichen Abend rief Larry an, und daraus, daß sie mit einem hysterischen Lachen kämpfte, schloß ich, daß etwas Entsetzliches geschehen war.

»O Susan, warum hab ich das nur gesagt? Es war Wahnsinn! Eine Herausforderung des Schicksals.«

»Wovon redest du eigentlich? Du forderst das Schicksal immer heraus.«

»Und diesmal hat es zugeschlagen! Warum hast du mich das nur sagen lassen, daß Onkel Richard und Mrs. Lee sich nie wieder treffen würden?«

»Du meinst... Aber das ist doch nicht dein Ernst, Larry?«

»Doch, vollkommen. Sie werden sich Weihnachten unter diesem Dach treffen. Unser stilles Fest...«

»Hör auf zu lachen und erklär mir das genau. Soll das heißen, daß Onkel Richard...?«

»Ja, Richard und Lydia. Sie haben heute abend angerufen.«

»Und sie kommen an Weihnachten?« Das war ja entsetzlich. Wir alle liebten Lydia, die Richard O'Connor kennengelernt hatte, als sie unsere Kinder unterrichtete, und wir hatten auch Richard sehr gerne. Aber es waren zwei Leute mehr, und Mrs. Lee und ihr Feind würden sich treffen. Zwei mehr — unser Weihnachtsfest wuchs uns langsam über den Kopf — wo blieb da unsere viel gepriesene Weihnachtsfreude?

Ich sagte: »Aber Larry, das geht einfach nicht... Ich meine, drei Leute... Und du sagst, daß sie sich alle nicht mögen.«

»Das ist milde ausgedrückt. Mrs. Lee kriegt immer eine Gänsehaut, wenn jemand von unserem Richard spricht, und ich hab' einmal gehört, wie sie zu Sam sagte, er sei ein typischer Geschäftsmann und sehr gewöhnlich. Und Richard spricht immer von ›dieser verdammten Frau‹. Sie vergeben einander nie, daß Sam und ich geheiratet haben. Richard mag Sam inzwischen, aber er glaubt immer noch, daß ich etwas besseres hätte erwischen können, wie er sagt. Und Mrs. Lee denkt, Sam sei viel zu gut für mich«, und Larry lachte wieder verzweifelt.

»Das kann ja heiter werden. Wie willst du sie denn alle unterbringen?«

»Sam und ich haben beschlossen, ein Zelt im Garten aufzubauen. Dann haben wenigstens wir da draußen unsere Ruhe. Und Mrs. Lee wird das Vergnügen haben, am Weihnachtsmorgen bei Tagesanbruch von den lieben Kindern geweckt zu werden.«

»Sie mag sie doch sehr gerne?«

»Eigentlich nicht, obwohl sie ein schreckliches Theater gemacht hat, als die liebe kleine Hilary sich vier Jahre lang Zeit gelassen hat. Aber dem Himmel sei Dank für Lydia.«

Lydia kann herrlich mit Kindern umgehen, und unsere hängen sehr an ihr. Obwohl sie Richard O'Connor geheiratet hatte, war es ein schwerer Schlag gewesen, als sie uns verließ. Ich dachte voll Neid an Sam und Larry in ihrem Zelt und fragte: »Hast du deinem Onkel erzählt, daß Mrs. Lee kommt?«

»Natürlich nicht. Er würde nicht kommen, und es hätte so ausgesehen, als wollten wir ihn nicht bei uns haben. Nein, das wird eine hübsche Weihnachtsüberraschung geben. Gott sei Dank kommt Mrs. Lee erst nach dem Sportfest. Sicher verpfusche ich den letzten Sprung mit Babette, und es würde mich verrückt machen, wenn sie mir dabei zuschaut. Ursula wird ihr gefallen. Ganz ihr Geschmack«, was eine der größten Unverschämtheiten war, die ich Larry je über ihre Schwiegermutter sagen hörte.

Die Zahl meiner Gäste wuchs beängstigend. Und es würde bestimmt Schwierigkeiten geben. Wenn ich daran dachte, wie Mrs. Lee an Larry herumnörgeln und wie Onkel Richard Mrs. Lee anstarren würde, und wie Ursula herumrennen, die Männer bedienen und die Frauen herablassend behandeln würde, dann verlor ich allen Mut. Schon das Essen war ein Problem, obwohl natürlich alle etwas beisteuern würden. Ich mußte alles sehr genau planen.

Als ich Paul die Lage eröffnete, schrieb er nur einen großzügigen Scheck aus und schlug vor, wir sollten die Turnhalle mieten. Der Colonel jedoch erwies sich als eine größere Hilfe; er war hocherfreut, Mutter wiederzusehen, und eine große Familienfeier war ganz nach seinem Geschmack. Ich glaube, er hätte mit Freuden das ganze Fest in seinem Haus veranstaltet, das für so etwas viel besser geeignet war, wollte mich aber mit diesem Vorschlag nicht beleidigen.

Er sagte: »Jetzt müssen wir alle zusammen überlegen. Ihr Mädchen dürft nicht zu viel machen, und wir werden alle helfen«, und ich war dankbar, die Leitung des Ganzen, die mir zugestanden hätte, einem so geschickten Organisator zu übergeben.

Wir beschlossen, daß das Wetter schön zu sein hatte. Dann konnten wir im Freien essen, auf dem Rasen und unserer großen, altmodischen Veranda. »Und wenn es regnet«, sagte Larry »können die Kinder in der Küche herumtoben, und wir müssen uns eben im Wohn- und Eßzimmer zusammendrängen.« Pauls Gesicht verdüsterte sich beim Gedanken an ein Essen im Freien. Ich kann nie verstehen, warum unsere Männer, die doch angeblich so versessen sind auf große, weite Räume, es so hassen, dort auch zu essen. Sie wollen im Haus an einem Tisch essen, auf einem bequemen Stuhl sitzen und behaglich zurückgelehnt über die Freuden des Lebens im Freien reden.

Diesmal jedoch würden sie sich mit dem abfinden müssen, was man im allgemeinen ein »kaltes Buffet« und was Paul »die Hölle auf Erden« nannte. Aber ich machte ihm klar, daß er seinen Teller irgendwie auf den Knien balancieren müsse und sich nicht eine leere Kiste als Tisch suchen dürfe.

»Nur — was sollen wir eigentlich auf unsere Teller tun?«

Sams Frage war nicht unbegründet, und Paul ging mit bitterböser Miene hinaus und schoß zwei große Truthähne. Wir seufzten bei ihrem Anblick und dachten an das einfache, leichte Essen, das wir geplant hatten.

»Aber wir müssen uns natürlich Mühe geben«, sagte Larry. »Ich möchte nicht, daß Mrs. Lee in die Stadt zurückfährt und allen ihren Freunden erzählt, der liebe, arme Sam habe so wenige Annehmlichkeiten. Sie redet immer von Annehmlichkeiten, und das hatte ich letztes Mal so satt, daß ich sie fragte, was sie damit meinte, wir hätten schließlich eine Toilette mit Wasserspülung. Sie blickte mich bekümmert an und sagte, das würde ich nie verstehen. Aber ich wußte genau, daß sie damit eine gebildete Frau meinte, die keine Hunde im Haus hat, und deren Kinder gut erzogen sind.«

»Jetzt verbohr dich doch nicht so in deinen Haß! Denk dran, daß Weihnachten ist.«

»Ich kann gar nicht anders. Warum haben wir nur jemals geplant, dieses Jahr Weihnachten still und bescheiden zu feiern? Es wird garantiert schlimmer denn je. Wann fahren wir in die Stadt und decken uns mit Vorräten ein, in Mengen, wie sie nicht einmal Tantchen hat, und besorgen unzählige Geschenke? Das wird teuer!«

Das fand ich auch, aber Paul drückte mir noch einen großzügigen Scheck in die Hand und sagte: »Viel Vergnügen«. Damit fühlte er sich aller Pflichten entledigt und meinte, er habe alles getan, was man von einem Mann erwarten könne.

Als ich Larry das erzählte, lachte sie nur. »Genau wie Sam, für den war Weihnachten damit auch erledigt. Warum kommen nur die Männer immer am besten weg?«

Das berichtete ich Paul und erhielt eine Antwort, die ich besser nicht wiedergebe.

11

Weihnachten war nun schon in nächste Nähe gerückt, und beim bloßen Gedanken daran drehten Larry und ich fast durch. Sie weigerte sich strikt, Babette zu vernachlässigen, und das Training nahm einige Zeit in Anspruch. »Diese Ursula wird mich nicht kampflos besiegen!«

Wir hatten von Julian erfahren, daß Sahib wirklich ein besserer und eleganterer Springer war als die kleine Babette, aber launisch und schwierig zu behandeln.

»Ursula reitet gut, aber sie ist trainierte englische Springpferde gewöhnt. Ich glaube nicht, daß sie sehr geeignet ist, ein ungeschultes Pferd einzureiten«, fügte er hinzu, und das ließ uns hoffen, denn Larry und Babette waren völlig aufeinander eingespielt, und nicht einmal der Krach von Colins Gießkanne hatte sie aus der Ruhe bringen können.

Ein oder zwei Tage später kam Ursula unerwartet auf Sahib zu einem kurzen Besuch bei mir vorbei, und ich konnte nun zumindest das gegenseitige Verständnis selbst beurteilen. Es war offensichtlich, daß er schwierig und nervös war, und daß Ursula ein wenig ungeduldig mit ihm war.

»Er braucht eine feste Hand«, sagte sie zu mir. »Ich kann nicht verstehen, warum Onkel Charles so ein temperamentvolles Pferd für Anne gekauft hat. Sie wird nie mit ihm fertig.«

Das ärgerte mich, wie gewöhnlich, und ich gab zurück: »Ich glaub' schon. Sie reitet sehr gut und hat viel Geduld. Sie müssen bedenken, daß er lange Zeit nicht geritten worden ist. Der Colonel kaufte ihn, kurz bevor Anne wußte, daß sie ein Kind erwartet, und so konnten sie sich kaum aneinander gewöhnen.«

Sie sagte kurz angebunden: »Nun ja, vielleicht, aber deswegen bin ich nicht zu Ihnen gekommen, Susan.«

»Das kann ich mir denken. Haben Sie Schwierigkeiten?«

»Ich nicht. So etwas kenne ich nicht. Aber ich dachte, ich sollte Ihnen vielleicht doch einen Wink geben, da Sie anscheinend Tonys Vormund sind.«

»Nicht ich, Paul. Warum, was hat sie getan?«

»Nichts, außer daß sie sich ziemlich lächerlich macht mit Colin Manson.«

Ich war wütend, ließ mir aber nichts anmerken. »Wieso?«

»Ach, er ist immer im Laden, und sie flirtet recht ausgiebig mit ihm.«

»Ich weiß nicht, was Sie unter ›flirten‹ verstehen. Tony ist zu allen freundlich und immer vergnügt. Wenn er oft in den Laden kommt, so ist das seine Sache, und nicht ihre.«

»Nein, aber sie ist schuld. Sie ermutigt ihn, und ich kann Ihnen sagen, Susan, daß er es überhaupt nicht ernst meint.«

»Das hab' ich auch nie erwartet. Tony auch nicht. Sie sind eben befreundet.«

»So einer Freundschaft traue ich nicht, besonders bei einem Mann wie Colin! Wirklich charmant, aber ...«

»Ach, Colin denkt sowieso nicht ans Heiraten.«

»Ich glaube doch. Kennen Sie diese neuen Leute, die Gordons, die das reizende Haus in Te Rimu gekauft haben? Sie haben eine wirklich attraktive Tochter. Stellt die arme kleine Tony richtig in den Schatten. Catherine Gordon ist eine Schönheit — und sie hat Geld.«

Ich erzählte ihr nicht, daß Tony das auch hatte — und später noch viel mehr haben würde. Meine Laune wurde immer schlechter, aber ich sagte nur obenhin: »Und Colin bemüht sich diesmal ernsthaft?«

»Es sieht jedenfalls so aus — und sie passen wunderbar zusammen. Deshalb hielt ich es für meine Pflicht, Ihnen einen Wink zu geben, für den Fall, daß Tony sich ernsthafte Hoffnungen macht.«

Jetzt mußte ich tatsächlich lachen. »Etwas Ernsthaftes ist das letzte, was Tony will. Sie amüsiert sich eben, genau wie Colin. Aber vielen Dank, Ursula, daß Sie es mir erzählt haben. Ich weiß, daß Sie immer nur das Beste wollen. Und jetzt trinken wir noch eine Tasse Tee und reden ein bißchen über das Sportfest. Was für einen wunderschönen Pokal der Colonel dieses Jahr stiftet! Alle sind ganz aus dem Häuschen«, und wir unterhielten uns die nächste halbe Stunde recht angeregt.

Als ich Larry das alles berichtete, sagte sie: »Du bist so selten boshaft, Susan, deshalb freut es mich, daß du ihr gesagt hast, sie wolle nur das Beste. Sicher weiß sogar Ursula, wie schrecklich Leute sind, die immer nur das Beste wollen. So steht das also. Auch gut. Dir hat das ja nie gepaßt, jetzt freu dich und mach dir keine Gedanken.«

»Tu' ich auch nicht, nur ...«

»Susan, wenn du jetzt auch noch deinen Humor verlierst wie Paul, dann werd' ich verrückt. Ich stecke wegen Weihnachten bis über den Hals in Schulden, aber ich wette mit dir zehn Schilling, daß es Tony völlig egal ist, und wenn Colin sich auch mit einem Dutzend hübscher Catherines verlobt. Sie wird lachen und einen anderen Flirt anfangen, wahrscheinlich mit Peter — obwohl sie da ganz schön zu tun hätte.«

Und dann ging sie in die Speisekammer und betrachtete mit Bedauern die beiden großen Truthähne, die Paul geschossen hatte.

»Ich nehme den einen mit, und du kümmerst dich um den anderen. Abscheuliche Viecher, aber sie sind eben unser Beitrag, denn der Colonel hat alles so verteilt, daß er für Schinken und Zunge sorgt — oder besser gesagt, Mrs. Evans — und Miss Adams das Roastbeef mitbringt. Obstsalat und Eis teilen wir noch untereinander auf, und Mrs. Evans schickt, wie gewöhnlich, den Plumpudding. Weihnachten wird vielleicht trotz allem gar nicht so schlimm. Und mit Tony ist schon alles in Ordnung.«

Es sah jedenfalls so aus, als ich am nächsten Tag nach Tiri hinunterkam. Sie hatte viel zu tun, war vergnügt und platzte fast vor Neugier auf Calebs Schreinerei. »Er hat früh und spät dort gearbeitet und tut schrecklich geheimnisvoll. Es ist nicht für Annabella, denn er hat gestern zwei Räder gekauft von einem Mann, der ein altes Auto ausschlachtet, und könnt ihr euch Annabella auf Rädern vorstellen?«

Bevor ich ging, wurde das Geheimnis gelüftet. Caleb kam herein und fragte uns sehr schüchtern, ob wir seine »kleine Überraschung« sehen wollten.

Und es war eine Überraschung — ein großer Anhänger, den er als Weihnachtsgeschenk für Miss Adams gebaut hatte. Tony war entzückt. »O Caleb, genau das, was wir brauchen! Wir können doppelt so viel mitnehmen, wenn wir den an den Lieferwagen hängen. Sie sind wirklich klug!«

Ich aber war bestürzt. Sicherlich war es ein herrlicher Anhänger, groß und sehr sorgfältig gebaut, aber wie wollte er ihn aus dem Schuppen herausbringen? Die Türe war schmal, der Anhänger breit. Ich konnte gerade noch stammeln: »Ein wunderbares Geschenk«, als wir draußen jemand rufen hörten und Colin auftauchte.

»Eine schöne Art, ein Geschäft zu führen! Die Kunden schlagen Krach — zumindest dieser hier; niemand paßt auf die Sachen im Laden auf, ich will mich bei der Geschäftsleitung beschweren — und die ganze Belegschaft ist hier und starrt irgend etwas an. Was gibt es denn Aufregendes, Tony?«

»Schau nur, was Caleb da ganz allein gebaut hat! Ein Geschenk für Tantchen. Ist er nicht wunderschön?«

»Schon, aber wie steht es mit dem Geschäft? Ich bin nicht der einzige Leidtragende. Peter Anstruther kam, als ich gerade auf die Suche nach euch ging. Hier ist er.«

In diesem Moment erschien Peter und betrachtete anerkennend den Anhänger. Ich sah ihn einen Blick auf die Tür werfen und wußte, daß er den Fehler bemerkt hatte, den der arme Caleb gemacht hatte, aber gerade da brach Colin in lautes Lachen aus.

»Caleb, mein Bester, es ist ein verdammt guter Anhänger, aber wie wollen Sie ihn hinausbringen?«

Caleb verstand ihn nicht. »Er ist ein Weihnachtsgeschenk für Miss Adams, und deshalb hab' ich ihn versteckt«, begann er, und dann blickte er betroffen auf die schmale Türe. Es war ein fürchterlicher Augenblick, und keiner wagte den anderen anzuschauen, außer Colin, der sich köstlich amüsierte und das auch zeigte. Ich hatte eine Wut auf ihn; es war gemein, über die Ratlosigkeit des alten Mannes zu lachen.

Caleb sagte langsam und verzweifelt: »Daran hab' ich nie gedacht. Der Platz war so gut zum Arbeiten. Niemand konnte mich stören.«

Colin sagte: »Und ich fürchte, hier drin wird er bleiben. Der Anhänger, der sich nicht anhängen ließ!«

Tony fuhr ihn wütend an: »Wie klug du bist! Vermutlich hast du noch nie in deinem Leben einen Fehler gemacht.«

»So einen bestimmt nicht. So was gelingt nicht jedem.«

Mir war seine Überlegenheit höchst unsympathisch, aber Peter rettete die Situation.

»Alles halb so schlimm. Dieser alte Schuppen fällt sowieso schon fast zusammen. Schaut euch die Seite an! Man kann sie leicht einreißen, und den Anhänger da hinausschaffen. Dann kann ich euch helfen, alles wieder zusammenzunageln, wenn ihr wollt. Das ist ganz einfach.«

Tony atmete erleichtert auf und strahlte den Retter an. Caleb war sichtlich ein Stein vom Herzen gefallen, und er sagte: »Vielen Dank, Mr. Anstruther. Es war sehr unüberlegt von mir ... Sicher hat Miss Adams nichts dagegen, aber haben Sie so viel Zeit?«

Peter, der es immer eilig hatte, meinte, daß sich das schon machen ließe, und wir waren alle glücklich. Außer Colin, der sich wohl überflüssig vorkam und sagte: »Das ist wirklich eine gute Idee. Den Schuppen niederreißen, damit das heraus kann, was drinnen gebaut worden ist.«

Tony wäre ihm am liebsten ins Gesicht gesprungen. »Und warum nicht? Der Schuppen ist sowieso nichts mehr wert. Man kann ihn leicht wieder flicken. Du bist nur so eklig, weil dir die Idee nicht gekommen ist.«

Aber Colin ließ sich nicht aus der Ruhe bringen. »Du spinnst wohl«, antwortete er ungerührt. »Meinen herzlichen Glückwunsch, Peter. Die Arbeit überlasse ich Ihnen gerne. Und wenn unser bezauberndes Ladenfräulein geruht, sich ihrem Geschäft zu widmen, werde ich in der Lage sein, meine Einkäufe zu tätigen und zu wesentlich dringlicheren Geschäften zurückzukehren.«

Tonys Ärger störte Colin gar nicht, und auch ohne Ursulas Wink wäre ich nun ziemlich sicher gewesen, daß Colin es nicht ernst meinte mit dem kleinen Ladenmädchen. Wenn er ans Heiraten dachte, dann nicht hier.

Und Tony? Das war schwer zu sagen, denn sie behandelte fast alle anderen genauso, manchmal munter und zum Flirten aufgelegt, dann plötzlich ernst und sogar heftig. Aber ich glaube, daß sie sich über Colins Lachen geärgert hatte und plötzlich erkannte, wie viel netter Peter war. Und wenn... »Komm, Susan«, glaubte ich Larrys Stimme zu hören, »hör auf zu spinnen!«

Später, als Colin gegangen war, sagte Tony: »Sie arbeiten immer noch am Schuppen. Nett von Peter. Dabei hat er es immer so eilig, zu seiner Farm zurückzukehren.«

»Er hat es ja selbst angeboten«, sagte ich, absichtlich ohne Begeisterung.

»Er ist freundlich, findest du nicht auch?« sagte Tony nachdenklich. »Es war wirklich gemein von Colin, den armen, alten Caleb auszulachen. Immerhin ist Freundlichkeit etwas sehr Wichtiges, nicht wahr, Susan?«

Sie sagte das richtig tiefsinnig, aber ich lachte nicht darüber, sondern gab auch eine Weisheit zum besten: »Sehr wichtig — aber man muß auch noch auf andere Eigenschaften achten.«

»Zum Beispiel, daß jemand amüsant ist? Mit ernsten Leuten kommt man auf die Dauer nicht so gut aus?«

»Meinst du damit humorlos oder ernsthaft? Von Paul kann man wohl sagen, daß er ernsthaft ist, aber ich hab' es nie schwierig gefunden, mit ihm auszukommen.«

»Paul ist ja auch ein Engel«, sagte sie entrüstet, wobei sie vergaß, wie oft sie sich über ihren Onkel beklagt hatte. »Und es wird wohl auf die Dauer langweilig, wenn jemand überhaupt nichts ernst nimmt.«

»Sicherlich schwierig, mit so jemand auf die Dauer auszukommen«, sagte ich, und Tony schüttelte heftig den Kopf und tat die Sache damit ab.

»Ach, auf die Dauer auskommen. Das klingt so scheußlich nach immer mit jemand zusammenleben. Ich meinte, nur so als Freund.«

»Ich selbstverständlich auch«, stimmte ich zu und trat eilig den Rückzug an, aber ich war ziemlich sicher, daß Tony den charmanten Colin langsam durchschaute. Hoffentlich waren ihr die Augen ganz aufgegangen bis zu seiner Verlobung mit Catherine.

Wir unterhielten uns nun über Weihnachten, und ich sagte, daß ich noch einmal nach Te Rimu müsse, um Geschenke zu kaufen für all die Leute, die uns überfallen würden.

»Aber ich hab' gedacht...« begann Tony, brach aber ab.

»Ich hab' neunundsiebzig Glückwünsche gekriegt, fünf Kalender, neun Taschentücher und jetzt schon genug Seife, um mich ein Jahr lang damit zu waschen«, sagte ich. »Ach, es ist wirklich recht einfach zu sagen, daß man keine Geschenke schickt, aber wenn es Zeit dafür wird, bringt man es einfach nicht übers Herz.«

Tony war hocherfreut. »Dann wird Weihnachten also wie immer?«

»Schlimmer!«

»Die Männer werden enttäuscht sein. Sie haben immer von einem friedlichen Fest geschwärmt.«

»Ich glaube, daß sie sich in Wirklichkeit nur freuen werden. Sie beteuerten zwar, ihnen gefiele die Idee, einmal ein stilles Weihnachtsfest zu feiern, aber plötzlich wurden sie sentimental und schwelgten in Kindheitserinnerungen. Larry und ich hatten ein richtig schlechtes Gewissen. Aber jetzt sind sie wieder vergnügt. Sie haben ja nicht die Arbeit, sondern müssen nur bezahlen, und das ist ein großer Unterschied.«

Tony lachte. »Wenn du nochmal in die Stadt mußt, dann komm am Dienstag, da muß ich mit dem Lieferwagen zum Bahnhof und ein paar zerbrechliche Sachen abholen. Die Lastwagenfahrer sind so vergnügt in ihrer Weihnachtsfreude, daß in dieser Zeit immer besonders viel kaputt geht. Caleb kommt auch mit, weil Tantchen nicht mag, wenn ich jetzt vor Weihnachten allein mit dem Anhänger auf unseren Straßen herumkutschiere, was ein Blödsinn ist, denn Daddy und ich haben unser Boot immer siebzig Meilen durch Australien geschleppt. Wir haben uns beim Fahren abgewechselt, aber Mutter hat natürlich nichts davon gewußt. Sie hätte ein Theater gemacht, weil ich erst fünfzehn war.«

Ich hatte den Eindruck, daß Claudia es auch nicht leicht gehabt hatte, aber ich sagte nichts.

Dann geschah etwas höchst Unangenehmes. Der Weihnachtstag fiel dieses dieses Jahr auf einen Montag, und bis dahin waren es keine vierzehn Tage mehr. Der letzte Schultag war am Mittwoch, fünf Tage vorher, und an diesem Abend sollte, wie immer, die Weihnachtsfeier für die Kinder sein, mit einem Christbaum und einem Geschenk für jedes Kind, sogar für die Babies, die erst in ein paar Jahren in die Schule kommen würden. Es war eine schwierige Aufgabe, die Geschenke auszusuchen, und dieses Jahr hatten wir uns darauf geeinigt, an eines der großen Kaufhäuser zu schreiben, ihnen Zahl, Alter und so weiter von den Kindern anzugeben und ihnen den Rest zu überlassen. So machten es die meisten Schulen auf dem Lande, und es sparte viel Ärger in dem Weihnachtstrubel.

Die Feier und die Geschenke waren Sache des Schulausschusses, nicht des Lehrers und blieben an den Frauen hängen. Die Sekretärin war eine junge Frau, auf die man sich normalerweise vollkommen verlassen konnte, aber dieses Jahr war sie zu der entscheidenden Zeit mit einer Blinddarmentzündung ins Krankenhaus gebracht worden. Niemand merkte, daß sie die Liste mit den Geschenken nicht an das Kaufhaus abgeschickt hatte, bis am Freitag vor Ferienbeginn ihr Mann aufgeregt zu mir kam und sagte, sie hätten in ihrer Sorge wegen der Krankheit beide vergessen, die Liste abzuschicken. Was sollte ich nun tun?

Es gab natürlich nur eine Lösung. Als Frau des Vorsitzenden des Ausschusses mußte ich die Sache in die Hand nehmen. Ich sagte: »Machen Sie sich nur keine Gedanken. Es ist Freitag abend. Ich werde schnell in die Stadt fahren und die Geschenke einkaufen. Larry hilft mir sicher.«

Aber ausnahmsweise konnte Larry nicht. Sie hatte Nachbarn zum Essen eingeladen und konnte nicht um sechs Uhr weg. Ich sagte: »Macht auch nichts. Dann fahr' ich eben allein«, aber das paßte Paul nicht. »Die letzten Abende vor Weihnachten, an denen die Geschäfte lang offen haben, sind immer entsetzlich. Ich werde Bertie bitten, mit dir zu fahren. Er hat zufällig erwähnt, daß er noch einkaufen gehen müsse. Er wird froh sein, wenn du ihn mitnimmst, und er kann dir die Päckchen tragen und beim Aussuchen helfen.«

Ich sagte mürrisch: »Ich kann mir niemanden vorstellen, der dafür weniger geeignet ist. Das ist eine dumme Sache. Schlimm genug, daß ich wegen meiner eigenen Einkäufe und nächste Woche mit den Kindern noch einmal fahren muß, aber am Freitag abend ist das ganz besonders lästig, weil man auch kaum einen Parkplatz findet.«

Paul hatte Mitleid. »Ich würde ja für dich fahren, aber ich kann die Geschenke nicht aussuchen. Doch wenn die Kinder nochmal in die Stadt sollen, dann kann ich das ja übernehmen. Sam und ich können den ganzen Haufen hüten und ins Kino gehen und Santa Claus anschauen. Einen Nachmittag können wir uns schon frei machen.«

Das kam unerwartet. Paul hatte sich noch nie freiwillig bereiterklärt, seine Sprößlinge irgendwohin mitzunehmen, und ich nahm ihm das auch nicht übel. Ich sagte: »Das ist schrecklich lieb vor dir, aber könntet ihr nicht auch Tim dazu überreden? Du kannst die Zwillinge einfach nicht weglassen. Die sechs stecken immer zusammen, und du weißt, wie lieb Anne und der Colonel zu unseren Kindern sind.«

Er stutzte ein wenig, sagte aber dann, daß er dafür sorgen werde, daß Tim mitkäme. Dann fügte er hinzu, daß man genauso gut mit sechsen fahren könne wie mit vieren — was bewies, wie wenig er davon verstand.

Ich holte Bertie ab, der dankbar für diese Gelegenheit zum Einkaufen war und lauter unpraktische Vorschläge für die Geschenke machte. Bald kam heraus, daß er wirklich gehen und seinen Beruf aufgeben würde.

Mühsam verbarg ich meine Freude und sagte: »Aber warum haben wir das nicht gewußt? Wir hätten Ihnen eine Abschiedsparty gegeben«, denn das tun wir liebend gerne in den Backblocks. Abschied wird lieber gefeiert als Willkommen, und Begräbnisse sind beliebter als Taufen.

Bertie bekam einen roten Kopf und murmelte, daß er den Schulausschuß extra gebeten hätte, nichts zu erzählen; er wolle keine Abschiedsparty und werde sich bei der Weihnachtsfeier von seinen Schülern verabschieden. »Ich hab' das Gefühl, Mrs. Russell, daß ich hier nicht sehr erfolgreich gewesen bin«, sagte er demütig, und ich beeilte mich zu fragen, was er nun tun werde.

Er sagte zurückhaltend, daß er ein Mädchen heiraten werde, dessen Vater ein »großes Warenhaus« hätte, wie er es nannte, und nur schwer Leute für sein Büro bekäme. Er war auf der Handelsschule gewesen, bevor er Lehrer wurde und würde nun bald eine »leitende Stellung« einnehmen.

Das freute mich für Bertie. Man konnte sehen, daß er fort und die Backblocks so schnell wie möglich vergessen wollte. Er würde den ganzen Tag zufrieden in seinem Büro sitzen und nie mehr an die unglücklichen Zeiten denken, als die großen Kinder ihm nicht gehorchten und die kleinen während der Schulzeit verschwanden und nicht wiederkamen, als Inspektoren ziemlich unhöflich waren und er sich als Versager fühlte.

Diesen Freitag abend in der Stadt werde ich nie vergessen. Der Verkehr war fürchterlich und das Parken ein Problem. Es war auch heller Wahnsinn, am vorletzten Freitag vor Weihnachten abends in die Stadt zu fahren. Wir bahnten uns einen Weg durch die Menschenmengen auf der Straße bis zu einem großen Kaufhaus, und als wir dort waren, hatte ich bereits ein Stadium erreicht, in dem mir sämtliche Geschenke restlos egal waren.

Das Kaufhaus war überfüllt, und Bertie gelang es nicht einmal, sich hineinzudrängen. Ich hatte mehr Erfolg, ich tauchte unter Ellbogen durch, lauerte auf eine Lücke in der Menge, durch die ich schlüpfen konnte, quetschte mich zwischen entrüsteten Paaren hindurch und verschaffte mir endlich die Aufmerksamkeit eines jungen Verkäufers, der vollkommen erschöpft war.

»Ich hab' hier die Liste für eine Schule. Eine ganze Menge Spielsachen, aber es wird nicht lange dauern.«

Aber sofort wurde er von meiner Seite weggezerrt und ein dicker Mann sagte heftig: »Halt, nichts da! Ich komm dran. Sie müssen mir zeigen, wie dieses Lastauto funktioniert.«

Das dauerte einige Zeit, und dann gelang es einer Frau, sich auf den Verkäufer zu stürzen und ihm eine lange Geschichte von einem Spielzeug zu erzählen, daß sie gekauft hatte und das ihr nicht gefiel und das sie unbedingt umtauschen wollte. Während ich wartete, hielt ich immer Ausschau nach Bertie. Er hätte nun wirklich genug Zeit gehabt, sich zu mir durchzukämpfen.

Endlich erspähte ich sein verzweifeltes Gesicht, er war zwischen einer dicken Frau mit Regenschirm und einer jüngeren mit einem Kind auf dem Arm eingekeilt. Die dicke Frau stieß ihn anscheinend immer mit dem Regenschirm, und das Baby zog an seiner Krawatte und erdrosselte ihn fast. Er sah so verstört und und hilflos aus wie ein verschrecktes Kaninchen. In diesem Moment wandte sich der Verkäufer endlich mir zu.

Ich sagte: »Können Sie dafür sorgen, daß der Herr da drüben zu mir kommen kann? Ich brauche seine Hilfe«, und der junge Mann warf mir einen verzweifelten Blick zu und schrie: »Lassen

Sie den Herrn da bitte durch! Seine Frau wartet hier auf ihn!«

Um ein Haar hätte ich wütend protestiert. Ich war bereit, Bertie unter den größten Schwierigkeiten in die Stadt zu bringen, seinem Gejammere zuzuhören, neunmal um den Häuserblock zu fahren, um eine winzige Parklücke zu finden, mich durch die Menge zu kämpfen, um diese verflixten Geschenke zu kaufen, aber ich ließ es mir nicht gefallen, daß man mich seine Frau nannte. Und in diesem Moment sah ich Ursula.

Sie kam gerade aus dem Ausstellungsraum und war so ungefähr der letzte Mensch, den ich in so einem Geschäft zu treffen erwartet hätte. Sie gehörte nicht in Kaufhäuser, und man sah es ihr auch an. Aber sie war hier, ruhig und beherrscht, unterwürfig begleitet von einem »leitenden Angestellten«, wie Bertie sagen würde. Das Erstaunliche aber war, daß die Leute ihr Platz machten. Ursula schritt wie eine Königin durch die Menge und erblickte mich genau in dem Augenblick, in dem der Verkäufer nach meinem »Mann« rief.

Sie sah sich nach Paul um und wandte sich dann kühl und laut hörbar an mich: »Meine liebe Susan, was um Himmels willen tun Sie und Paul denn hier — und wo ist Paul denn?«

Jetzt war ich froh über das Versehen des Verkäufers. Ich glaube nicht, daß es Ursula gestört hätte, wenn ich in diesem Kaufhaus den Wölfen vorgeworfen worden wäre; aber jetzt meinte sie, Paul erretten zu müssen. In dem Lärm war es mir unmöglich, eine Erklärung abzugeben, außerdem war Paul der richtige Köder, um Ursula an meine Seite zu locken. Und wenn sie kam, würde der »leitende Angestellte« auch kommen, und wir würden plötzlich erstklassig behandelt werden. So winkte ich ihr also nur hilflos zu, und sie bahnte sich einen Weg durch die wogende Menge, die sich teilte durch das gleiche Wunder, durch das die Kinder Israels den Jordan überschritten. Der »leitende Angestellte« folgte ihr. Jetzt würden wir bedient werden, und ich war froh, die Sache bald hinter mir zu haben.

Ursula wiederholte: »Wo ist Paul?« Es klang schon drohend, aber gerade da war es Bertie gelungen, sich an meine Seite durchzuboxen. Vor Erschöpfung fing ich fast an zu lachen, und mir gelang es nur noch zu keuchen: »Paul ist nicht hier«, und auf Bertie zu zeigen, »der Verkäufer hat ihn gemeint«. Ursula musterte Bertie, und ihr »den?« sprach Bände. »Aber Susan, wie können Sie...«

Mit Vergnügen bemerkte ich, daß sie dachte, ich amüsierte

mich einen Abend mit unserem Lehrer. Sie war nicht nur entsetzt, sie war auch enttäuscht. Statt meines großen, gutaussehenden Mannes stand hier dieser blasse, erschöpfte kleine Mensch, dem der Mantel halb heruntergerissen worden war und der anscheinend den Tränen nahe war.

Ich nahm mich zusammen und sagte schüchtern: »Ursula, bitte helfen Sie uns. Wir müssen alle Geschenke für den Christbaum in der Schule aussuchen und haben eine schrecklich lange Liste dabei. Wenn Sie diesen Herrn vielleicht bitten könnten, daß er uns hilft...«

Ursula liebt solche Bitten. Schweigend nahm sie mir die Liste aus der Hand, wandte sich gebieterisch an den »leitenden Angestellten«, und in einer halben Stunde waren alle Geschenke ausgesucht und verpackt. Ich überließ alles ihr und Bertie und sagte nur: »Sie wissen es sicher besser.« Als das geschafft war und Bertie seine einzige Tat des Abends vollbrachte und die Schachteln zum Auto trug, bedankte ich mich bei Ursula und fügte wahrheitsgemäß hinzu: »Ich weiß nicht, was wir ohne Sie gemacht hätten.«

Sie lächelte herablassend und sagte: »Ach, man muß nur wissen, wie man diese Leute in den Geschäften behandeln muß. Ich habe da nie Schwierigkeiten«, und ich fühlte mich kleiner und unbedeutender denn je. Ich hatte noch die Geistesgegenwart zu fragen: »Aber was tun Sie hier? Ich dachte, sie hätten alle Einkäufe schon im Oktober gemacht?«

Eigentlich war das gemein von mir, nachdem sie mir nun geholfen hatte, aber ich konnte sie gar nicht treffen, denn sie sagte nur: »Natürlich mache ich keine Einkäufe für mich — in so einem Geschäft! Aber Tim merkte plötzlich, daß er ein paar Leute vergessen hatte, und der Arme regte sich so auf. Er schien Anne heute Abend nicht allein lassen zu wollen, und so bot ich natürlich meine Hilfe an.« Dann lächelte sie milde und sagte: »Sie wissen ja, wie die Männer sind!«

Wie oft sagte Larry genau das gleiche, aber es klang ganz anders. Ich stimmte zaghaft zu und behauptete, schnell hinter Bertie her zu müssen um nachzuschauen, ob er die Pakete mit den Geschenken auch in das richtige Auto bringe. Das war nur die halbe Wahrheit. Zwar wollte ich wirklich sicher gehen, daß Bertie sich noch daran erinnerte, wo wir das Auto geparkt hatten, und wie es aussah, aber ich wollte auch gleich die Gelegenheit nützen, etwas einzukaufen, von dem niemand etwas wissen sollte.

Ich wußte, daß ich mich nicht ganz an die Spielregeln hielt. Wir hatten so viel davon geredet, daß wir einander nichts schenken wollten, aber ich konnte den Gedanken nicht ertragen, daß Paul von mir nichts zu Weihnachten bekäme. Immerhin hatte es auch in den Jahren, als es uns noch schlechter ging, immer für eine kleine Überraschung gereicht, und zu einem richtigen Weihnachtsfest gehörte ein Geschenk für meinen Mann.

Und ich hatte auch schon etwas Bestimmtes im Auge. Paul sagte schon seit einiger Zeit, daß sein altes Fernglas nicht mehr gut sei und er sich bei Gelegenheit ein neues kaufen müsse. Er benützte es viel, wenn die Schafe lammten, und auf unserem unwegsamen und hügeligen Grund sparte man viel Zeit und Arbeit, wenn man das Gelände mit ihm absuchte. Ich wußte, was das »bei Gelegenheit« bedeutete, denn so großzügig Paul sonst ist, so geizig ist er, wenn er für sich selbst Geld ausgeben soll. Für dieses Fernglas hatte ich schon seit einiger Zeit gespart, und jetzt hatte ich die Gelegenheit, schnell zu verschwinden und es zu kaufen, so daß nicht einmal Larry es erfahren würde.

Bertie versuchte gerade, die Tür eines großen und schönen Autos zu öffnen, als ich ihn fand, und ich war nur dankbar, daß ihn dabei weder der Besitzer noch ein Polizist erwischt hatten. Ich führte ihn sicher zu unserem bescheidenen Fahrzeug, setzte ihn hinein und befahl ihm, sich nicht von der Stelle zu rühren, bis ich wiederkäme. Dann eilte ich davon zu einem Geschäft, in dem ich genau das gesehen hatte, was ich suchte.

Was immer auch passieren mochte, Paul sollte ein Weihnachtsgeschenk unter dem Baum finden.

Die Weihnachtsbescherung in der Schule war am Mittwoch Abend, und die Kinder waren außer Rand und Band, wie immer um diese Jahreszeit. Am aufregendsten war die Aussicht auf den Ausflug in die Stadt, ausnahmsweise unter der Obhut ihrer Väter. Die Männer waren unserem Rat gefolgt und fuhren mit zwei Autos. Paul sollte in unserem Auto einen Teil der Kinder mitnehmen, (»Aber haltet die Zwillinge getrennt, wenn ihr das irgendwie schafft«, sagte Anne) und Tim und Sam im anderen Wagen die ungebärdigeren Geister, um notfalls zu zweit eingreifen zu können. Die Kinder redeten nur noch davon, daß Sie Santa Claus sehen, Lift und Rolltreppe fahren und ins Kino gehen würden.

Die Schulfeier war verhältnismäßig harmlos. Wie gewöhnlich gab es vorher und nachher viel zu tun, und als Frau des Vorsitzenden mußte ich den Christbaum schmücken, die Geschenke ordnen, die Blumen richten und das ganze Schulzimmer für das abendliche Fest herrichten. Ich schnappte mir Larry, und wir verbrachten einen langen, heißen Nachmittag damit, Luftballons aufzublasen, Sterne und Kerzen am Baum zu befestigen und Päckchen mit Namen zu versehen. Dann eilten wir nach Hause und richteten die »Platten«, was bedeutete, daß wir Kuchen und Kekse buken. Dann fingen wir unsere Kinder ein, zogen sie anständig an und versuchten sie dazu zu bringen, viel zu essen, damit sie nicht wie die Wölfe über die Tische mit dem Abendessen herfielen.

Der Abend verlief wie alle Schulfeste: Ein paar Lieder und Tänze von den Kindern, die sie schlecht und mit viel Gekicher aufführten, ein paar kurze Reden von Erwachsenen, die jeder schon einmal gehört hatte, die Verteilung der Geschenke an die Kinder, zu denen auch ein brüllendes Baby gehörte, dessen Mutter stolz ein Geschenk in Empfang nahm, und zuletzt ein paar Gesellschaftsspiele, die mit Streit und Raufereien endeten. Ich dachte voll Sehnsucht an unseren früheren Lehrer, der sogar auf einer Schulfeier Ordnung halten konnte, und verglich ihn mit dem armen Bertie, der gerade erfolglos versuchte, einen von den Großen zu überreden, den Kleineren nicht alle Luftballons kaputt zu machen.

Ursula war nicht zu übersehen. Sie gab damit an, daß sie die Geschenke ausgesucht hatte und tat so, als hätte sie sich einen ganzen Nachmittag damit abgeplagt. Es war mein Glück, daß ich gerade in der Küche war, als Christopher und der große Junge, der die Kleinen geärgert hatte, aufeinander losgingen. Unsere sechs schlossen sich begeistert zusammen, und natürlich war es Ursula, die sie trennte. Ich hörte sie sagen, die Kinder in Neuseeland seien wirklich kleine Barbaren, aber was sollten die Väter dagegen tun, da sie ja den ganzen Tag arbeiteten.

Wir brachten unsere Sprößlinge früh heim und entschuldigten uns mit dem Ausflug in die Stadt am nächsten Tag, steckten sie ins Bett und erklärten, daß sie Santa Claus nicht sehen würden, wenn wir noch einen Ton hörten. Diesmal wenigstens fielen sie in erschöpften Schlaf und ließen ihre Spielsachen, die wir unter solchen Schwierigkeiten gekauft hatten, unbeachtet auf dem Küchenboden liegen.

Am nächsten Morgen legten Larry und ich sorgfältig die Kleider zurecht, die unser Nachwuchs in der Stadt tragen sollte, und überließen den Rest den Vätern. Wir hatten genug zu tun, das Schlachtfeld in der Schule aufzuräumen. Während wir welke Blumen hinauswarfen, das Geschirr sortierten und das meiste noch einmal abspülten, sagte Larry schlecht gelaunt: »Jetzt könnte Ursula sich wirklich nützlich machen. Sie hat gestern abend lange genug alle herumkommandiert und damit angegeben, daß wir ohne sie gar keine Geschenke bekommen hätten.«

»Das stimmt. Sie erzählte Alison, daß die arme Susan ihr Bestes tat, aber einfach nicht mit den Verkäufern fertig werden konnte.«

Larry lachte. »Du hättest ihr Gesicht sehen sollen, als ich ihr erzählte, daß die Männer die Kinder heute in die Stadt mitnehmen. ›Aber doch nicht allein?‹ fragte sie. ›Aber was passiert, wenn die Mädchen auf die Toilette müssen?‹«

»Und was hast du gesagt?«

»Daß es schon komisch wäre, wenn Paul und Tim und Sam über gewisse Tatsachen noch nicht Bescheid wüßten. Sie erwiderte: ›Aber es geht nicht ohne eine Frau! Soll ich ihnen nicht helfen?‹«

»Hoffentlich hast du sie nicht davon abgehalten. Ich hätte mit Vergnügen zugeschaut, wie sie sich mit Ursula und den sechs Kindern auf den Weg machen.«

»Ich hab' sie auch nicht abgehalten, sondern Paul. Ich weiß nicht recht, aber seit der Geschichte mit dem Eis ist er nicht mehr so begeistert von ihr. Jedenfalls schaffte er es, ohne sie zu beleidigen, denn ich hörte gleich darauf ihr kurzes, wieherndes Lachen, und sie sagte zu ein paar Leuten: ›Die Väter in Neuseeland sind einfach wunderbar.‹«

Als wir fertig waren, schlichen wir müde heim, tranken Tee und genossen die Ruhe im Haus. Larry sagte unbehaglich, sie hoffe, daß die Kinder sich anständig benähmen, denn es war das erste Mal, daß die Männer sie allein in die Stadt mitgenommen hatten.

Als sie abends um acht wiederkamen, merkte ich sofort, daß sie so etwas sicher nicht noch einmal tun würden. So müde war Paul sonst nicht einmal, wenn er den ganzen Tag bei den Schafen gearbeitet hatte. Christopher war blaß, und es war ihm auf der Heimfahrt zweimal schlecht geworden, und Patience war so klebrig, daß ich sie nur mit Mühe vom Rücksitz herunterbrachte. Sie wollten beide keinen Tee mehr, und Paul sagte mit leisem Stöhnen: »Ich lieber auch nicht. Sie haben ununterbrochen gegessen. Mein Gott, was für ein Tag!«

Als ich die Kinder ins Bett gebracht und meinem Mann einen Schnaps gegeben hatte, erfuhr ich ein paar Einzelheiten. Den Rest hörte ich von den Kindern selbst, und von Larry und Anne.

Sie waren früh aufgebrochen, und die Kinder hatten ordentlich ausgesehen in den Sachen, die wir bereitgelegt hatten.

Sie hatten die Kinder nach unserem Vorschlag aufgeteilt, Paul hatte den einen Teil in sein Auto gepackt, und Tim und Sam den Rest.

»Aber irgendwie kamen sie durcheinander. Wir hielten bei der Farm von Atkins, um eine Decke mitzunehmen, die ich ihm geliehen hatte, und Tim pumpte einen Hinterreifen auf. Als wir wieder losfuhren, hatte ich plötzlich beide Zwillinge im Auto.«

»Aber ihr müßt doch gemerkt haben, daß sie die Plätze getauscht hatten?«

Paul hatte ein schlechtes Gewissen. »Wir unterhielten uns mit Atkins. Er hat eines von diesen neuen Dingern, mit denen man Krankheitserreger im Gras feststellen kann, und ...«

»Ach so, wenn ihr geschwätzt habt ...«

Paul sagte würdevoll, daß man so was nicht Geschwätz nennen könne, und daß, wenn Kinder immer folgen würden, und so weiter ...

Die Fahrt in die Stadt war ein Alptraum für Paul gewesen. »Wie kann man bei so einem Verkehr auch noch auf Kinder aufpassen? Sie waren überall, kletterten in dem Moment nach vorn, als ein Polizist vorbei kam, rauften auf dem Rücksitz und stießen mich immer dann, wenn eine heikle Stelle kam. Bei den anderen war es nicht so schlimm. Sie waren ja zu zweit.«

»Du Ärmster. Du hättest Ursulas Angebot annehmen sollen.«

Er warf mir einen beleidigenden Blick zu und fuhr fort: »Und als wir dann in der Stadt waren, verschwanden die Zwillinge. Sie waren auf einmal weg. Ich verstehe nicht, wie Kinder das fertigbringen.«

»Teils Übung, teils eine Art Hexerei. Waren sie lange weg?«

»Nein, leider. Wir fanden sie bei Woolworth, wo sie sich gerade mit Süßigkeiten vollstopften.«

»Ist auch dumm, ihnen Geld zu geben.«

»Haben wir auch nicht. Sie hatten keinen Pfennig.«

»Du meinst — sie haben die Süßigkeiten geklaut?«

»Muß wohl so sein, denn niemand hat ihnen welche gegeben, und sie haben sie sicher nicht gekauft.«

»Hoffentlich habt ihr sie bezahlt!«

Paul fühlte sich sichtlich unwohl. »Nein, wir schafften sie nur schnell hinaus. Es waren so viele Leute da, und wir hätten nur lange herumreden müssen.«

»So habt ihr euch also mit der Beute davongeschlichen?«

»Aber was denkst du denn! Sie stopften alles in den Mund, als sie uns kommen sahen. Was hätten wir denn tun sollen? Einen Scheck ausstellen für die paar armseligen Süßigkeiten? So ein Geschäft macht deshalb nicht Pleite.«

»Du hast immer gesagt, daß es darum gar nicht geht. Aber erzähl ruhig weiter.«

»Das Essen war entsetzlich. Die Zwillinge hatten noch nie Papierservietten gesehen.«

»Wie sollten sie auch? Die Enkel des Colonel!«

»Sie machten sich Papierhüte daraus, und als Tim sie ihnen wegnahm, kreischten sie los. So eine Art Duett, wobei Elizabeth die Oberstimme übernahm. Diese Zwillinge sind schlimmer als ein Sack Flöhe. Tim wird überhaupt nicht mit ihnen fertig.«

»Hoffentlich bist du mit unseren zurecht gekommen. Haben sie sich besser benommen?«

»Ach wo! Christopher überfraß sich, und Patience wollte ihren Salat nicht essen. Ich befahl es ihr und glaubte, sie hätte gefolgt. Aber nachher fand ich ihn in meiner Jackentasche wieder — Tomaten und alles. Ich glaube, du solltest sie öfter in die Stadt mitnehmen.«

»Besten Dank. Dir scheint es gefallen zu haben.«

»Ich will ja nur sagen, daß wir sie nicht wie die Wilden aufwachsen lassen können.«

»Besser so, als ohne Mutter. Was passierte nach dem Essen?«

Paul zögerte und sagte dann: »Wir gingen mit ihnen in eins von den Kaufhäusern, die alles mögliche technische Spielzeug haben. Modelleisenbahnen und so was.«

»Das hat ihnen sicher Spaß gemacht.«

Paul sah nun entschieden schuldbewußt aus. Es stellte sich heraus, daß die Kinder davon nichts gesehen, sondern sich auf den Rolltreppen vergnügt hatten. Bis schließlich über den Lautsprecher ausgerufen wurde, daß sich dort sechs Kinder seit einer halben Stunde herumtrieben und offensichtlich ihre Eltern verloren hätten.

»Aber was habt ihr drei gemacht?«

»Weißt du, diese automatischen Dinger sind einfach Klasse, und ...«

An diesem Punkt beendete ich das Kreuzverhör und schenkte meinem Mann noch einen Schnaps ein.

Am nächsten Tag erzählte mir Larry, daß die Männer ihre Sprößlinge über allem möglichen kindischen Spielzeug restlos vergessen hatten. Später hatten sie sie von der Rolltreppe geholt, zu einem schwitzenden Santa Claus mitgenommen, und wieder verloren. Schließlich hatten sie sich in ein Kino durchgekämpft, wo sie sich schrecklich für ihre Kinder schämen mußten. Mit letzter Kraft ergriff jeder zwei, sie bekamen aber nur sehr schlechte Plätze in der ersten Reihe, weit auseinander, und sahen einen sehr langweiligen Film.

»Sam hat einen ganz steifen Hals«, sagte Larry. »Und Anne sagt, daß Tim seither Kopfweh hat.«

Dann hat Patience sich anscheinend in einer Damentoilette eingesperrt. Als ihnen ihr langes Ausbleiben auffiel, klopfte Paul schüchtern an die äußere Türe, aber eine resolute Person in einer weißen, gestärkten Schürze versperrte ihm den Weg und sagte: »Nur für Damen! Können Sie nicht lesen?«

Danach nahmen sie ihren ganzen Mut zusammen und überredeten im nächsten Laden ein Mädchen, Patience zu retten. Die hatte sich inzwischen damit vergnügt, für alle Helme aus Toilettenpapier zu machen.

»Und während sie damit zu tun hatten, war Christopher in eine Telefonzelle gegangen und versuchte, die Pennies aus dem Apparat zu holen. Sam meint, es wird wirklich Zeit, daß wir mit diesen Kindern etwas unternehmen. Vielleicht sollten wir ein paar ins Internat schicken.«

Worauf ich empört sagte: »Drei Männer und sechs kleine Kinder. Die Väter in Neuseeland sind einfach wunderbar.«

Diese letzte Woche vor Weihnachten war eine fürchterliche Hetze. Das Sportfest am Samstag machte alles noch komplizierter, und es war für mich einfach unmöglich, noch einmal nach Te Rimu zu kommen. Aber als Tony hinfuhr, gab ich ihr eine ellenlange Liste mit, und es gelang ihr tatsächlich, alles zu besorgen. Wir waren in einen wahren Strudel von Geschenken hineingeraten, und trotz Tonys Hilfe hatte ich nichts für fast ein Dutzend Leute, die mir unerwartet Geschenke geschickt hatten. Ich rief Larry an.

»Ich weiß, daß wir beschlossen hatten, dieses Weihnachten hart zu bleiben, aber ...«

»Hör bloß auf! Mir geht es genauso. Im Oktober hat man leicht reden. Was machen wir jetzt nur?«

Zuletzt beschlossen wir, schnell nach Tiri hinunter zu fahren, den Supermarkt zu plündern und Geschenkpapier bei Tony zu kaufen. Auf dem Heimweg konnten wir dann die Geschenke in die verschiedenen Briefkästen stecken.

Einige Frauen suchten in den Regalen, als wir kamen, aber wenigstens war einmal keiner von Tonys jungen Männern da. Edith Stewart war zum Aushelfen gekommen. Sie sah sehr glücklich aus und flüsterte mir zu, daß alles herrlich sei. »Was für ein Segen, daß diese Rechnungen nicht mehr kommen. Sie haben es anscheinend aufgegeben. Kein Wort von ihnen, seit wir wieder zu Hause sind!«

Ich sagte, das freue mich sehr, vermied es aber, Tony anzuschauen.

Caleb fuhrwerkte herum, versuchte zu helfen und war überall im Weg. Sein Kater war nirgends zu sehen, und ich dachte, daß sie ihn jetzt vielleicht einsperrten, wenn im Laden viel Kundschaft war. Tony kam mit Caleb ausgezeichnet zurecht, gab ihm alle möglichen Kleinigkeiten zu tun, kommandierte ihn aber nie herum; und ich konnte nicht umhin, ihre Methoden mit Ursulas zu vergleichen.

Bevor wir von zu Hause weggefahren waren, hatte ich sie angerufen und ihr unsere Notlage geschildert, und sie hatte sich tatsächlich die Zeit genommen, uns ein paar nützliche Kleinigkeiten als Geschenke in letzter Minute herauszusuchen.

»Und nehmt lieber noch ein paar mehr mit, falls noch andere Leute auftauchen«, schlug Tony vor, denn sie war sehr geschäftstüchtig.

Kurz darauf, als wir gerade gehen wollten, kam Colin Manson daher. Er hatte seinen Hund Lass im Auto und erklärte, er habe sich ein paar junge Schafe angeschaut. Er war in der gleichen mißlichen Lage wie wir.

»Dieser Weihnachtsrummel und die Freude des Schenkens machen mich ganz fertig. Komm, Tony, du bist ein Mädchen mit Phantasie, und ich hab' es eilig.«

Schon war sie mit ihm hinter einem Regal verschwunden, und man sah ihr nichts mehr von dem Ärger an, den es bei ihrem letzten Zusammentreffen gegeben hatte. Schnell hatte er alles Nötige beisammen und wollte gerade davonstürzen, als draußen ein Riesenkrach losging — wütendes Bellen und das Fauchen einer gereizten Katze. Wieder einmal Annabella.

Bevor wir noch eingreifen konnten, ging das Katzengeschrei in ein seltsames, tiefes Wimmern über. Caleb stürzte händeringend hinaus und stammelte: »Etwas Schreckliches ... Annabella in Nöten ... Bitte, entschuldigen Sie mich ...«

Wir folgten ihm mit noch einigen Frauen, die gerade im Laden waren. Caleb starrte nach oben, sprachlos vor Entsetzen. Lass sprang kläffend um eine hohe Telegrafenstange herum, und ganz oben balancierte Annabella, mit gesträubten Haaren und hervortretenden Augen. Sein tiefes, flehendes Schreien war voll panischer Angst.

Colin lachte. »Lass hat es diesem Vieh gezeigt — und es war höchste Zeit dafür. Als ich das letzte Mal hier war, überfiel es mich aus den Tomaten.«

Tony war halb wahnsinnig vor Angst. »Er wird sich umbringen! Er wird an die Drähte kommen! Was können wir bloß tun?«

Larry sagte schnell: »Telefonleitungen sind nicht gefährlich. Ich glaube, solange er da oben bleibt, kann ihm nichts passieren. Er scheint sich zu überlegen, ob er zu diesem Hochspannungsmast hinüberspringen soll. Das darf er nicht tun!«

Nicht weit weg war ein Mast der Hochspannungsleitung. Annabella machte einen Buckel und schien sich auf einen verzweifelten Sprung vorzubereiten. Caleb rief: »Miez ... Miez ... Komm herunter, Annabella!« Es klang sehr hilflos, und Annabella nahm keinerlei Notiz davon, sondern sah sich nach einem noch höheren Platz um, wo er vor dem kläffenden Hund sicher wäre. Falls er den Hochspannungsmast erreichen sollte, sah es ziemlich schlecht aus. Auch wenn er keinen Schlag bekam, so hatten wir doch keine Leiter, die lang genug war.

Colin schien sich königlich zu amüsieren und rief dem Hund zu: »Gut gemacht, Lass! Das geschieht dem Biest ganz recht.«

Lass war erfreut über dieses Lob und bellte nun viel lauter. Annabella begann wieder mit dem schrillen Geschrei und schätzte offensichtlich die Entfernung für den selbstmörderischen Sprung ab. Caleb rang immer noch die Hände, und Tony stürzte sich wie eine Furie auf Colin.

»Ruf deinen Köter zurück! Steck ihn ins Auto! Siehst du denn nicht, daß er den Kater verrückt macht? Ihr bringt ihn noch so weit, daß er tatsächlich springt!«

Colin ärgerte sich sichtlich über ihren Ton, lächelte aber nur aufreizend und sagte: »Unsinn. Der Hund hat das gleiche Recht, hier zu sein, wie der Kater. Sie ergänzen einander vorzüglich. Ich hab' lang auf etwas gewartet, was dem Biest Vernunft beibringt.«

Tony verlor die Beherrschung und stampfte mit dem Fuß auf: »Wenn du den Hund nicht ins Auto schaffst, tu ich's!«

»Wobei du sicherlich gebissen wirst, meine kleine Kratzbürste.«

Larry griff ein. »Seien Sie kein Esel, Colin. Tun Sie den Hund wieder ins Auto. Sehen Sie nicht, daß Caleb außer sich ist?«

Er murmelte: »Das stört mich wenig.« Dann fühlte er, daß die öffentliche Meinung gegen ihn war, zuckte die Achseln und sagte: »Gut, Mrs. Lee, Ihnen zuliebe — nicht wegen Tony oder dem Katzenvieh — werde ich den Hund wieder ins Auto tun. Komm her, Lass!« Und er sperrte den Hund ins Auto. Dann sagte er freundlich: »Und jetzt entschuldigen Sie mich bitte, ich möchte meine Einkäufe holen und fahren.« Damit verschwand er im Supermarkt und kam gleich darauf mit seinen Sachen wieder.

Tony war entgeistert. »Aber du kannst doch nicht so gehen! Du kannst Annabella nicht da oben lassen!«

»Und was soll ich deiner Meinung nach tun? Hoffentlich bleibt er da oben, bis er sich bessere Manieren angewöhnt hat, oder bis er einen Schlag bekommen hat — was das allerbeste wäre. Also, tschüß allerseits!«

Tony klammerte sich an die Türe seines Autos.

»Aber es ist doch deine Schuld. Es war dein Hund, der ihn da hinaufgescheucht hat. Du mußt einfach etwas tun!«

Colin blickte lässig nach oben, wo Annabella immer noch wie ein verschreckter Vogel saß. »Ich bin nicht sehr geschult im Klettern, selbst wenn ich mein Leben für das häßliche Vieh riskieren wollte«, sagte er ruhig und ließ den Motor an.

Tony brüllte ihn tatsächlich durch das offene Fenster an: »Du bist ekelhaft! Ein gemeiner, egoistischer Feigling, ich kann dich nicht mehr sehen!«

Mir wurde heiß. Tony läßt sich selten von dem hinreißen,

was Paul ihr »rothaariges Temperament« nennt, aber wenn es so weit kommt, ist es allen ihren Freunden sehr unangenehm. Natürlich behielt Colin das letzte Wort. »Wirklich, Liebling?« fragte er sanft. »Eigentlich hatte ich nie diesen Eindruck. Eher das Gegenteil. Ich muß mich jetzt auf die Socken machen, bin aber auf das Ende des Dramas gespannt!«

Die Szene hatte nur wenige Minuten gedauert, und Caleb rief immer noch verzweifelt »Miez!«, während Annabella immer noch vor sich hin wimmerte.

Larry sah mich an und sagte: »Wir müssen etwas unternehmen. Der Kater kommt von selbst nicht mehr herunter und vielleicht setzt er es sich in den Kopf, doch noch zu dem anderen Mast zu springen. Hat Miss Adams eine Leiter?«

Tony hatte sich wieder in der Hand, und die meisten Zuschauer waren in den Supermarkt zurückgegangen, wo sie von Edith eifrig bedient wurden. Caleb meinte: »Ja, eine Leiter ist schon da, aber sie ist nicht lang genug und sehr wackelig.«

Tony rief begeistert: »Holen wir sie! Mich hält sie schon aus, und ich komm' ganz rauf, wenn ich mich auf die oberste Sprosse stelle.«

Ich war entsetzt, besonders, als sie mit der Leiter zurückkamen, die jeden Moment auseinanderzufallen drohte. Caleb erklärte, daß es an ihm sei, hinaufzusteigen, aber ich stimmte Tony zu, die meinte, daß er zu alt und unsicher sei. Zugleich war ich fest entschlossen, sie kein gebrochenes Bein riskieren zu lassen, und sagte: »Warten wir ein paar Minuten. Vielleicht kommt ein Mann vorbei, und seit der Hund weg ist, scheint Annabella auch nicht mehr springen zu wollen.«

Wir stritten uns immer noch, als ein Auto angebraust kam, und Peter Anstruther ausstieg. Er sagte: »Tony, ich hab' es verteufelt eilig. Könnten Sie mir ...« Und dann plötzlich: »Was ist denn los?«

Tony zeigte, den Tränen nahe, auf die Stange, und Peter pfiff durch die Zähne: »Himmel, was ist denn in ihn gefahren?«

»Colins Köter hat ihn da hinaufgejagt, und er hat nur darüber gelacht. Aber wir haben eine Leiter. Und wenn Susan kein Theater machen würde, dann könnte ich hinaufklettern. Peter, sagen Sie ihr, daß es nicht gefährlich ist, wenn man so leicht ist wie ich.« Dann erinnerte sie sich an ihre Pflicht und sagte: »Aber Sie haben es eilig. Was hätten Sie gerne?«

»Das kann warten. Der Kater kann nicht — oder wird nicht ... Ich werde es versuchen, Tony!«

Ich sagte: »Aber die Leiter ist nicht stabil. Sie sind schwerer als Tony.«

»Wird schon gehen, glaub' ich. Besonders, wenn ihr alle sie festhaltet. Aber wenn sie zu krachen anfängt, dann schaut, daß ihr drunter wegkommt!«

»Wie ist das mit Annabella?« fragte Larry sachlich. »Wird er nicht furchtbar Angst haben, wenn Sie nach ihm greifen?«

»Ich glaub' nicht. Er und ich, wir haben uns eigentlich immer recht gut vertragen.«

Ich war erstaunt: »Ich hab' nicht gewußt, daß sich irgendwer mit Annabella gut verträgt.« Aber Tony sagte: »Es stimmt, Peter ist der einzige, von dem er sich überhaupt streicheln läßt, außer von Caleb und mir. Aber das wird ihn jetzt nicht hindern, jeden zu kratzen, weil er so Angst hat. Peter, lassen Sie es mich machen. Ich weiß, daß ich es kann. Mir ist noch nie schwindlig geworden.«

Aber Peter verlor keine Zeit mit Streitereien. Er erkletterte bereits die ersten wackeligen Sprossen, und ohne weitere Worte klammerten Tony, Larry und ich uns an die Leiter und versuchten, sie ruhig zu halten.

Tony schrie eine letzte Warnung: »Seien Sie vorsichtig, Peter! Ich weiß, daß Annabella Sie mag, aber er ist verrückt vor Angst. Er wird Ihren Arm ganz schön zurichten!«

Wir hörten ihn vergnügt lachen: »So ein Kratzer bringt mich nicht um. Auf geht's.«

Die Leiter reichte gerade aus, wenn Peter sich auf die oberste Sprosse stellte und sie mit beiden Händen losließ. Dafür, daß er so groß war, kletterte er schnell und geschickt. Er redete dauernd beruhigend auf Annabella ein, während er ihm näher kam. Das verfehlte seine Wirkung nicht, denn der Kater hörte mit dem schrecklichen Wimmern auf und begann zu miauen, was schon wieder ganz nach einer normalen Katze klang. Der unangenehme Augenblick kam, als Peter die letzte Sprosse erreichte, und für einen Moment schloß ich die Augen.

Larry murmelte: »Er hat losgelassen. Halt fest, daß die Leiter nicht wackelt«, und ich zwang mich, wieder hinzuschauen.

Peter hatte den Kater mit beiden Händen gepackt, und obwohl die Leiter zu meinem Entsetzen gefährlich ins Wanken kam, nahm er ihn unter den Arm und begann langsam und vorsichtig den Abstieg. Da krachte die Leiter bedrohlich, und er rief: »Schaut, daß ihr wegkommt, ihr drei! Der Kater und ich werden schon auf die Füße fallen.«

»Aus fünf Metern geht das nicht!« murmelte Tony und klammerte sich nur noch fester an die Leiter. Und wie durch ein Wunder hielt sie. Erst als Peter den Boden fast erreicht hatte, zerbrach sie krachend. Er sprang, wir auch; Annabella segelte in hohem Bogen durch die Luft und schoß schreiend um die Ecke. Wir lagen alle übereinander auf dem Boden, niemand war verletzt, außer Tony, die einen langen Kratzer von einem Splitter am Arm hatte, und Peter, der einen noch längeren und schlimmeren von Annabellas undankbaren Krallen hatte.

Als Larry bei dessen Anblick aufschrie, lachte er und sagte: »Kriegsverletzung! Tony hat auch eine.«

»Sie waren fabelhaft, Peter!«, rief Tony. »Dieser widerliche Colin, wenn ich an den bloß denk'! Lacht nur und fährt davon.«

»Ach, ich wollte schon immer Feuerwehrhauptmann werden. Gehen wir lieber in den Supermarkt, Tony, und verbinden einander die Wunden.«

Für Peter war das ein recht gewagter Ausspruch, bemerkte Larry auf dem Heimweg nachdenklich. Es war eine lange Fahrt, denn wir mußten verschiedene Seitenstraßen hinauffahren und kleine Päckchen in die Briefkästen werfen. — »Nur ein paar kleine Aufmerksamkeiten«, wie Larry sie nannte.

»Nun«, bemerkte sie plötzlich, »das war das Ende von Colin Manson, sollte man meinen. Er hat zwar nie einen ernsthaften Anfang gemacht, das Ende war jedoch recht dramatisch.«

»Häßlich, wie er Tony angeredet hat. Für sie hab' ich mich richtig geschämt.« »Unnötig. Ihr war es egal.«

»Ich bin froh, daß wir ihn nicht zu Weihnachten eingeladen haben.«

»Er wäre bestimmt nicht gekommen. Die Gordons geben eine große Party, und da ist er sicher eingeladen. Ich glaub', da gibt's bald eine Verlobung.«

»Dann war es gemein von ihm, weiter mit Tony zu flirten.«

»Unsinn! Wir leben in einem freien Land. Wenn ein Mädchen zeigt, daß es flirtbereit ist (wirklich hübsches Wort!), kann man einem jungen Mann keine Vorwürfe machen, wenn er seinen Spaß haben will.«

Und damit erfaßte sie genau die Lage.

Dann sagte Larry: »Ich hätte nicht erwartet, daß Peter auf der Leiter einen Beinbruch riskiert. Er wäre ganz schön wild geworden, wenn er mit einem Gipsbein einen Monat lang nicht hätte arbeiten können.«

»Tony sagt ja, daß er nett ist, und der arme Caleb war völlig verzweifelt.«

Larry warf mir einen Blick zu und lachte. »Die vorsichtige Susan! Du hast tatsächlich etwas dazugelernt.«

Das stimmte. Ich würde nie mehr Pläne schmieden für Tony. Darüber grübelte ich noch nach, nachdem ich Larry heimgebracht hatte, und als Paul herauskam, um mir meine Pakete ins Haus zu tragen, sagte ich noch vor mich hin: »Ich mach keine Heiratspläne für andere Leute mehr. Dabei kommt nichts Gutes heraus.«

Paul war erstaunt. »Ich bin völlig deiner Meinung. Aber wovon redest du?«

»Ach, es war Calebs Kater«, sagte ich heftig, und Paul sagte: »Also wirklich, Susan!«

Samstag war der Tag vor Heilig Abend, und auf diesen Tag hatten wir unser Sportfest legen müssen. Er dämmerte heiß und wolkenlos herauf, und ich erwachte mit dem Bewußtsein, daß bis zur Ankunft meiner Eltern am Sonntagabend noch hunderterlei zu tun war. Ich hatte Tony am Freitagabend mit heim genommen, als das Geschäft endgültig schloß, und Tantchen erschöpft zu Bett ging. Tony war auch sehr müde, aber glücklich und aufgeregt. Ihr Herz war also wegen Colin nicht gebrochen. Höchst anschaulich berichtete sie Paul von der Errettung Annabellas und zollte Peter die ihm gebührende Anerkennung. Über Colin sagte sie nur: »Ich hab' ihn immer für einen netten Kerl gehalten. Daß er ein bißchen herzlos ist, wußte ich, weil er so über Calebs Anhänger gelacht hat, aber ich hätte nicht erwartet, daß er so davonfährt und uns unserem Schicksal überläßt. Ich bin froh, daß du ihn nicht zu Weihnachten eingeladen hast, Susan.«

Die Gelegenheit schien mir günstig, und ich sagte leichthin: »Er ist sowieso schon eingeladen. Ein großes Fest bei den Gordons in Te Rimu. Er ist mit der Tochter eng befreundet.«

Tony wurde rot, sagte aber tapfer: »Tatsächlich? Nun, viel Vergnügen.«

Als wir später allein waren, sagte sie: »Komisch, daß sich der gute Colin so um mich bemüht hat, und in Wirklichkeit rennt er hinter einer her, die viel besser zu ihm paßt. Susan, gib zu, du hast Angst gehabt, daß ich mich in ihn verliebe und mich wieder lächerlich mache. Stimmt's?«

Ich mußte ehrlich sein und sagte widerwillig: »Weißt du, Tony, wenn ich jemand gern hab', stelle ich mich furchtbar an, aber ich hab' ja vor kurzem gesehen, daß er dir völlig egal ist. Ich gestehe dir besser, daß ich erleichtert war. Ich mag ihn, aber du bist erst neunzehn, und er ist nicht beständig.«

Sie umarmte mich flüchtig und sagte: »Du bist schon richtig, Susan. Aber mach dir wegen mir keine Sorgen. Ich mochte Colin gerade, weil er nicht beständig ist. Letztes Jahr hab' ich meinen Denkzettel bekommen, so was passiert mir nicht nochmal. Es ist wirklich lustig mit Colin, aber er ist nicht der ›bis daß der Tod uns scheide‹-Typ. Deshalb hat er mir gefallen. Ich möchte noch lange nichts Ernsthaftes. Wie alt warst du, als du geheiratet hast, Susan?«

»Zweiundzwanzig. Ich finde immer, das ist ein gutes Alter. Man hat seinen Spaß gehabt und weiß, was man will.«

»Das habt ihr auch erreicht, du und Paul. Ich warte, bis ich jemand wie ihn finde, gescheit und sympathisch, mit Humor.«

Paul ist sicher gescheit. Als wir uns für das Sportfest umzogen und kurz allein waren, sagte er: »Der gute Peter macht sich. Nicht schlecht, wie er den Kater da runtergeholt hat.«

»Ja, er wollte schon immer Feuerwehrmann werden, hat er gesagt.«

»Ein gebrochenes Bein hätte ihn nicht gerade gefreut. Jetzt versteh' ich endlich, wo deine Gedanken an dem Abend waren, als du sagtest, du würdest für andere Leute keine Heiratspläne mehr machen. Das ist ein löblicher Entschluß. Aber damals dachte ich, du hättest von Annabella geredet, und wir können nicht noch ein junges Kätzchen brauchen.«

Diesmal war ich an der Reihe: »Also wirklich, Paul...«

Wir mußten um elf auf dem Sportplatz sein, weil Paul im Ausschuß war. Um halb elf war ich mit allem fertig, einschließlich Picknickkorb und zwei relativ sauberen Kindern, und da sah ich Annes kleines Auto die Einfahrt heraufkommen. Ich ahnte Schlimmes, denn ich dachte sofort an die beiden anderen Male, als ihr Kommen Unheil bedeutet hatte.

Sie stieg aus und kam mir langsam entgegen. Ich dachte mir, wie froh sie sein wird, wenn das alles überstanden und sie wieder beweglich und hübsch ist wie immer. Sie sagte: »Susan, du mußt mir zuhören. Ich muß mir einfach Luft machen. Fährst du gleich zu diesem verflixten Sportfest, oder können wir uns noch ein bißchen in deinem Zimmer unterhalten?«

Ich zögerte. »Wir müßten eigentlich gehen, weil Paul das Eintrittsgeld kassiert, aber ich hab' gar keine Lust. Ich bin müde und würde bei dieser Hitze viel lieber mit dir hier sitzen bleiben. Ist Tim schon weg?«

»Ja, er und die Kinder. Und Ursula natürlich auch.« Ihre Stimme klang matt, und sie beherrschte sich nur mühsam, deshalb sagte ich schnell: »Dann können wir ja zusammen gehen und brauchen uns nicht zu beeilen. Komm, wir setzen uns auf die Veranda und trinken gemütlich Kaffee.«

»Das wäre himmlisch. Aber ich gehe nicht zum Sportfest. Ich fahr' dich natürlich hin, also laß die anderen schon losziehen.«

»Du mußt kommen, Anne! Nur ganz kurz. Nur um Sahib springen zu sehen.«

Sie sagte heftig: »Ich will ihn nicht springen sehen! Hoffentlich gewinnt nicht er, sondern Babette und Larry. Das glaube ich auch, denn Ursula reitet zwar gut, aber Sahib mag sie nicht besonders. Weißt du was? Sie nennt ihn ›mein liebes kleines Pferdchen‹!«

Ich beeilte mich zu sagen: »Ach, wie lustig!«, obwohl ich es überhaupt nicht lustig fand. Aber ich konnte sehen, daß Anne in der verzweifelten Stimmung war, in der sie, ohne mit der Wimper zu zucken, zu den größten Rücksichtslosigkeiten fähig war, nachdem sie viel zu viel geschluckt hatte. Ich wollte Paul und die Kinder aus dem Wege haben, aber in diesem Moment stürzten Christopher und Patience aus dem Haus, um sie zu begrüßen. Manchmal glaube ich, sie liebten Anne mehr als mich, und sie zwang sich wie gewöhnlich, ihnen zuzuhören und sich für alles zu interessieren. Aber es stengte sie an, sie war am Ende ihrer Kräfte. Ich griff ein und scheuchte die Kinder mitsamt ihrem Vater davon.

»Ich komm' bald nach. Seid schön brav inzwischen!«

Paul sagte: »Wird schon gut gehen. Ich muß am Eingang bleiben, aber Ursula wird schon auf sie aufpassen.«

»Das wird allen viel Spaß machen«, rief ich, und Paul fuhr los, überzeugt davon, daß er mich beruhigt hatte und sehr taktvoll gewesen war.

Ich drehte mich um und lachte, als sie abfuhren. »Du siehst, Paul ist genauso. Nicht ganz so schlimm wie vor der Geschichte mit dem Eis, aber sie ist immer noch die tüchtige Ursula.«

Anne lachte nicht. Sie sagte: »Ich wollte bloß, Papa und Tim hätten gesehen, wie sie sich damals benommen hat. Sie sind immer noch ganz vernarrt in sie — wirklich, Susan, ich halt' es einfach nicht mehr aus.«

Das hatte ich befürchtet. Ich konnte ihr deshalb keine Vorwürfe machen. Ich hätte Ursula auch nicht lange aushalten können, und ich war nicht im neunten Monat. Es schien mir das beste, sie einfach reden zu lassen, Kaffee zu kochen und zuzuhören.

»Normalerweise bin ich wirklich nicht eifersüchtig«, begann sie, »aber vermutlich liegt es daran, daß ich so mies aussehe und mich genauso fühle. Und es ist auch keine richtige Eifersucht, denn ich weiß genau, daß beide, Tim und Papa...«

Sie zögerte, und ich fiel ein. »Selbstverständlich liegt den beiden in Wirklichkeit verdammt wenig an Ursula. Ich meine, es ist dumm, da überhaupt Vergleiche anzustellen.«

»Das weiß ich ja«, sagte sie müde. »Ich sage mir das zehnmal am Tag, aber trotzdem werde ich immer wieder wütend darüber, wie sie alles übernommen hat — mein Pferd, mein Haus und meine Kinder. Ganz zu schweigen von meinem Mann und meinem Vater. Natürlich wollen sie mir nur jede Mühe abnehmen. Es heißt immer — ›Ursula macht das schon‹. Und Tim sagt: ›Ursula hilft mir schon. Sie kann das gut!‹ Das Schlimme ist, daß sie alles gut kann. Und sogar den Kindern haben sie beigebracht, Mammi in Ruhe zu lassen und Tante Ursula zu fragen. Und sie reißt alles an sich. Sie drängt mich richtig hinaus. Ich hab' das Gefühl, daß mir eigentlich nichts mehr gehört, nicht einmal Sahib. Ich hab' ihn wirklich gerne gehabt, und jetzt hoffe ich, daß er heute nicht gewinnt. Ach, Susan, ich werde so gemein und boshaft!«

Sie war ehrlich bekümmert, und ich versuchte, sie aufzumuntern: »Arme Anne. In drei Monaten wirst du darüber lachen. Ich weiß, wie man sich in diesen letzten Wochen fühlt, besonders wenn es so heiß ist. Jetzt, wo wir bessere Straßen haben, sollten wir unsere Kinder tatsächlich nur noch im Winter bekommen.«

Anne lächelte nicht einmal. »In drei Monaten? Vielleicht ist diese Frau dann immer noch da.«

Ich war bestürzt. »Aber ich dachte, sie fliegt gleich nach Weihnachten heim? Die Ferien sollten doch eigentlich nur drei Monate dauern?«

»Ja, aber jetzt redet sie davon, länger zu bleiben, und die Männer bestärken sie darin, sie sei eine solche Hilfe für mich, wenn ich mit dem Baby heimkomme. Wirklich, ich weiß nicht, ob sie in Papa oder Tim verliebt ist — oder in beide. Und ob die beiden nicht ein bißchen in sie verliebt sind ...«

Jetzt mußte ich lachen. Und es war auch zum Lachen, sich den Colonel, der sechsundzwanzig Jahre lang das Andenken an seine junge Frau in Ehren gehalten hatte und sich seither nur um Anne kümmerte, in Ursula verliebt vorzustellen. Genausowenig würde Tim, der seine sonst so fröhliche und hübsche kleine Frau anbetete, auch nur einen Gedanken auf sie verschwenden. Ich sagte: »Liebling, du leidest an Depressionen, wie man sie oft am Ende der Schwangerschaft bekommt. Der Colonel und Tim würden Ursula mit Freuden hinauswerfen, wenn sie dir damit nur einen Tag mehr Glück verschaffen könnten, und das weißt du.«

Aber sie war richtig verbohrt. »Nein, Susan, davon weiß ich nichts, und ich kann es nicht mehr aushalten, wie mich diese Frau herablassend behandelt, über mein Aussehen lächelt, über meinen Haushalt spöttelt, den armen Tim bemitleidet und sich abfällig über meine Kinder äußert. Du mußt sie dazu bringen, daß sie verschwindet!«

Ich war entsetzt. »Ich? Wie soll ich das machen?«

»Ach, ich weiß es nicht. Aber ihr seid doch so klug, du und Larry. Euch muß einfach etwas einfallen. Ihr habt doch schon alles mögliche angestellt, Telefondrähte abgeschnitten, Richard O'Connor gezeigt, wie unmöglich Gloria war, oder —«

Hier unterbrach ich sie. Ich hatte keine Lust, noch mehr aus unserer Vergangenheit zu hören. Wir hatten uns oft genug in die Angelegenheiten anderer Leute eingemischt. Wie Paul immer sagte, war es höchste Zeit, daß wir vernünftig wurden und bedachten, daß wir Mütter von heranwachsenden Kindern waren.

Aber ich machte mir Sorgen um Anne. Sie redete immer weiter: »Ich gebe ja gerne zu, daß sie schrecklich tüchtig ist, aber du kannst dir gar nicht vorstellen, was das bedeutet. Sie weiß alles besser als ich und weist mich immer zurecht, und wenn ich mich dagegen wehre, dann gibt es Krach. Ich weiß, daß sie meinen Haushalt erstklassig führt, viel von Landwirtschaft versteht und gut reitet, aber wenn sie auch noch mehr vom Kinderkriegen verstehen will ... Also ... Stell dir vor, als ich vor kurzem sagte, daß ich das Baby sicher an Weihnachten bekommen würde, sagte sie: ›Was für ein Unsinn. Babies kommen immer zu spät!‹«

Sie machte eine Pause, als suchte sie nach passenden Worten. Ich lachte, aber sie blieb ernst, und ich merkte, daß sie ihren Humor verloren hatte, und das war bedenklich. Man hielt es mit Ursula nur aus, wenn man über sie und sich selbst lachen konnte. Und dazu war Anne zur Zeit nicht fähig.

Sie stellte ihre Tasse hin und stand müde auf. »Du mußt zum Sportfest. Nein, es hat keinen Sinn, mich überreden zu wollen. Ich sehe scheußlich aus und fühle mich auch so, und ich werde diesem Weibsbild bestimmt nicht zuschauen, wie sie Larry besiegt, nur weil Papa viel Geld bezahlt hat für mein Pferd. Ich setz' dich beim Eingang ab und fahre heim, und Gott sei Dank werde ich das Haus einmal für mich alleine haben.«

Ich sah ein, daß es sinnlos war, sie überreden zu wollen. Es ging ihr auch offensichtlich nicht so gut, daß sie an einem so heißen Tag, eingezwängt in ein Auto, beim Reiten, Holzhacken und Wettrennen zuschauen konnte. Ich hatte auch keine Lust dazu, denn ich war müde und niedergeschlagen, und die Aussichten auf ein fröhliches Weihnachtsfest wurden immer kleiner. Als ich am Sportplatz ausstieg, sagte Anne: »Susan, du hast mich noch nie im Stich gelassen. Larry auch nicht. Schaut, daß ihr diese Frau verjagt. Versprich es mir!«

Paul hat vollkommen recht damit, daß ich Leuten, die ich mag, nichts abschlagen kann. Zu meinem eigenen Entsetzen sagte ich:

»Ich versprech' es dir. Wenn sie nicht bald von selbst geht, dann wird Larry sich schon etwas einfallen lassen. Ich ruf' dich heute Abend an und schau', wie es dir geht. Du mußt mir nur versprechen, daß du inzwischen nichts unternimmst — aber auch gar nichts!«

Sie nickte, und damit hatten wir wenigstens eine Gnadenfrist. Aber was für ein verrücktes Versprechen! Zum Glück würde ich heute nie mit Larry allein sein, und vielleicht würde irgend etwas geschehen. Schuldbewußt machte ich mich auf die Suche nach den anderen.

Das Sportfest wäre bestimmt lustig gewesen, wenn ich mir nicht solche Sorgen um Anne gemacht hätte, die jetzt verzweifelt zu Hause saß. Es fiel mir schwer, zu Ursula höflich zu sein, die in ihrem Reitdress sehr elegant wirkte. Sie sagte: »Anne hat sich also doch nicht entschließen können, zu kommen?«

»Nein, sie fühlt sich nicht wohl.«

»Wie schade. Sie hat Aufmunterung nötig. Sie bekommt immer mehr Mitleid mit sich selbst, und das ist anstrengend für Tim.«

»Es ist schon richtig, daß sie nicht gekommen ist. Diese letzten Wochen sind immer aufreibend.«

»Aber finden Sie nicht, daß sie etwas viel jammert? Natürlich sind Tim und Onkel Charles in dieser Hinsicht schlecht für sie. Sie stellen sich furchtbar an wegen ihr. Immerhin ist es etwas ganz Gewöhnliches, daß Frauen Kinder bekommen, und es ist ja nicht Annes erstes.«

Ich schluckte eine giftige Antwort hinunter und sagte: »Der Pokal, den der Colonel für den Holzhack-Wettbewerb gestiftet hat, ist wirklich wunderbar. Ich wäre so froh, wenn ihn einer von hier gewinnen würde. Aus anderen Bezirken sind einige gute Holzhacker gekommen. Vermutlich haben sie von dem Pokal gehört. Er erregt einiges Aufsehen. Wir haben bei unserem Sportfest noch nie etwas so Großartiges gehabt.«

Ursula interessierte sich nicht besonders für den Pokal, schaute sich aber mit mir die Preise an. Das Geschenk des Colonel war in der Mitte aufgestellt und wurde gebührend bewundert. Neben ihm verblaßten alle anderen Preise, so bescheidene Dinge wie Taschenlampen, Thermosflaschen und Werkzeug.

Miss Adams, die mit den Anstruthers gekommen war, sagte: »Unser Sportfest bekommt durch ihn eine ganz andere Note, finden Sie nicht auch? Ich bin gespannt, wer ihn gewinnt. Mick ist ein guter Holzhacker, und er ist noch unwahrscheinlich nüchtern. Macht Paul auch mit?«

Ich sagte, daß keiner von unseren drei Männern mitmachen würde. »Sie behaupten, sie seien zu alt, einfach lächerlich. Aber sie haben Peter Anstruther dazu überredet. Wie steht es mit dir, Julian?«

Er lachte. »Liebe Susan, willst du mich auf den Arm nehmen? Ich kann nicht holzhacken. Hab' zu spät damit angefangen. Aber Peter kann es wirklich gut. Ich werde ihn anfeuern.«

»Ich auch!« rief Tony. »Julian, hast du die Geschichte mit Calebs Kater gehört?«

»Nur sehr ungenau, aber erzähl mir die Heldentat, Tony«, und eine weitere Aufforderung war nicht nötig. Sie war etwa bei der Hälfte ihres aufregenden Berichtes angelangt, als sich zwei Neuankömmlinge zu uns gesellten. Bei ihrem Anblick fühlte ich mich etwas unbehaglich, aber Tony hatte sie nicht bemerkt. Es war Colin Manson in Begleitung eines sehr hübschen Mädchens, dessen Kleid so schlicht war, daß man es für billig hätte halten können — aber nur, wenn man ein Mann war. Das mußte Catherine Gordon sein, und ich machte mir Sorgen um Tony. Colin würde sicher auf Rache sinnen.

Aber ich hatte unsere Tony unterschätzt. Plötzlich bemerkte sie die beiden, unterbrach sich und sagte obenhin: »Hallo, Colin — oder redest du nicht mehr mit mir?«

Er antwortete im gleichen Ton: »Unsinn, und darf ich Ihnen allen gleich Catherine Gordon vorstellen. Das ist ihr erstes Sportfest in den Backblocks, und ich möchte, daß sie alle unsere Berühmtheiten kennenlernt.«

Catherine war charmant und interessierte sich für alles. »Was für ein wunderschöner Pokal! Colin, warum machst du da nicht mit? Du kannst doch sicher erstklassig holzhacken.« Aber sie wartete auf keine Antwort. »Tony, wir haben Sie in Ihrer Geschichte unterbrochen. Erzählen Sie doch weiter. Colin hat mir gestanden, daß er sich daneben benommen hat. Es war sicher keine Heldentat von ihm, wegzufahren und den armen Kater sich selbst zu überlassen. Und er verdient es, ausgeschimpft zu werden.«

Das war äußerst geschickt und genau der richtige Ton. Danach ging alles glänzend; Tony machte Witze über die Art, wie sie Colin angegriffen hatte, und er nahm alles mit so viel Humor auf, daß ich ihn bewundern mußte. Das war damit also erledigt. Wenn Colin dieses wirklich nette Mädchen heiraten würde, hätte sie bestimmt einen guten Einfluß auf ihn, und für uns wäre sie auch eine große Errungenschaft. Colin würde weiter im Supermarkt einkaufen, sich aber nicht zu lange aufhalten, und Catherine und Tony würden gute Freundinnen werden.

Als wir einen Augenblick allein waren, sagte Larry zu mir: »Ich hoffe, du ziehst deine Lehren daraus.«

Ich gab zurück: »Reit nicht darauf herum. Es gibt noch genügend Schwierigkeiten.«

Sie war verwirrt, sagte aber nur: »Schon meine Nerven. Das Springen der Damen beginnt in fünf Minuten.«

Zehn Teilnehmerinnen versammelten sich am Sportplatz, alle aus der Gegend und gute Reiterinnen. Aber sie ritten ihre Arbeitspferde, und obwohl die nicht schlecht waren, konzentrierte sich das Interesse nur auf zwei: Babette und Sahib. Die anderen schieden bald aus, und ich wurde fast verrückt vor Aufregung, als der Schiedsrichter Ursula und Larry zur Endrunde aufrief. Babette benahm sich ausgezeichnet und schien vollkommen ruhig und gelassen zu sein, doch Sahib war der bessere Springer. Andererseits war er leichter aus der Ruhe zu bringen, und ihm stand schon der Schaum vor dem Maul. Und obwohl Ursula großes Können bewies, schienen sie doch nicht so gut miteinander zu harmonieren.

Sogar Paul mußte zugeben, daß Larry wunderbar mit Pferden umgehen kann, ich vermute, weil sie sie so liebt. Sie hatte Babette täglich geritten, und die sanfte, kleine Stute vertraute ihr vollkommen. Als der Lärm der Menge wuchs und das Gedränge dichter wurde, wurde Sahib unruhig. Er schlug ein oder zwei Mal aus und warf den Kopf hoch, als neben ihm der Lautsprecher ertönte, und obwohl so etwas Ursulas gute Haltung nicht stören konnte, merkte ich, daß er immer nervöser wurde. Ursula blickte ein wenig unbehaglich drein, und ich glaube, daß ihr da zum ersten Mal der Gedanke kam, daß ihr Larry in ihren gut sitzenden, aber abgetragenen Reithosen, der Reitmütze, mit der sich einer ihrer jungen Hunde vergnügt hatte, und dem Hemd, das einen grünen Fleck am Ellbogen hatte, vielleicht gefährlich werden könnte.

Neben mir flüsterte Tony aufgeregt: »Ursula wird nervös!«

Sahib ebenfalls. Er war gereizt durch das viele Springen, die Hitze und die vielen Leute, und er fühlte, daß seine Reiterin auch irritiert war. Als Ursula startete, brach er gleich an der Linie böse aus, und sie gab ihm einen scharfen Peitschenschlag. Ich hörte Tim murmeln: »Das war falsch. Sahib ist anders als Babette.«

Er nahm die ersten drei Hindernisse sehr schön, galoppierte

aber die doppelte Hecke zu schnell an, und ich sah, daß Ursula vergeblich versuchte, ihn zurückzuhalten. Er kam zu früh ab, übersprang das erste Hindernis hoch und weit, verweigerte aber zu unserer Überraschung das zweite, bockte und ging durch. Die Menge stob auseinander, und Ursula hatte ihn gerade noch so weit in der Hand, daß er Richtung auf den steilen Hügel nahm, wo unsere Autos standen, zwischen denen sie glücklich durchkamen.

Tony fragte: »Was ist denn passiert? Sie reitet doch so gut.«
»Sahib sind die Nerven durchgegangen«, antwortete ich. »Er ist ganz schön stark. Es war gut, daß sie ihn da hinaufgeritten hat, weg von den Leuten.«

Der Colonel sagte: »Schade. Wirklich schade. Ursula ist eine gute Reiterin, aber es hat mir nicht gefallen, wie das Pferd sich verhalten hat. Es ist anders, als ich dachte.« Dann zu Tim: »Ich möchte nicht, daß Anne ein solches Risiko eingeht. Geben wir ihn weg und suchen wir etwas Besseres?«

Ich mußte lächeln. Offensichtlich konnte Ursula so etwas riskieren, nicht aber Anne. Ich wollte, sie hätte das gehört; es hätte sie für vieles getröstet.

Dann schwieg alles, denn der Schiedsrichter rief aus: »Die Endrunde von Mrs. Lee auf Babette!«

Tony flüsterte mir ins Ohr: »Ich halt' es nicht aus, ich halt' es einfach nicht aus.« Ich fuhr sie an: »Dann schau eben nicht hin!« und bemerkte plötzlich, daß ich selbst die Augen geschlossen hatte.

Ich machte sie schnell wieder auf und schämte mich, denn ich hatte gedacht, meine Furcht könnte sich irgendwie auf Larry übertragen. Dann schaute ich sie an, und wußte, daß ich ein Dummkopf war. In Larrys Gesicht unter der alten Reitkappe sah man keine Furcht, nur Freude. Sie lächelte und tätschelte Babette. Dann lehnte sie sich nach vorn und flüsterte ihr etwas ins Ohr. Das Ohr zuckte nach hinten, richtete sich wieder auf, und Babette begann ihre Runde sehr ruhig und sicher.

Sie ging ausgezeichnet. Obwohl alles so leicht und gelassen aussah, kam sie überall gut durch und machte keine Fehler. Alles klatschte, als Larry das Pferd anhielt, und Tony stürzte hin, um erst Babette und dann die Reiterin zu umarmen. Aber ich freute mich, daß auch alle applaudierten, als Ursula wieder den Hügel herunterkam mit dem schwitzenden, aber wieder ruhigen Sahib.

Sie benahm sich, wie man es erwarten konnte, sprang von dem nervösen Pferd und gratulierte Larry höflich, wenn auch nicht gerade herzlich.

»Sie hatten Pech«, war Larrys unvermeidliche Antwort. »Sahib springt wunderbar, aber er ist unruhig. Sie haben Wunder mit ihm vollbracht.«

Dann sagte der Colonel etwas, was niemand von ihm erwartet hätte: »Du bist sehr gut geritten, meine Liebe, aber vielleicht sollten wir ihn nach deiner Abreise lieber Larry geben. Entweder das, oder ihn verkaufen.«

»Aber sie dürfen ihn nicht verkaufen«, sagte Larry schnell. »Es würde Anne das Herz brechen. Sie freut sich so darauf, ihn zu reiten. Es kommt oft vor, daß Pferde die Nerven verlieren, wenn sie das erste Mal so viele Menschen sehen.«

Da fand Ursula zu ihrem gewohnten Ton zurück und sagte: »Ich bin nicht Ihrer Meinung. Onkel Charles sollte ihn verkaufen. Anne kann nie ein so temperamentvolles Pferd reiten.«

Larry ärgerte sich und begann: »Aber Anne . . .« Dann besann sie sich eines besseren und sagte: »Sie haben einen ausgezeichneten Sitz, Ursula. Wenn Sie ein trainiertes Pferd reiten, kann sicher keine von uns mithalten.«

Danach begannen, wie Paul es später ausdrückte, die Komplimente nur so zu schwirren, und alle waren zufrieden.

Ursula trat nun zu keinem Wettkampf mehr an. Sie sagte mit Recht, Sahib sei zu aufgeregt, und es sei weder für ihn noch für sie ratsam. Babette gewann das Jagdspringen der Ponys, und Tony überredete Larry, beim offenen Springen mitzumachen, bei dem sie hinter Julians Playboy den zweiten Platz belegte. Tonys Glück war vollkommen, und sogar Ursula sagte, Babette sei ein schönes Pony.

Der Tag war sehr heiß, aber glücklicherweise war auf der einen Seite der Koppel, die wir immer für das Sportfest mieteten, ein Hügel mit ein paar großen Bäumen. Diese Koppel war bestens geeignet für unser Fest, denn der Abhang ergab eine natürliche Tribüne, so daß faule Leute von ihren Autos aus alles beobachten konnten.

Nach dem Springen begannen die Zwischenrunden im Holzhacken. Peter hatte sich in einigen Vorrunden recht beachtlich gehalten, und Tony hatte ihn, genau wie die Maoris, bei denen er sehr beliebt war, begeistert angefeuert. Mick war immer noch völlig nüchtern und würde am Finale teilnehmen, der Star aber war ein Maori, den wir alle gerne mochten, Reti Moana, ein riesiger, liebenswürdiger Mann, der aussah, als sei er zu faul, eine Axt zu heben. Er war jedoch ein ausgezeichneter Arbeiter und bekannter Buschmann. Ziemlich sicher würde er gewinnen, und wir fanden, wenn Peter schon geschlagen würde, dann lieber von Reti als von einem anderen.

Dann kam die Mittagspause. Wir waren nicht so fortschrittlich, daß wir ein Teezelt hatten, und natürlich war Alkohol offiziell verboten. Ich war entsetzt, als ich Paul zum Colonel sagen hörte: »Nächstes Jahr müssen wir wirklich ein Zelt aufmachen; die Mädchen können das leicht übernehmen, und es würde uns viel Geld einbringen.« Ich schlich mich davon, entschlossen, mich in diese Sache nicht hineinziehen zu lassen, und ich sah mich schon im nächsten Jahr die ganze Woche vorher mit Backen verbringen und Beiträge von den anderen geschäftigen Frauen einsammeln, und den Tag selbst hinter einem Ladentisch in einem glühend heißen Zelt kühle Getränke und Kuchen an die Menge verkaufen. Wenn das mein Schicksal sein sollte, dann wollte ich den heutigen Tag genießen.

Das tat ich auch. Wir waren alle sehr vergnügt, und bald verschwand auch die bohrende Sorge um Anne, und ich dachte mir, was für ein Glück wir doch hatten, in einer so einträchtigen Gemeinschaft zu leben. Besonderes Glück hatten wir mit unseren Maoris, die bisher noch nicht den Drang verspürt hatten, in die Stadt zu ziehen, sondern auf ihren eigenen kleinen Farmen lebten und ihr Einkommen mit Arbeiten für die weißen Siedler aufbesserten. Von ihnen waren heute viele da, und wir kannten die meisten; manche hatten bei uns Schafe geschoren, andere den Busch gerodet oder in Ausschüssen mitgearbeitet, und einige hatten mit unseren Männern zusammen im Krieg gekämpft. Niemand achtete hier auf die Hautfarbe, und wir versammelten uns alle unter den Bäumen und verzehrten unser Mittagessen.

Ursula tat mir leid. Sie war sicher sehr enttäuscht über Sahibs Versagen, aber leider machte sie das noch anmaßender und taktloser als gewöhnlich. Sie kümmerte sich um alles, holte das ausgezeichnete Essen heraus, das Anne eingepackt hatte, und rief Tim und den Colonel zu sich: »Kommt her und würdigt die Mühe, die ich mir mit eurem Essen gemacht habe!«

Larry ärgerte sich, sagte jedoch sanft: »Selbstverständlich mußt du alles aufessen, lieber Tim. Anne kocht so gut, und als ich gestern vorbeischaute, backte sie gerade diese Schinkenpastete. Anständig von ihr, wenn sie selbst nicht mitkommt.«

Tim sagte: »Ja, sie arbeitet viel zu viel, aber sie ist nicht aufzuhalten«, und der Colonel, der nicht gerade seinen taktvollen Tag hatte, bemerkte, wenn Anne es gebacken habe, sei es sicher gut. »Kommen Sie, und versuchen Sie die Vorspeise, liebe Susan!«

Ursula bekam einen knallroten Kopf, und ich sah meine Vermutung bestätigt — sie war schrecklich eifersüchtig auf ihre kleine Cousine, die sie angeblich so verachtete. Sie warf Larry einen nicht gerade liebevollen Blick zu und sagte: »Sie haben einen scheußlichen Grasfleck auf Ihrem Hemd. Ich muß Ihnen zeigen, wie man ihn wegbringt.«

Es war wirklich nicht erstaunlich, daß Anne so verzweifelt war, aber Julian warf, taktvoll wie immer, besänftigend ein: »Wie gefällt dir dein erstes Sportfest in den Backblocks, Ursula?« Er wurde für seine Anstrengung mit einem gezwungenen Lachen belohnt: »Ach, man darf nicht zu viel erwarten, und für die armen Frauen ist es einmal eine Abwechslung.«

Dieser Ton brachte Larry wieder auf, und sie sagte: »Die meisten dieser armen Frauen haben ziemlich viel Abwechslung. Sie können alle autofahren und kommen recht oft in die Stadt. Aber ihnen macht das Sportfest Spaß, weil alle lustig sind und niemand so tut, als sei er was besseres.«

Miss Adams warf einen drohenden Blick in Larrys Richtung

und wandte sich unverfänglicheren Dingen zu. »Der Pokal ist großartig, Colonel. Wir sind alle ganz aus dem Häuschen, und es ist tatsächlich ein Fotograf da, der Aufnahmen von ihm macht. Unser Sportfest wird berühmt.«

Der Colonel war zufrieden, obwohl er sonst über Fotografen und Zeitungen die Nase rümpfte. Er schien jedoch ein wenig bedrückt, und bald zog er mich auf die Seite und fragte: »Susan, Anne ist doch heute zu Ihnen gefahren. Stimmt was nicht?«

Ich zögerte und sagte dann: »Sie fühlt sich nicht besonders gut, und ihr geht alles ein wenig auf die Nerven.«

»Dachte ich mir«, sagte der Colonel, sichtlich erfreut über seinen Scharfblick. »Komisch, daß Tim es nicht gemerkt hat. Aber trotzdem hätte es ihr gut getan, wenn sie gekommen wäre.«

Ich sagte, ich fände es klug, daß sie an diesem heißen Tag zu Hause geblieben sei, und daß der Weihnachtstag für sie noch aufregend genug werde. Kaum war der Colonel gegangen, als Tim zu mir kam und besorgt fragte: »Susan, was ist mit Anne los? Warum ist sie davongerannt und hat dich besucht? Und warum wollte sie nicht zum Sportfest kommen?«

Ich fuhr ihn an. »Und warum sollte sie? Sie fühlte sich müde und niedergeschlagen und ist zu Hause glücklicher.«

»Ich mag es nicht, wenn sie da allein ist. Ich wollte, ich könnte hier verschwinden«, sagte er beunruhigt. »Weißt du, sie war in letzter Zeit so empfindlich. Überhaupt nicht wie sonst. Ich hoffe, ihr Vater geht ihr nicht auf die Nerven. Schon komisch, daß er anscheinend gar nicht merkt, wie sie sich fühlt.«

Ich seufzte. Männer sind einfach erstaunlich, würde Larry jetzt sagen. Aber wenn Tim Sorgen hat, kann man ihm nicht böse sein. »Es ist ja nun bald vorbei. Sie hat eine schwierige Zeit hinter sich.«

»Vermutlich ist das immer schwierig«, sagte Tim geistreich. »Aber ich dachte, es wäre diesmal wirklich leicht gewesen; Ursula hat sich ja so nützlich gemacht und ihr alle Verantwortung abgenommen. Sie kommt sogar noch dazu, mir mit den Schafen zu helfen.«

»Tatsächlich?« sagte ich in einem Ton, der schneidend klingen sollte. »Wie erstaunlich. Warum verstehst du Anne nicht ein wenig besser? Ich hab' dir gesagt, daß ich dir noch einige Lektionen für werdende Väter geben würde. Warum bist du nicht gekommen?«

Er setzte eine würdige Miene auf. »Ich weiß, daß du mich für einen Dummkopf hältst«, begann er, aber ich stimmte ihm so begeistert zu, daß er gekränkt abzog. Doch für den Augenblick waren unsere Meinungsverschiedenheiten vergessen, denn die Wettrennen der Kinder sollten nun beginnen, und wir drängten uns alle unten auf dem flachen Stück, um zuzuschauen, wie unsere Lieblinge sich auszeichneten.

Das taten sie nicht. Beim Rennen der Kinder unter zehn Jahre hätte Christopher sicher gewonnen, wenn ihn nicht falsch verstandene Ritterlichkeit dazu veranlaßt hätte, auf Christina zu warten; deshalb kam das Paar nur auf den zweiten Platz und wurde mit viel zu viel Beifall und Gelächter belohnt, so daß sie sich sehr klug vorkamen. Bei den Kindern unter fünf erwiesen sich Patience und ihr treuer Verbündeter Mark als großer Erfolg, indem sie unbeirrbar mit äußerster Geschwindigkeit in die falsche Richtung rannten. Immerhin retteten die Zwillinge die Ehre der Bande, sie rannten zärtlich Hand in Hand bei den bis sieben Jahre alten Kindern, und ich wünschte, Anne wäre dabei gewesen, um sie und das Entzücken der Zuschauer bei ihrem Sieg zu sehen. Der Colonel war so gerührt von dem Anblick, und so wütend über seine Rührung, daß er ein wenig schroff zu den Leuten war, die ihm gratulierten.

Danach kam das Finale des Holzhack-Wettbewerbs, und die Spannung wuchs. Der Pokal erhöhte die Bedeutung des Wettkampfes ungemein. Peter gewann zwar nicht, belegte aber einen beachtlichen zweiten Platz hinter Reti, und Mick wurde ein populärer Dritter. Wir alle umdrängten sie und gratulierten ihnen, und ich hatte das Vergnügen, zu hören, wie Mick zu Reti und Peter sagte, ob sie nicht jetzt, nach all der Anstrengung, Lust hätten, mit ihm bei seinem Auto einen kleinen Schluck zur Feier des Tages zu trinken. Der kleine Schluck muß ganz schön kräftig gewesen sein, denn als das Sportfest vorbei war, überließen wir das Feld Mick ganz allein, der selig unter seinem unmöglichen, alten Auto schnarchte.

Als der letzte Wettkampf beendet war, versammelten wir uns alle am Hügel, um dem Colonel bei der Preisverteilung zuzuschauen und vor allem Reti zu feiern, der den Pokal gewonnen hatte. Der Colonel begann gerade mit einer seiner eindrucksvollen, kurzen Ansprachen, als hinter mir jemand laut aufschrie. Alles wandte erschreckt den Kopf und ich verlor den letzten Rest meiner Würde und stürzte vorwärts, um Paul beim Arm zu packen.

»Schnell! Sie sind im Auto und haben die Bremse gelöst! Es rollt!«

»Verflucht«, sagte Paul so laut, daß alle bestürzt waren.

Jetzt wandten alle dem Colonel den Rücken zu und starrten gebannt auf unser Auto, das langsam den Hügel herab auf sie zu rollte. Paul und Sam stürmten vorwärts, gefolgt von Tim und einigen anderen Männern. Bisher fiel der Hang nur leicht ab, und das Auto war noch sehr langsam, aber als sie es erreichten, wurde es schneller, und sie konnten es gerade noch aufhalten, bevor es über die steile Böschung kippte. Paul langte hinein, zog die Bremse an und brüllte: »Was, zum Teufel, sucht ihr da drinnen?« Aber die Kinder waren diesmal so verängstigt, daß Christopher erst einige Zeit brauchte, bevor er eine Antwort stammeln konnte.

»Das wollten wir ja gar nicht, wir konnten nur nichts sehen, und wir dachten, wir würden ein kleines bißchen nach vorne fahren würden ...«

Wie gewöhnlich war es der Colonel, der eingriff, indem er vergnügt von unten rief: »Nichts passiert, Paul, mein Junge. Hab' dadurch länger Zeit gehabt zum Nachdenken, was ich jetzt sagen soll.«

Das war ja schön und gut. Aber das Auto neigte sich jetzt so gefährlich, daß die Kinder sehr vorsichtig herausgeholt werden mußten.

Es mußte sofort wieder zurückgebracht werden, und zu meinem Entsetzen kam Paul auf mich zu.

»Macht es dir viel aus, Susan, dich hineinzusetzen und den Hügel hinauf zurückzustoßen? Das geht schon. Wir halten das Auto fest, aber der Fahrer muß leicht sein.«

»Es macht mir sehr viel aus!« gab ich energisch zurück. »Du weißt, wie ungeschickt ich mich manchmal beim Zurückstoßen anstelle, und hier ist es sehr steil. Es sind genug Männer zum Halten da. Setz du dich doch rein und fahr selbst!«

Paul setzte eine geduldige Miene auf und alle anderen Männer auch. »Verstehst du nicht, daß es auf das Gewicht ankommt«, wiederholte er. »Dir kann wirklich nichts passieren, aber ...«

Ich setzte mich widerwillig in Bewegung, aber da ertönte eine hohe, durchdringende Stimme, und ich wurde förmlich zur Seite gefegt. »Verstehen Sie nicht, daß sie jemand leichten brauchen, wenn das Auto so schief steht, Susan? Sie haben doch sicher nichts dagegen?«

»Ach, ich mach' es schon, aber wahrscheinlich sehr schlecht«, begann ich, doch Ursula lachte nur kurz und überlegen auf.

»So ein Theater! Aber wenn Sie Angst haben, versuche ich es eben. Es ist ja so einfach. Ich habe keine Angst vor dem Rückwärtsfahren. Ich kann einfach nicht verstehen, warum manche

Frauen sich so anstellen. Keine Aufregung, Paul. Ihr haltet das Auto fest, und die Sache ist im Nu vorbei.«

Ich sah, wie Paul zögerte. Er hatte sich nie um Ursulas Fahrkünste gekümmert und wußte nur, was sie selbst gesagt hatte. »Susan kennt das Auto genau. Die Gänge haben ihre Mucken, und mit den Bremsen muß man sich auskennen. Meinen Sie nicht, daß es besser wäre ...«

Aber sie war nicht mehr zu halten. Hier hatte sie eine Gelegenheit, ihre Überlegenheit wieder zu beweisen, die unter der Niederlage mit Sahib gelitten hatte. Sie lachte. »Wenn man es nur richtig anpackt, wird man mit jedem Auto fertig. Ich habe Ihnen doch schon gesagt, daß ich mit dem Auto durch ganz Europa gefahren bin«, und im nächsten Moment schob sie sich vorsichtig hinter das Steuer.

Sie war in ihrem Element, von Männern umgeben, und hatte die Gelegenheit, ihre Fähigkeiten ein für alle Mal unter Beweis zu stellen, und sie lachte nur über Pauls Protest: »Sie sind eben nur Susans Fahrerei gewöhnt, Paul. Keine Aufregung. Ich fahre einfach rückwärts den Abhang hinauf, und in ein paar Minuten ist die ganze Sache überstanden.«

Das stimmte, aber in diesen Minuten passierte einiges.

Was wirklich geschah, weiß ich bis heute noch nicht, aber Ursula, die nach ihrer Meinung mit allen Autos umgehen konnte, merkte wohl nicht, wie leicht man in unserem Auto den vierten statt den Rückwärtsgang erwischen konnte. Es ging zu schnell, um sie noch zu warnen. Jemand schrie auf, die Männer stoben wie aufgeschreckte Hühner auseinander, und das Auto schoß den Abhang hinunter. Wie durch ein Wunder überschlug es sich nicht. Ursula trat auf die Bremse, aber die war schwach, wie Paul angedeutet hatte, und das Gefälle stark. Das Auto bewegte sich mit bösartiger Genauigkeit auf den Colonel und den Tisch mit den Preisen zu. Er brachte sich mit einem Satz in Sicherheit, und der Tisch fing die Wucht des Aufpralls ab.

Ein tiefes Stöhnen entrang sich der Menge, und ich hörte eine Stimme, in höchster Erregung: »Oh -h -h! Der Pokal, Retis Pokal! Ganz kaputt.« Und dann hatte Ursula das Auto unbeschädigt zum Stehen gebracht.

Das Auto war ganz — aber sonst herrschte überall Verwüstung. Der Tisch war umgestoßen, die Preise auf dem Boden verstreut, ein paar davon kaputt, und das Schlimmste war, daß genau unter einem Rad unseres verflixten Autos die plattgewalzten Überreste des einst so prächtigen Pokals lagen.

Es war ein schrecklicher Augenblick. All mein Ärger über Ursula war verflogen, und ich hatte nur noch Mitleid. Sie war an ihrer stärksten Stelle getroffen, ihrer Tüchtigkeit. Sie hatte mit ihrem Können angegeben, mich und meine Befürchtungen ausgelacht und sich nun in aller Öffentlichkeit lächerlich gemacht. Nichts hätte schlimmer für sie sein können. Sie, die immer recht hatte, die die albernen Schwächen der Frauen verachtete, hatte genau das gemacht, was man albernen Frauen nachsagt — die Gänge durcheinandergebracht und ein halbes Dutzend Leute beinahe über den Haufen gefahren.

Und einige unserer wertvollen Preise, auf die die Gewinner so sehnsüchtig warteten, hatte sie vollkommen zerstört. Das Schlimmste aber war, daß der Pokal, auf den wir so stolz gewesen waren, nicht wiederzuerkennen war.

Der Colonel benahm sich natürlich wunderbar. Er nahm die Katastrophe gelassen hin, versicherte Reti, daß in kürzester Zeit ein neuer Pokal sein Heim schmücken werde, und half Ursula aus dem Auto mit der Bemerkung, daß so etwas jedem mindestens einmal passiere und es ein Segen sei, daß sie sich nicht wehgetan habe. Damit wäre die ganze Geschichte elegant aus der Welt geschafft gewesen, aber leider verlor Ursula wieder die Beherrschung. Sie stürzte sich wie eine Furie auf Paul.

»Solche Bremsen sind einfach kriminell! Wer hätte erwartet . . .« doch da griff der Colonel hastig ein, bat die Männer, die verstreuten Preise aufzusammeln, versicherte den enttäuschten Gewinnern, daß die kaputten schnell ersetzt würden, und verteilte den Rest. Irgendwie beruhigten sich die Gemüter, und alle taten so, als sei nichts Außergewöhnliches passiert.

Aber der Tag war verdorben. Der Pokal, unser ganzer Stolz, war ruiniert. Er war platt wie ein Pfannkuchen, als wir ihn aufhoben, nachdem Paul das Auto weggefahren hatte; der Reporter, der so versessen gewesen war, ein Foto von Reti zu machen, wie er den Preis entgegennahm, schlich traurig davon. Damit zeigte er viel Zartgefühl, wie Larry später meinte: »Denn die ganze Geschichte, mit Fotos von dem Pokal vorher und nachher, wäre ein toller Erfolg geworden.«

Und Ursula? Endlich einmal war ihr die Laune verdorben, für den Augenblick wenigstens. Außer einer leidenschaftlichen Beschimpfung unseres Autos, hatte sie gar nicht versucht, sich zu verteidigen, ging sogar unseren Männern aus dem Weg und suchte Schutz an Miss Adams Seite, wo sie Freundlichkeit und Mitgefühl fand. Wenn ich sie lieber gemocht hätte, hätte sie mir lange nicht so leid getan. Sich in aller Öffentlichkeit zu blamieren, ist schlimm genug, aber für jemanden, der mit so großem Geschick andere Leute lächerlich macht, ist das eine sehr erniedrigende Erfahrung. Ich wollte irgend etwas sagen, konnte aber nur murmeln, daß sie sich hoffentlich nicht zu sehr gefürchtet habe.

Vermutlich sagte ich genau das Falsche, oder meine Bemerkung nahm ihr den letzten Halt. Jedenfalls sah ich beschämt, daß Ursula einen dunkelroten Kopf bekam, und ihr Tränen in die Augen traten. Ich sagte hastig: »Jetzt muß ich mich auf die Suche nach den Kindern machen. Sie müssen irgendwo hinter dem Hügel verschwunden sein. Kommen Sie mit«, denn ich hatte schreckliche Angst, daß sie vor allen Leuten in Tränen ausbrechen könnte.

Natürlich wäre ihr so etwas nie passiert, aber ich glaube, sie war dankbar, von den anderen wegzukommen. Als wir den Hügel hinaufgingen, sagte ich: »Zwar haben die beiden Kinder einen gehörigen Schreck bekommen, aber je eher wir heimkommen, desto besser. Meine Eltern kommen morgen, und vor Weihnachten gibt es im letzten Moment immer noch einen Haufen Arbeit. Es wird recht lustig werden, meinen Sie nicht auch?«

Ich wußte, daß ich Unsinn daherredete, aber es traf mich doch unvorbereitet, als Ursula sagte: »Jetzt hören Sie doch endlich auf mit Ihren Versuchen, die ganze Geschichte zu überspielen, Susan! Ich weiß, daß Sie nett sein wollen. Sie sind immer nett gewesen, und wahrscheinlich haben Sie geglaubt, daß ich das nicht zu schätzen wußte. Weihnachten? Hoffentlich wird es ein schönes Fest für Sie alle, aber ich werde nicht mehr hier sein.«

»Nicht mehr hier? Aber ich hab' gedacht, Sie bleiben noch länger?«

»Nein. Ich will von hier fort und niemand mehr sehen. Ich habe mich lächerlich gemacht. Ach, Sie brauchen nicht zu sagen, daß das jedem hätte passieren können. Tatsache ist, daß ich unbedingt fahren wollte, und dann ... Und der wunderschöne Pokal! Es wäre alles halb so schlimm gewesen, wenn er nicht nachher so platt gewesen wäre.«

Ich wußte nicht, ob ich lachen oder weinen sollte. Es klang so fürchterlich traurig, und Ursula war wirklich am Boden zerstört. Ich sagte: »Ach, das bringt der Colonel schon in Ordnung. Ihm macht das nichts aus. Und in Wirklichkeit sind unsere verflixten Bremsen daran schuld gewesen. Machen Sie sich nichts draus, Ursula. Sie sind zu Anne so nett gewesen, haben so viel getan, sich nützlich gemacht ...«

Warum benutzte ich diesen dummen Ausdruck, über den wir

uns alle lustig gemacht hatten? Und warum war ich so unaufrichtig, was Anne betraf? Larry hätte mich verachtet. Aber es war das erste Mal, daß ich Ursula wirklich mochte. Sie war auch nur ein Mensch, genau wie wir, und konnte Fehler machen.

Sie schüttelte den Kopf. »Nein. Ich kann nächste Woche einen Platz in einem Flugzeug bekommen. Ich wollte schon absagen, aber jetzt nehme ich ihn doch. Ich werde Onkel Charles bitten, mich morgen in die Stadt zu fahren, ich werde dort auf das Flugzeug warten.«

Ich sagte: »Tun Sie das nicht, Ursula. Sie verderben uns alles. Wenn Sie uns schon verlassen wollen, dann erst nach Weihnachten.« Anne kam mir wieder in den Sinn, und ich wiederholte: »Gleich nach Weihnachten. Fahren Sie nicht morgen. Wir würden es alle bedauern. Wir — wir würden Sie vermissen.«

Als ich das sagte, merkte ich zum tausendsten Mal, daß ich eine sehr schwache Frau bin. Aber schwache Frauen sind manchmal auch nützlich. Nachdem sie lange geschwiegen hatte, sagte Ursula: »Gut, ich warte bis nach Weihnachten, wenn Sie es wirklich für besser halten. Wenn die anderen mich vermissen würden . . .«

»Natürlich.« Dann beschloß ich, ganz genau zu sein, und sagte höflich: »Sam und Tim und Paul würde es furchtbar leid tun. Sie sind so ein guter Freund gewesen, so eine Hilfe.«

Das saß. Ursula sagte langsam: »Da haben Sie vermutlich recht. Onkel Charles auch. Er und Tim sind so abhängig von mir geworden. Aber ich werde gleich nach Weihnachten abfahren. Im letzten Brief schrieben sie mir von zu Hause, daß unser Wohltätigkeitsverein bald eingeht. Alle wollen, daß ich zurückkomme, und immerhin habe ich Anne über die schlimmste Zeit hinweggeholfen. Ja, es ist vielleicht besser, wenn ich über Weihnachten bleibe. Es wird viel zu organisieren geben, und Anne ist dabei ja so ungeschickt.«

Kurz gesagt, Ursula hatte sich wieder gefangen.

Als ich am Sonntag morgen aufwachte, war ich richtig verzweifelt, und das am Heiligen Abend. Natürlich waren wir alle müde nach dem Sportfest, und die Kinder waren unleidlich. Paul mußte früh zu der Koppel gehen, die wir für das Sportfest gemietet hatten, und beim Wegräumen der Hindernisse und Hackklötze helfen. Der ganze Platz mußte aufgeräumt werden, da er, wie immer nach solchen Festen, wie ein Schlachtfeld aussah. Das paßte mir gar nicht, denn es gab im Haus noch eine solche Menge von Kleinigkeiten zu erledigen, bei denen Paul eine große Hilfe gewesen wäre. Dann kam mir die großartige Idee, ihm vorzuschlagen, die Kinder mitzunehmen; sie konnten die Flaschen aufsammeln und die leeren Zigarettenschachteln und das Papier aufheben. Auf diese Weise hatten Tony und ich ein leeres Haus, und das war die beste Lösung, wenn wir schon auf Pauls Hilfe verzichten mußten.

Am Weihnachtstag sollte so viel wie möglich kalt serviert werden. Mrs. Evans Plumpudding würde natürlich frisch aus dem Ofen zu uns kommen, und wir wurden eindringlich ermahnt, ihn nicht kalt werden zu lassen, und aufzupassen, daß die Zeremonie mit dem brennenden Branntwein genau eingehalten wurde. Aber die Truthähne mußten wir heute braten, und das andere Fleisch sollte auch kalt gereicht werden. Am Vormittag müßten wir also nur noch Erbsen schälen, frisch gepflückte Tomaten waschen, Salat schneiden, und es würden genügend Leute da sein, die dabei helfen konnten.

Vorerst war es noch heute. Meine Eltern sollten um fünf Uhr ankommen, und Paul wollte zu einem späten Mittagessen von der Koppel zurück sein. Auf dem Heimweg würde er den Christbaum von unserer Fichtenpflanzung unten an der Straße mitbringen. Eine Fichte ist kein idealer Christbaum. Sie verteilt ihre Nadeln über den ganzen Teppich und macht nur Schmutz. Die hübschen jungen Rimus*, die es überall im Busch gibt, wären besser gewesen, aber es war verboten, sie zu fällen.

Paul sagte: »Ich komme vielleicht zu spät zum Mittagessen. Hängt davon ab, wie viele kommen.«

Da ich wußte, wie schnell die Begeisterung verflog, wenn das Sportfest erst einmal vorbei war, war ich überzeugt, daß das Aufräumkommando aus unseren drei Männern, Evans, Peter Anstruther und Julian bestehen würde. Ich tat so, als sei es ein gro-

---
* Rimu ist ein immergrüner australischer Baum.

ßes Opfer für mich und sagte, ich könne ihnen ja später ein kleines Mittagessen richten, sie brauchten sich also nicht zu beeilen. Paul warf mir einen spöttischen Blick zu und sagte, das sei ja sehr nett, und fügte sogar noch hinzu, daß er uns leider nicht helfen könne, aber Tony und ich hätten sicher einen friedlichen Vormittag. Nachdem er so angedeutet hatte, daß er sich von mir nicht täuschen ließ, verschwand er mit den Kindern, und Tony und ich winkten ihnen begeistert vom Garten aus nach.

Dann machten wir uns an die Arbeit. Das Haus sah genauso aus, wie man erwarten konnte, wenn die Bewohner es am Tag vorher früh verlassen und gesagt hatten: »Das machen wir, wenn wir heimkommen«, und dann am Abend so müde zurückgekehrt waren, daß sie nur noch sagen konnten: »Das kann bis morgen warten«. Der Truthahn lag bleich im Kühlschrank, das Zimmer für die Eltern mußte gerichtet werden, die Blumen in den Vasen ließen die Köpfe hängen, die Fenster sahen scheußlich aus, und beim Anblick der Unordnung im Küchenschrank bekam ich ein schlechtes Gewissen. Es gab noch unendlich viel zu tun, aber bevor wir anfingen, rief ich Anne an.

Ich war vorsichtig. »Bist du allein?«

»Ja, dem Himmel sei Dank. Tim und die Kinder sind auf die Koppel gegangen zum Aufräumen.«

«Wie klug von dir. Ich hatte die gleiche Idee. Was ist mit Ursula?«

»Papa holte sie heute Vormittag ab, damit sie bei ihm packen kann. Ach, Susan, ich schäme mich so für gestern!«

»Wieso? Du hast dir eben Luft machen müssen, und ich hab' nicht einmal Larry davon erzählt. Beinahe hätte ich es getan, aber es war dann doch unnötig.«

»Stimmt. Das hab' ich gemeint. Die arme Ursula. Es war scheußlich für sie, und es hat sie anscheinend wirklich getroffen, obwohl man aus ihr nichts herauskriegen kann.«

»Kann ich mir denken. Aber du mußt auch zugeben, daß es so am besten war. Sie ist selbst daran schuld. Larry und ich haben uns überhaupt nicht eingemischt. Ich werde wohl alt, Anne. Früher hätten Larry und ich schon vor Wochen deine Verteidigung übernommen, aber jetzt bin ich nur erleichtert, daß es nicht nötig ist.«

»Natürlich wirst du alt. Freunde retten kann ganz schön ermüdend sein. Schlimm genug, wenn man ihr Gejammer anhören muß.«

Anne schien heute Morgen wieder ganz die alte zu sein. Als ich ihr das sagte, meinte sie: »Ich weiß schon, ich dürfte mich nicht so freuen, es ist gemein. Aber die Vorstellung ist wunderbar, daß Tim und die Kinder und ich wieder allein sein werden, abgesehen natürlich von der Krankenschwester, aber die ist ein sehr nettes Mädchen. Ursula besteht darauf, am Dienstagmorgen zu fahren. Papa bringt sie weg.«

»Wie geht es ihm nach all der Aufregung und nachdem sein Pokal kaputt ist?«

»Ach, um materielle Dinge kümmert er sich nie, das weißt du ja. Aber ich glaube, die Sache mit Ursula hat ihn richtig aus der Fassung gebracht. Nicht so sehr die Tatsache, daß sie mit dem Auto ein fürchterliches Durcheinander angerichtet hat, sondern viel mehr, daß sie Paul vor allen Leuten so angefaucht hat. Fürchterlich peinlich für Papa, und auch für Paul.«

»Ein ziemlicher Schlag im ersten Moment, und ich glaub', er hat sich noch nicht ganz erholt. Aber er wird es schon überstehen. Man könnte es den Augenblick der Wahrheit nennen, aber das ist nicht nett. Unser Wagen ist nun einmal schwierig zu fahren, und Ursula hat uns schon einmal bewiesen, daß sie auf Katastrophen nicht besonders geschickt reagiert, sondern meist alles noch schlimmer macht.«

»Aber diesmal, vor so vielen Leuten, war es wirklich unangenehm. Erst gestern hab' ich gesagt, Papa und Tim hätten sie damals bei der Sache mit dem Vanilleeis sehen sollen, und jetzt schäme ich mich für dieses Geschwätz. Immerhin ist sie sehr hilfsbereit gewesen und furchtbar nett zu Tim.«

»Ich weiß. Sie hat sich unwahrscheinlich nützlich gemacht. Gottseidank ist das jetzt vorbei. Das Wichtigste ist, daß du niemals die Nerven verloren hast und alles gut ausgegangen ist.«

»Für sie nicht. Sie wird wegfahren und sich nach dem, was gestern passiert ist, wie ein Versager vorkommen.«

»Sie nicht. Sie wird diese unangenehme Geschichte sehr bald vergessen haben, und sich nur noch daran erinnern, wie sie Tim bei der Arbeit mit den Schafen geholfen, die Kinder herumkommandiert und sich bei der nützlich gemacht hat.«

Anne lachte. »Sich nützlich gemacht bei einer sehr ungeschickten jungen Frau, die wegen einer solchen Kleinigkeit wie dem Kinderkriegen ein Mordstheater gemacht hat. Ach, ich weiß ja, was sie sagt, aber mir ist das jetzt egal, weil sie geht. Ich bin bloß froh, daß du sie überredet hast, über Weihnachten zu bleiben. Es wäre schrecklich gewesen, wenn sie heute schon abgereist wäre. Sie sagte, du hättest gemeint, daß das die ganze Freude verderben würde, und daß die Männer sie sehr vermissen würden«, und wir lachten beide, als wir uns verabschiedeten.

Ich erzählte Tony, daß Ursula wirklich abreisen würde, und sie sagte: »Das ist gut. Jetzt können wir uns leichten Herzens an die Arbeit machen.«

Wir genossen die Ruhe und konnten ungestört arbeiten. Nur einmal wurden wir unterbrochen durch einen Anruf von Larry. Sie sagte: »Das war ein Fest! Und es hat eine wunderbare Wirkung: Ursula geht.«

»Ich weiß. Sie sagte es mir gestern abend.«

»Dann hast du sie also überredet, Weihnachten noch hierzubleiben. Ich traf sie, als sie mit dem Colonel heimfuhr, und es klang so, als hätte einer der Männer gesagt, sie würde den ganzen Tag verderben, wenn sie abreist. Ich hätte gleich merken sollen, daß du da deine Hände im Spiel hattest.«

»Ach, es ist viel besser, die Sache noch zu einem erfreulichen Ende zu bringen. Gestern war es schrecklich für sie.«

»Schlimm für Paul, vor allen Leute so angegriffen zu werden. Auch für den Colonel, dessen teurer Pokal kaputt ist, und am allerschlimmsten für den armen Reti, der sich so darauf gefreut hat, mit ihm fotografiert zu werden. Um Ursula brauchst du dir bestimmt keine Sorgen zu machen. Der fehlt nichts. Sie sagte heute vormittag, daß sie sich jetzt nicht mehr verpflichtet fühle zu bleiben, da am 26. die Krankenschwester komme.«

»Nur gut, wenn sie sich so fühlt.«

»Und dann fügte sie hinzu, sie sei froh, daß Tim diese Last nicht allein tragen müsse, — das klang, als solle er das Kind bekommen — und daß es eine Dummheit sei, sich die Krankenschwester so früh zu nehmen, sie persönlich sei überzeugt, daß das Baby erst in einem Monat käme. Annes Einbildung, daß das Kind an Weihnachten käme, sei richtig albern.«

Ich lachte. Es war einfach sagenhaft, daß Ursula mehr vom Kinderkriegen verstand, als wir drei zusammen. Aber trotzdem wäre ich froh, wenn Weihnachten vorbeiginge, ohne daß Nicholas oder Nicola ankäme. Dann tröstete ich mich mit dem Gedanken an unsere guten Straßen. Heute ist es keine Schwierigkeit mehr, rechtzeitig in die Klinik zu kommen.

Larry sagte: »Ich nehme an, jetzt darf ich nicht mehr über Ursula spotten. Wie ich sehe, fließt ihr alle vor christlicher Nächstenliebe über, obwohl ich nicht einsehe, wie sie eure Herzen damit gewinnen konnte, daß sie euer Auto fast und den Pokal ganz ruiniert hat. Ist ja auch egal, bald lebt sie nur noch in unserer Erinnerung, und ich hab' viel zu viel zu tun, um über ihre Abreise nachzugrübeln. Die Gäste, die wir erwarten, sind viel aufregender. Mrs. Lee soll um vier Uhr kommen und Richard und Lydia um fünf. Ich bin gespannt, ob Richard auf der Stelle umdreht und flieht, wenn er meine Schwiegermutter sieht.«

»Selbstverständlich nicht. Er hat zu gute Manieren und mag dich zu gerne. Abgesehen davon würde ihn Lydia zurückhalten.«

»Ich muß jetzt aber aufhören. Ich bin mitten in der Arbeit. Das Zelt ist aufgestellt, und unser Bett sieht sehr einladend aus. Die anderen beiden Zimmer sind auf Hochglanz gebracht, ausgenommen Mrs. Lees Steppdecke, auf der Midge ein paar schmutzige Fußspuren hinterlassen hat. Ich kann mir nicht vorstellen, was in ihn gefahren ist, daß er da hinaufgeklettert ist. Normalerweise tut er so was nicht — und du weißt doch, wie sehr Mrs. Lee Hunde liebt.«

»Wie geht es dem Truthahn?«

»Schmort im Ofen, und ich glaube, wir können stolz auf ihn sein. »Ich hab' Tim meine letzten Geschenke und Glückwünsche mitgegeben. Er fährt heute vormittag nach Tiri.«

»Aber die Post ist doch einige Tage lang geschlossen.«

»Ich weiß. Aber das ist mir egal. Die Sachen sind wenigstens weggeschickt. Ich wollte, Tony wäre dort. Sie würde sicher das Datum auf dem Stempel in den 22. umändern.«

Ich wußte recht gut, daß sie das tun würde, und war froh, daß ich sie sicher neben mir hatte, und sie energisch staubsaugte.

Zwei Frauen, die schnell und ohne viel zu reden miteinander arbeiten können, schaffen an einem Vormittag eine ganze Menge. Mittags saßen Tony und ich friedlich beisammen, aßen belegte Brote und beglückwünschten einander zu unserem frisch geputzten Haus. Außerdem hatten wir alle Geschenke ordentlich mit dem Namen versehen, den Christbaumschmuck bereitgelegt, die Girlanden aufgehängt und alles, was noch zu tun war, vorbereitet. Der Truthahn wurde herrlich goldbraun im Ofen. Tony hatte die Gabe, ausdauernd und ruhig zu arbeiten, und mir wurde klar, was für ein Segen sie für Tantchen war.

Natürlich unterhielten wir uns beim Essen über das Sportfest. Tony selbst brachte das Gespräch auf Colin Manson: »Was für ein hübsches Mädchen er da erwischt hat. Kein Wunder, daß er mit sich zufrieden ist. Es wäre nett, wenn sie heiraten würden, und sie hierher käme. O nein, Susan, ich traure ihm nicht nach.«

»Das brauchst du auch nicht. Für dich interessieren sich noch genügend andere.«

»Aber ich will nur flüchtige Bekanntschaften, nichts Ernsthaftes, noch lange nicht.«

»Gut. Dann ist alles in Ordnung. Ursula geht, Colin hat sich gebunden, und du bist glücklich.«

»Ja, aber es ist schade, daß Ursula uns so verläßt. Du weißt, daß ich sie noch nie leiden konnte, aber ich hasse es, wenn sich jemand blamiert. Aber vielleicht merken das Leute wie Ursula gar nicht, oder sie vergessen es sofort wieder.«

»Bis morgen hat sie sich bestimmt erholt. Ich hoffe es jedenfalls. Wir haben dann unsere Gedanken bestimmt woanders.«

Tony lachte. »Euer stilles Weihnachtsfest, und jetzt seid ihr bei einer riesigen Einladung angelangt, habt mehr Geschenke als jemals zuvor verschickt und müßt ein komplettes Festessen kochen.«

»Truthahn um zwölf. Genau das, was wir vermeiden wollten.« Daraus klang zwar nicht gerade die richtige Weihnachtsstimmung, aber wahrscheinlich fühlten viele Mütter in diesem Augenblick genau dasselbe.

Bald darauf kamen Paul und die Kinder zurück, und sie brachten zusammen begeistert den Christbaum herein, der seine Nadeln in unserem frisch geputzten Haus verteilte ... Sie hatten viel zu erzählen von ihrer Arbeit auf dem Sportplatz.

»Wir haben Hunderte von leeren Flaschen und tonnenweise Papier aufgesammelt«, sagte Christopher, der gerne übertreibt.

»Und wir haben einen Schilling und fünf Pennies im Gras gefunden, und Pappi hat gesagt, wir dürfen sie behalten«, sagte Patience, und alle waren zufrieden.

Tony und die Kinder schmückten den Baum, und wir bauten die Geschenke rundherum auf. Der Truthahn kam aus dem Ofen und sah einfach wundervoll aus. Bald hatten wir nichts mehr zu tun, als das Abendessen zu richten und auf die Gäste zu warten. Ich war neugierig, wie Larry zurechtkam und mußte sie natürlich anrufen, um zu erfahren, ob Mrs. Lee schon angekommen war.

»Ja!« flüsterte Larry, »und ist wütend wegen Onkel Richard«. Dann sagte sie lauter und übertrieben herzlich: »Wie nett von dir, Susan, daß du anrufst und nach Mrs. Lee fragst. Sie ist vor einer halben Stunde angekommen und freut sich sehr darauf, deine Mutter wiederzusehen. Sie läßt dich vielmals grüßen.«

Ich erwiderte die Grüße und legte auf. Hoffentlich würde Larry bei dem großen Treffen Gelegenheit finden, mir alles zu berichten.

Mutter und Vater kamen pünktlich um fünf Uhr an. Es war wirklich reizend, sie wiederzusehen, und ich schämte mich, daß ich ihren Besuch nicht herzlicher begrüßt hatte. Die Kinder waren nicht schmutzig und benahmen sich gut, ihr Auftritt war kurz, aber erfolgreich. Nach einer Tasse Tee ging Vater mit Paul hinaus, »um sich umzusehen«, was bedeutete, daß sie bis zur zweiten Koppel gehen, sich auf einen Baumstamm setzen und ihre Pfeifen anstecken würden. Mutter und ich saßen lange bei unserem Tee. und sie berichtete mir alle Familienneuigkeiten.

»Dawn ist einfach verzogen«, sagte sie, als machte sie eine große Entdeckung. »Du wirst mit einer Farm und zwei Kindern ganz allein fertig.«

Ich lächelte. Mutter dachte überhaupt nicht an die langen Jahre, die Dawn schon zu Hause verzogen worden war. Ich war die älteste gewesen, nicht so hübsch wie Felicitiy, auch nicht so empfindlich, wie Dawn zu sein behauptete, und war so nicht schlecht vorbereitet worden auf mein Leben als Farmersfrau. Ich sagte: »Aber Geoffrey verzieht sie nur mit Dingen, die nicht wichtig sind«, worauf Mutter spitz antwortete, daß Dawns Eltern vermutlich auch zu diesen Dingen gehörten.

»Felicity, das kann ich mit gutem Gewissen sagen, lebt sich gut ein. Aber seit sie auf der Südinsel leben, sehen wir sie nur noch selten. So bist du es, meine Liebe, an die ich mich halten muß.«

Diesmal lachte ich. »Jetzt tu nicht so, als brauchtest du eine Stütze deines Alters«, sagte ich und betrachtete ihr dezent zurechtgemachtes Gesicht und ihre immer noch fabelhafte Figur. »Du bist zwar Großmutter, siehst aber wirklich nicht danach aus. Ihr Fünfzigjährigen schafft wirklich alles spielend.«

Mutter freute sich darüber und erkundigte sich nach unseren Freunden. Sie und Colonel Gerard waren alte Freunde, und sie hatte es bedauert, als sein einziges Kind, genau wie ich, einen Kriegsheimkehrer geheiratet hatte, der auch eine Farm hier in der Gegend hatte.

»Wie nett es gewesen wäre, wenn sie ihren Vetter Julian geheiratet hätte, aber vermutlich ist er sehr glücklich mit diesem reizenden Mädchen, der Alison Anstruther. Übrigens, ist ihr Bruder von seiner Reise zurück? Der junge Mann hat mir gefallen. So ruhig und zuverlässig. Komisch, daß er nicht geheiratet hat.«

Mutter machte eine nachdenkliche Pause, und ich war nicht überrascht, als sie sagte: »Du hast Tony doch gerne bei dir, Susan? Ich meine, vielen jungen Frauen in deinem Alter wäre es nicht recht.«

Ich wußte, was sie meinte. Eine junge und ziemlich hübsche Rivalin. Aber ich war nie eine Schönheit gewesen, und sagte Mut-

ter, daß ich mir nichts Schöneres vorstellen könne, als diesen Familienzuwachs. Sie nickte nachdenklich.
»Du bist immer großzügig gewesen, meine Liebe. Ich meine, du hast es Felicity nie übel genommen, daß sie ... daß sie ...«
»Daß sie so viel hübscher ist. Natürlich nicht, Mutti, und ich nehme es Tony auch nicht übel. Im Gegenteil: Ich genieße es, eine Pflegetochter zu haben, um die sich die Männer scharen. Es macht Riesenspaß, und mir wird das Herz brechen, wenn sie sich für einen von ihnen entscheidet.«
»Vielleicht«, sagte Mutter tiefsinnig, »entscheidet sie sich für einen netten Farmer von hier, einen von euren Freunden.«
Ich wollte mich da heraushalten, obwohl ich sehr genau wußte, in welche Richtung Mutters Gedanken wanderten; aber Larry hatte recht, ich hatte meine Lehre bekommen. Ich wechselte das Thema, und erzählte ihr von Larrys drei schwierigen Besuchern.
»Mrs. Lee ist recht schwierig, aber sie mag dich, und wir haben uns darauf verlassen, daß du dich nützlich machst«, und dieser abgedroschene Ausdruck veranlaßte mich, Mutter alles über Ursula zu erzählen.
Sie war überraschend verständnisvoll. Ich hatte erwartet, daß sie vielleicht für die Nichte des Colonels Partei ergreifen würde, besonders, da Ursula aus England kam und deshalb zur »gehobenen Gesellschaft« gehörte. Aber sie sagte augenblicklich: »Ich kenne diese Art von Frauen recht gut. Sie machen einen verrückt. Sie wollen selbst nicht heiraten, aber sie tun alles für die Männer anderer Frauen.«
»O nein, so ist Ursula nicht. Sie will niemand etwas antun.«
»Das weiß ich, aber sie tun es doch. Sie rennen immer hinter den Männern her, und die lieben das natürlich, sogar dein Vater.«
Das konnte ich kaum glauben. Vater ist so umsichtig und klug und Mutter völlig ergeben. Er kritisiert sie immer, ist aber wütend, wenn wir ihm zustimmen. Ich konnte es nicht glauben, daß er einmal für jemanden wie Ursula geschwärmt hatte, und das sagte ich auch.
»Aber natürlich, Liebling. Alle sind so. Wir kannten einmal ein Mädchen ... Eigentlich sollte ich sie nicht ›Mädchen‹ nennen, denn sie war damals sicher schon zu alt, um sich so kindisch zu benehmen. Sie machte ein fürchterliches Getue um deinen armen Vater, und er fühlte sich am Anfang ungeheuer geschmeichelt. Glücklicherweise war das Getue allzu fürchterlich, und das verscheuchte ihn. Aber ich kenne diese Frauen. Die kennt jede verheiratete Frau.«

Jetzt fühlte ich mich gleich um einiges besser, denn ich hatte befürchtet, daß wir drei Frauen doch ziemlich gehässig und engstirnig geworden waren.

Danach kümmerte ich mich um das Abendessen, und Mutter packte ihre Geschenke aus. Sie waren wunderschön und mußten viel Zeit und Geld gekostet haben. Ich war froh, daß wir unsere Absicht, ein schlichtes Weihnachtsfest, fast ohne Geschenke, zu feiern, wieder fallengelassen hatten.

Nach dem Essen saßen wir alle auf der Veranda und genossen die Abendkühle, als wir ein Auto hörten. Paul stöhnte und kämpfte sich aus seinem Liegestuhl hoch.

»Hoffentlich keine Besucher am Weihnachtsabend«, murrte er.

Aber es waren nur Onkel Richard, Lydia und Larry, und wir freuten uns, sie zu sehen. Lydia hatte eine Zeitlang zu unserer Familie gehört, und Onkel Richard war ein alter Freund von uns. Immerhin war ich ein wenig überrascht, daß sie so bald nach ihrer Ankunft die Flucht ergriffen hatten.

Lydia sagte: »O weh, ich fürchte, wir sind zu spät gekommen, um die Kinder zu sehen«, und ich antwortete erleichtert, daß sie im Bett seien.

Aber ich hatte natürlich nicht recht. Sie lagen wach, wie alle Kinder, und hofften, Santa Claus zu sehen. Als sie Lydias Stimme hörten, brüllten und quietschten beide los, waren plötzlich auf der Veranda und stürzten sich auf sie.

Paul fluchte leise, aber ich sagte: »Reg dich nicht auf. Sie werden zufrieden wieder ins Bett gehen, wenn Lydia das übernimmt«; und so geschah es. Lydia und Tony verschwanden im Kinderzimmer, und Mutter folgte ihnen, da sie die kleinen Lieblinge in ihren Betten sehen wollte. Richard O'Connor zog seinen Stuhl nahe zu Paul und Vater und begann eine jener Männerdiskussionen über die Aussichten des Dezimalsystems in der Währung und die EWG. Larry sagte: »Laß sie, Susan, und komm mit ins Haus. Ich platze fast vor Wut.«

Ich überlegte ziemlich erschöpft, daß es erst vor zwei Tagen bei Anne genauso gewesen war, und eigentlich wäre ich auch einmal an der Reihe. Aber da mir gerade keine Sorgen einfielen, setzte ich mich aufs Sofa und legte die Füße hoch. »Ist es so schlimm? Ich nehme es fast an, weil ihr herübergekommen seid. Erzähl.«

»Ziemlich. Und außerdem wollte ich Mrs. Lee mit Sam allein lassen. Wenn ich es auch nie betone, so ist sie doch seine Mutter, und er ist auch einmal dran. Als wir wegfuhren, versuchten sie gerade, Mark einzureden, daß Santa Claus nur kommen würde, wenn er ins Bett ginge. Immerhin ist es Sams Mutter und sein Sohn, also können sie auch einmal allein fertig werden.«

»Eine recht gute Idee, daß der Vater auch einmal an der Reihe ist. Aber schieß los, solange wir allein sind.«

»Also, Mrs. Lee kam früh an. Übrigens reitet sie wieder darauf herum, daß ich sie so nenne. ›So steif, liebe Hilary, dabei kennen wir einander doch so gut‹.«

»Was schlägt sie vor? Doch nicht Mutter?«

»Doch. Sie behauptet, das wäre ganz natürlich, da ich meine eigene Mutter ja nicht kenne. Ich hätte gerne gesagt, eine Mutter wie sie hätte ich sowieso nie gehabt, lächelte aber nur dümmlich und sagte, daß es mir schwer fiele, und darauf sagte sie, daß alle Freunde sie bei einem dummen Spitznamen nennen, Binkie, und das würde mir doch sicher leicht fallen, da ich keine von den zurückhaltenden jungen Frauen sei, die sich mit der freien und unkomplizierten Art in den Kolonien nicht befreunden könnten.«

»Das hat dich wahrscheinlich auf die Palme gebracht?«

»Das hat es. Ich murmelte etwas über Spitznamen, und sie sagte: ›Aber meine liebe, kleine Hilary (kleine — ich bin über einssiebzig groß!), du weißt doch genau, daß gerade du nichts gegen Spitznamen hast.‹ Darauf hätte ich ihr gerne etwas geantwortet, was sie verblüfft hätte, aber ich habe ja nichts gegen unsere Puten, solange sie noch leben. Jetzt kann ich sie überhaupt nicht mehr anreden. Das macht das Leben noch schwerer.«

Das kannte ich alles von früheren Gelegenheiten und sagte nur: »Du wirst es schon schaffen! Was hat sie dazu gesagt, daß Onkel Richard auch kommt?«

»Das war ein Schlag. Sie sage mit Leidensmiene, für mich wäre es sicher nett, meine Familie hier zu haben, und sie füge sich, Gott sei Dank, überall leicht ein.«

»Und wie war die Begrüßung?«

»Recht freundlich, weil Lydia so taktvoll ist und Sam fest mitgeholfen hat und sie merken ließ, daß sie willkommen waren. Aber Onkel Richard bekam einen Riesenschreck, als er sie sah, und wollte sofort wieder ins Auto. Aber ich hängte mich bei ihm ein und sagte, die Kinder seien schon schrecklich aufgeregt; und in diesem Moment sausten sie ums Haus, hingen sich an Lydia und fragten Richard, was er ihnen mitgebracht habe.«

»Das war zu erwarten. Mir gelang es gerade noch, Christopher zu bremsen.«

»Richard hat seinen Spaß daran, und er ist selbst schuld, denn er überschüttet sie immer mit Geschenken. Aber Mrs. Lee war entsetzt. Sie sagte zu Sam, wobei sie mich auffällig mißachtete: ›Mein Lieber, habt ihr ihnen nicht erklärt, daß man so etwas nicht sagt?‹ und Richard ärgerte sich und murmelte etwas von verdammter Einmischung.«

»Aber du und Lydia, ihr habt den Frieden bewahrt?«

»Gerade noch. Wenn Mrs. Lee nur nicht immer auf mir herumhacken würde. Mir macht es ja nichts aus, aber Richard. Wenn sie bedauert, daß Hausarbeit mich langweilt, knurrt er, das könne schon sein, ich würde es aber recht anständig machen, und er explodierte fast, als Mrs. Lee sagte: ›Wie ordentlich das Haus ist! Du mußt viel Arbeit gehabt haben mit den Vorbereitungen für uns.‹ Sie wollte damit natürlich andeuten, daß ich normalerweise in einem Schweinestall lebe.«

»Kein feines Benehmen für einen Gast.«

»Ach, mir war das egal. Ich sagte nur, ich sei seit Morgengrauen auf und hätte die Böden mit einem Spaten abgekratzt. Richard lief rot an und sagte: ›Red keinen solchen Blödsinn. Sonst glaubt es dir noch irgendein Dummkopf.‹ — Wobei Mrs. Lee natürlich der Dummkopf sein sollte.«

»Das ist einfach albern, denn du führst deinen Haushalt gut.«

»Jetzt fang du nicht auch noch an, mein Loblied zu singen, mir langt Richard. Ich hab' versucht, ihm zu erklären, daß er Mrs. Lee damit nur reizt. Sie mag mich nicht und hat ihren Spaß daran, mir mit zuckersüßer Stimme Bosheiten zu sagen. Er sagte verständnislos: ›Aber warum sollte sie dich nicht mögen?‹ als wenn das völlig unmöglich wäre. Jedenfalls haben wir ausgemacht, daß er still sein soll, wenn ich ihm unter dem Tisch einen Tritt ans Schienbein gebe, und ich hab' das dunkle Gefühl, daß er bei der Abfahrt dort grün und blau sein wird.«

In diesem Moment kamen Lydia, Tony und Mutter heraus und berichteten, daß die Kinder fest schliefen. Santa Claus könnte sich nun an die Arbeit machen und bald zu Bett gehen, wie sie auch.

Lydia sagte: »Es ist reizend, euch alle wiederzusehen, Susan. Mich stört nur, daß das Fest für Sie recht anstrengend zu werden scheint.«

»Es wird sehr nett werden«, sagte ich tapfer.

»Ich weiß, daß ihr immer in großem Stil feiert, und das ist mein einziger Trost. Ich fand immer, daß ihr euch zu viel Arbeit macht, aber ich weiß ja, ihr wollt es so haben.«

Tony, Larry und ich vermieden es sorgfältig einander anzusehen.

16

Natürlich weckten uns die Kinder am Weihnachtsmorgen um fünf Uhr, aber Mutter und Vater trugen es mit Humor und wehrten sich nicht einmal, als sie in ihr Schlafzimmer stürmten, um ihnen zu zeigen, was Santa Claus in ihre Strümpfe getan hatte. Ich benützte die Gelegenheit, Paul sein Fernglas zu geben. Außer ihm konnte so keiner wissen, daß ich unsere Abmachung — keine Geschenke — gebrochen hatte. Ich begann: »Ich weiß, wir wollten uns dieses Jahr nichts schenken, aber ich konnte nicht ertragen . . .«, wurde aber von Paul unterbrochen, der in unserem großen Kleiderschrank herumstöberte und mich anscheinend nicht gehört hatte.

Er sagte: »Natürlich war da dieser Unsinn von wegen keine Geschenke, aber so hätte ich dich niemals Weihnachten feiern lassen«, und er zog einen wunderschönen Sattel hervor, als ich gerade aus der Nachttischschublade das Päckchen mit dem Fernglas holte.

Wir fingen wieder gleichzeitig an. Ich sagte: »Liebling, das hättest du nicht sollen . . .«

Paul sagte: »Schau, meine Liebe, das ist zu viel. Du hättest nicht . . .«

Und dann prusteten wir beide los und fanden, daß der Weihnachtstag sehr gut angefangen hatte.

Gleich darauf sagte er: »Es ist ein bißchen unangenehm, aber Larry und Sam haben mir das für dich gegeben. Ich wußte, daß es dir nicht recht sein würde, aber was konnte ich machen?« und er gab mir den Zügel, der genau zu meinem neuen Sattel paßte.

Mit schwachen Knien setzte ich mich auf das Bett. »Jetzt muß ich beichten. Ich hab' Larry die große Satteldecke geschenkt, die sie sich schon lange gewünscht hat«, und wir waren uns einig, daß so ein »Weihnachten ohne Geschenke« seine Überraschungen barg.

Später, als die Männer hinausgegangen waren, wandte ich mich an Mutter wegen Ursula. »Wir mögen sie alle nicht besonders, aber sie reist morgen ab, und wir sollten sie herumkommandieren und beweisen lassen, wie unfähig wir anderen Frauen alle sind.«

Tony sagte: »Das Schlimmste ist, daß die Männer nach der Szene von gestern auch nicht mehr besonders viel Wert auf sie legen. Ich werd' mal mit Peter reden, er kann sich ihr widmen.«

Mutter warf mir einen vielsagenden Blick zu, und ich wußte, daß sie Peter für den geeigneten Ehemann hielt für dieses Mädchen, das keinen Ehemann wollte, sondern eine vergnügliche

Freundschaft mit einem netten jungen Mann. Ich sagte eilig: »Und dann sind da noch Richard O'Connor und Mrs. Lee. Wir müssen sie voneinander getrennt halten. Richard nimmt kein Blatt vor den Mund, und Mrs. Lee verteilt mit Vorliebe kleine Seitenhiebe. Mutter, bitte mach dich nützlich, wie Ursula sagen würde, und wenn die Kinder sich dann noch einigermaßen benehmen, müßte alles gut gehen.«

Mutter lachte. »Das klingt nach einer recht komplizierten Einladung. Außerdem ist da noch die Geschichte mit Annes Baby. Es wäre nicht angenehm, wenn es pünktlich wäre und heute käme. Na, bei euch in den Backblocks ist immer was los, Susan. Sag mal, habt ihr immer an Weihnachten solche riesigen Einladungen mit Bergen von Essen und so vielen Geschenken? Es wird Zeit, daß ihr das Ganze etwas einfacher macht. Viel zu viel Arbeit.«

Tony unterdrückte gerade noch ein Kichern, und ich blickte sie drohend an. Es war unnötig, daß Mutter mehr von unserem geplanten ruhigen Weihnachtsfest wußte als Lydia. Ich sagte: »Wir machen es abwechselnd, und alle steuern etwas zum Essen bei. Dieses Jahr bin ich an der Reihe, aber wir machen es ziemlich einfach, und niemand hat zu viel Arbeit«, und ich verscheuchte die Erinnerung an die Hetzerei beim Einkaufen, das fieberhafte Planen und die endlose Kocherei der letzten Tage.

Mutter ist jeder Lage gewachsen, und ich wußte, daß sie sich Mrs. Lee annehmen, den Colonel (den sie zu unserer Verblüffung »Cholly« nennt) charmant an ihre Seite ziehen, und Larrys Schwiegermutter so geschickt schmeicheln würde, daß sie sich als Hauptperson fühlen mußte. Sehr nützlich können solche Leute sein, die ihr ganzes Leben lang gesellschaftlich Erfolg gehabt haben, besonders, wenn sie wie Mutter sind, die zu den seltenen älteren Damen gehört, die erkannt haben, daß die Zeiten vorbei sind, in denen sie der Mittelpunkt einer Party gewesen sind, und daß ihnen nun die Aufgabe zufällt, »die sozialen Räder zu ölen«. Und das kann sie ausgezeichnet.

Als alle gekommen waren und ihre Geschenke unter den Christbaum gelegt hatten, war er halb verdeckt. Beim Verteilen der Päckchen würden sich Paul und Sam wohl recht plagen müssen, und ich verkniff mir ein Lächeln, als ich an unseren Leitspruch dachte — »Kein Rummel mit den Geschenken«. Dieses Jahr war es schon kein Rummel mehr, es hatte die Ausmaße von Big Business erreicht.

Alle waren gut gelaunt. Ich fand, daß Anne blaß aussah, aber es war sehr heiß, und da war es nur natürlich. Sie war sehr vergnügt, als wir uns einen Moment allein sprachen. »Ich wollte, es wäre morgen!« flüsterte sie, und ich fragte, ob sie Ursulas Abreise, die Ankunft der Krankenschwester oder die Geburt von Nicholas am meisten ersehne.

»Alle drei, obwohl ich mir wegen Nicholas nicht so ganz sicher bin.«

»Sag bloß, Ursula hat wieder recht, und er läßt noch mindestens eine Woche auf sich warten?« fragte ich, und sie warf mir einen etwas seltsamen Blick zu. Aber bevor ich mir noch darüber Gedanken machen konnte, mußte ich eiligst Tantchen und Caleb begrüßen, die ziemlich spät gekommen waren, da Caleb sehr bedächtig fährt. Er sah zufrieden aus in seinem tadellos sauberen alten Anzug, und wurde sofort liebevoll von Tony in Beschlag genommen.

Sie sah sehr hübsch aus, und bald sah ich sie ernsthaft auf Peter Anstruther einreden, der nicht einverstanden zu sein schien. Ich wußte, daß sie ihm klarmachte, er müsse sich heute Ursula widmen und ihrer verletzten Eitelkeit schmeicheln.

Auf der Veranda saßen Mrs. Lee, Mutter und der Colonel zufrieden zusammen, und Miss Adams schloß sich ihnen an. Dort würde alles friedlich und harmonisch verlaufen. In der Küche sagte ich zu Larry, alles ginge wirklich ausgezeichnet, und wir brauchten uns keine Sorgen zu machen.

Und dann kam Paul mit einem bitterbösen Gesicht an. Es gibt nur eine Katastrophe, die Paul so aussehen läßt, und bei der er völlig seinen Humor verliert, so daß es mich nicht mehr überraschte, als er brummte: »Die verdammte Klärgrube«.

Trotzdem war es ein Schlag. Unsere Klärgrube ist launisch und läuft gerne über. Aber doch sicher nicht heute? Ich blickte auf den Rasen, auf dem sich die Leute drängten, und zu den sechs Kindern, die unter den Bäumen spielten. »Einfach scheußlich«, sagte ich.

Aber Larry behielt einen kühlen Kopf, als wir ihr von dem Mißgeschick berichteten.

»Sperr sofort die Toilettentüre ab«, sagte sie zu Paul. »Dann kannst du den Männern Bescheid sagen, und Susan und ich können die Frauen und Kinder warnen. Mach schnell. Wie dumm, daß ihr kein Megaphon habt. Und hängt einen Zettel an die Tür.«

»Aber — aber wo ...?« stammelte ich, und sie deutete bloß zum Horizont, wo der schiefe Turm immer noch gefährlich geneigt stand und uns an die Zeiten erinnerte, als wir im Haus noch keine Toilette gehabt hatten. »Malt einen Pfeil in Richtung Turm auf den Zettel. Sie werden das schon verstehen«, sagte sie, und ich stellte mir mit Schrecken vor, wie Mutter und Mrs. Lee diese lange Wanderung antreten.

Paul sagte: »Etwas anderes bleibt uns nicht übrig. Und den morgigen Tag werde ich damit verbringen, daß ich die Klärgrube aufgrabe.«

»Warten wir erst einmal ab. Vielleicht erholt sie sich wieder«, sagte Larry heiter, aber Paul blickte nur noch finsterer bei ihrem Optimismus.

Wir gaben die Nachricht durch, aber ich konnte die Reaktion nicht abwarten, weil Ursula auffordernd rief: »Was ist mit dem Essen? Es wird Zeit, daß sich jemand darum kümmert.«

Ich ging folgsam in die Küche, und dort saß Anne schon am Tisch und schälte Erbsen. Unglücklicherweise hatte Ursulas laute Aufforderung Caleb in die Küche getrieben, und er war entschlossen zu helfen. Als er hereinkam, stolperte er über ein Spielzeug, stieß gegen den Tisch, und die Erbsen kollerten aus der Schüssel in Annes Schoß. Caleb war restlos entsetzt.

»Nichts passiert«, sagte sie vergnügt. »Ich hab' sie alle aufgefangen. Lange nicht so schlimm, als wenn sie auf dem Boden gelandet wären«, aber Ursula sagte ziemlich laut: »Schafft doch den lästigen, alten Kerl raus. Er wirft nur noch mehr um.«

Caleb hörte das wahrscheinlich. Tony hörte es sicherlich, denn sie blitzte sie böse an und führte dann ihren Schützling hinaus mit der Bitte, das ganze Geschirr und Besteck auf die Tische auf dem Rasen hinauszuschaffen, so daß sich alle bedienen konnten. Bei dieser Arbeit konnte Caleb nichts falsch machen, war aber für längere Zeit beschäftigt.

Ursula hatte in der Küche das Regiment übernommen, und bald stand Anne auf und sagte zu mir: »Ich glaube, ich sollte jetzt wieder etwas herumlaufen. Hier in der Küche sind genug, und ich kann mal nachschauen, was die Kinder gerade anstellen.«

Ursula sagte: »Sowieso das Beste, was du tun kannst. Zu viele Köche, und so weiter. Aber kommen Sie her, Peter, und helfen Sie beim Fleischschneiden.«

Ich versuchte, ihr klarzumachen, daß das normalerweise die Aufgabe unserer drei Männer sei, aber sie meinte: »Unsinn. Laßt sie in Ruhe. Die Armen haben heute einen Tag frei.«

Das ist eine von den Bemerkungen, die die meisten Frauen unweigerlich wütend machen, da sie ja selten einen Tag frei haben, und am Abend versuchen, liebevolle Gefühle aufzubringen für einen Gatten, der sich hinter einem Buch verschanzt, während sie nähen oder stopfen. Larry setzte schon zu einer scharfen Antwort an, aber Tony kam ihr zuvor und sagte mit süßer Stimme: »So ist's recht, Ursula. Sie und ich, wir sind die beiden einzigen Unverheirateten, also müssen wir zu den Männern halten.«

Wahrscheinlich hatte sie sich nichts dabei gedacht, aber Peter warf ihr einen kurzen Blick zu und unterdrückte ein Grinsen. Ursula hielt sich daraufhin ein wenig zurück und begnügte sich damit, Peter zu sagen, daß er das Fleisch fürchterlich schlecht geschnitten habe. Natürlich war sie im Tranchieren genauso geschickt wie in allem anderen, und als unsere Männer sehr spät auftauchten, lobten sie sie überschwenglich. Ursula wurde sofort wieder munter und neckte Paul mit der Klärgrube. Das ist jedoch sein wunder Punkt. Außerdem hat Paul manchmal altmodische Ansichten und schätzt Unterhaltungen über dieses Thema nicht. Er wand sich und fühlte sich sichtlich unbehaglich, und das amüsierte Ursula. »Was ist denn los, mein Bester? Wie dumm, sich vor völlig natürlichen Tatsachen zu scheuen!«

Larry sagte: »Genaugenommen scheuen wir uns auch nicht davor. Wir reden nur nicht viel darüber. Die Männer mögen das gar nicht. Ist das Gemüse fertig?«

Danach setzte eine verzweifelte Geschäftigkeit ein, und bald stand das ganze Essen draußen auf den Tischen, und alle wurden gebeten, sich zu bedienen. Bei den Kindern war diese Bitte natürlich unnötig. Sie stürzten sich wie ein Schwarm hungriger Vögel auf die Tische und zogen sich mit beladenen Tellern so weit wie möglich von ihren Eltern zurück. Der Colonel bediente Mrs. Lee, und Caleb brachte es tatsächlich fertig, Mutter ihren Teller zu bringen, ohne etwas zu verschütten. Die jüngeren Männer sonderten sich in der schockierenden Weise ab, wie sie es immer tun, wenn sie sich einigermaßen zu Hause fühlen, und sie erklärten, daß es einfach unmöglich sei, die Teller auf den Knien zu balancieren. Sie verschwanden in Richtung auf das Eßzimmer und saßen dann bequem um den Tisch.

Die Krönung der Mahlzeit war immer Mrs. Evans Plumpudding, und die Kinder freuten sich, wenn er, in Flammen, aufgetragen wurde, während die Älteren Obstsalat und Kuchen vorzogen. Mrs. Evans war nicht davon abzubringen, großzügig Münzen mit einzubacken. Das bedeutete, daß wir immer die Portionen der Kinder sorgfältig durchsehen mußten; aber dieses Jahr hatten wir beschlossen, daß sie nun alt und vernünftig genug seien, und darum begnügten wir uns mit Ermahnungen.

Die Männer schämten sich ein wenig für ihre bisherige Faulheit und trugen nun die Fleischplatten ab, und der große Augenblick kam, in dem der Plumpudding brennend aus der Küche gebracht werden sollte. Das war immer Annes Pflicht gewesen, aber als ich mich nun nach ihr umschaute, saß sie immer noch in einem Stuhl auf dem Rasen. Ich ging zu ihr hinüber, wobei ich plötzlich Angst bekam und sagte: »Wie steht es mit deinem Auftritt mit dem Plumpudding?«

Sie sagte lächelnd: »Kann das nicht jemand anderer machen? Ich sitze so bequem und bin so faul.«

»Geht es dir gut?«

»Vollkommen, aber das Bewegen ist so anstrengend. Frag doch Ursula, sie wird es gerne machen.«

»Das schon, aber uns wäre es nicht recht.«

Ich machte mir Sorgen um Anne und verlor meinen Kopf. Um Ursula zuvorzukommen, sagte ich: »Das macht besser einer von den Männern.« Dann sah ich mich um, und Caleb war hier in der Küche der einzige Mann.

»Aber es ist keiner hier«, sagte Ursula. Caleb zählte gar nicht.

Das ärgerte mich und ich sagte dummerweise: »Kommen Sie, Caleb. Machen Sie es«, und goß dann etwas zu viel Branntwein über den Pudding. Ich sah, daß Ursula protestieren wollte, und sagte: »Sie können das doch machen, oder? Gehen Sie nur langsam und halten Sie ihn fest«, und dann zündete ich den Branntwein an.

Er war begeistert. Er war sicher seit vielen Jahren nicht mehr auf einer Weihnachtseinladung gewesen, und man hatte ihn bestimmt noch nie vorher gebeten, den Plumpudding zu tragen. Beim Aufheben kippte er ihn ein wenig und spritzte sich so etwas Branntwein auf die Hand.

Ich schrie: »Oh, Caleb, Sie haben sich verbrannt!« und hörte dann Ursulas Kommentar: »Haben Sie etwas anderes erwartet? Also Susan, ich muß schon sagen...«

Aber es war Calebs großer Augenblick, und er weigerte sich, den Pudding aus den Händen zu geben. Er achtete nicht auf Ursula, hätte mich im Vorbeigehen fast umgestoßen und segelte auf den Rasen hinaus, den Plumpudding feierlich hoch gehoben. Die Kinder schrien vor Entzücken, die Erwachsenen klatschten, und Caleb setzte seine Last nun sehr vorsichtig mitten auf dem Tisch ab.

Dann sagte jemand: »Aber Ihre Hand ist verbrannt. War es der Branntwein?« und alle scharten sich um ihn, während ich davonrannte, um Verbandzeug zu holen.

Aber Caleb schien die häßliche Brandwunde auf seinem Handrücken gar nicht zu bemerken. Er war endlich ein Held und fühlte sich glücklich.

Die Aufregung war gerade verebbt, als Mark schrie: »Ich hab' meinen Threepence verschluckt!«, und Larry flüsterte mir zu: »Darauf hab' ich gewartet«, als schon jemand zu Hilfe eilte.

Jeder gab einen guten Rat. Ursula schlug herzlos Senf und Wasser vor; Mrs. Lee sagte, was für ein Jammer es sei, daß Larry seinen Pudding nicht nach Münzen durchsucht hätte; Sam meinte resigniert, daß er dem Kind wohl am besten den Finger in den Hals stecken würde und Paul beschwor ihn, mit dem Opfer vorher zu verschwinden; aber Larry beruhigte alle wieder, indem sie ungerührt sagte, man sollte sich nicht aufregen. In seinem Alter hätte sie alles verschluckt, und wahrscheinlich hätten sie wohl die gleichen Innereien, und Onkel Richard unterstützte sie mit der Geschichte, daß sie mit drei Jahren siebzehn Pflaumenkerne verschluckt hatte und ihr das gar nicht geschadet hatte.

In diesem Moment fand Tony den Threepence im Gras, das sie genau abgesucht hatte, und wir atmeten alle erleichtert auf und setzten uns wieder hin.

Aber die Kinder betreiben diesen Spaß weiter. Diesmal war es Christopher, der triumphierend erklärte, er habe einen ganzen Schilling verschluckt. Das schien uns übertrieben, und Paul meinte ungerührt, er solle keinen Blödsinn daherreden. »Aber er ist nicht mehr da«, verteidigte er sich, und wir begriffen, daß ihn nicht die Gefahr, sondern der finanzielle Verlust beunruhigte.

Der Colonel zog sofort einen Schilling heraus, obwohl wir versuchten, ihn davon abzuhalten. Ich kannte Christopher und hatte so meinen Verdacht. Aber er bestand darauf, und unglücklicherweise war es gerade Ursula, die meinen Sohn später zwei Schillinge aus der Tasche ziehen sah. Er zeigte sie Christina und gab ihr den Rat, es genauso zu machen. Ich schämte mich für ihn, aber Ursulas Kommentar fand ich doch etwas scharf: Sie sagte, daß die Kinder in Neuseeland anscheinend ohne das geringste Sittlichkeitsgefühl aufwüchsen.

Das Weihnachtsessen hatte die unvermeidlichen Nachwirkungen — faul und träge saßen wir da und betrachteten die Stöße von schmutzigen Tellern und warteten darauf, daß jemand aufstünde. Und ausgerechnet Peter sagte dann: »Rühren Sie diese Teller nicht an, Susan. Das machen wir«, und er ging festen Schrittes in die Küche und ließ heißes Wasser ins Spülbecken einlaufen. »Nur hereinspaziert, meine Herren!« rief er unsere Männer, die gerade beschlossen hatten, daß man jetzt nach dem Essen rauchen müsse. »Beeilt euch. Die Frauen haben genug getan.«

Ich war überrascht. Von Peter, der bei uns nicht so zu Hause war wie die anderen, hatte ich nicht erwartet, daß er die Initiative ergreifen würde, aber natürlich machte ihn das mir nur noch sympathischer. Seinem Aufruf wurde widerwillig Folge geleistet, und Frauen war der Zutritt zur Küche verboten. Dann setzte das riesige Geklapper und Geschepper ein, das bedeutet, daß einige Männer abspülten und ihren Frauen beweisen wollten, wie einfach das ist. Uns störte das nicht. Larry bemerkte ganz richtig, daß der Preis von ein paar zerbrochenen Tellern dafür nicht zu teuer wäre.

Mit dankbarem Seufzen ließen wir uns auf der Veranda nieder und begannen, Ursula Höflichkeiten im Hinblick auf ihre Abreise zu sagen. Sie war bestens in Form und gab zurück, daß sie das Schiff wohl im falschen Moment verließe. Man könne ja sehen, daß das Baby noch etwas auf sich warten ließe.

In dem Augenblick kam Anne zu uns und sagte ruhig: »Es tut mir schrecklich leid, daß ich dich belästigen muß, Susan, aber ich mache mich lieber auf den Weg. Ich hatte gehofft, daß nur der Truthahn um zwölf daran schuld sei, aber jetzt bin ich doch zu dem Schluß gekommen, daß Nicola pünktlich ist.«

Larry und ich sprangen auf. Ursula blickte gekränkt. Sie sagte: »Das kommt natürlich nur von diesem lächerlichen Getue um Weihnachten. Eine schwere Mahlzeit und all die Aufregung. Wenn ihr doch nur so vernünftig wärt, Weihnachten als ein stilles Fest zu feiern . . .«

**Goldmann
Verlag
München**

heiraten. Aber da verliebt sie sich plötzlich in den vielbeschäftigten jungen Tierarzt ...

Roman. (3516)

Weiterhin sind im Goldmann Verlag erschienen:

Das waren schöne Zeiten.
Mary Scott erzählt aus ihrem Leben.
Roman. (2782)

Es ist ja so einfach.
Roman. (1904)

Es tut sich was im Paradies.
Roman. (730)

Flitterwochen.
Roman. (3482)

Fröhliche Ferien am Meer.
Roman. (3361)

Frühstück um Sechs.
Roman. (1310)

Ja, Liebling.
Roman. (2740)

Kopf hoch, Freddie!
Roman. (3390)

Macht nichts, Darling.
Roman. (2589)

Mittagessen Nebensache.
Roman. (1636)

Onkel ist der Beste.
Roman. (3373)

Tee und Toast.
Roman. (1718)

Truthahn um Zwölf.
Roman. (2452)

Und abends etwas Liebe.
Roman. (2377)

Wann heiraten wir Freddy?
Roman. (2421)

Zum Weißen Elefanten.
Roman. (2381)

Mary Scott ist die Großmeisterin des internationalen Humors!

Verlieb dich nie in einen Tierarzt

Robert Henderson und seine Enkelin Jill ziehen aufs Land. In einem idyllischen kleinen Nest übernimmt das Mädchen eine Stelle als Bibliothekarin. Assistiert von ihrem rüstigen sehr belesenen Großvater versorgt sie die gar nicht so ungebildete Landgemeinde mit allem, was ihre dürftig ausgerüstete Bibliothek hergibt. Doch Jill möchte über die Liebe nicht nur in Büchern nachlesen und beschließt daher, einen Farmer zu

Leseprobe

Alexandra Cordes, durch ihre Bestsellerromane »Sag mir auf Wiedersehen« und »Geh vor dem letzten Tanz« unzähligen Lesern wohlbekannt, schrieb das Buch »Wilde Freunde« unter den Eindrücken eines längeren Aufenthalts auf einer Safari-Farm. Darum ist ihr Bericht voller Leben, voller Unmittelbarkeit, und unwillkürlich wird man in seinen Bann gezogen.

Band 3524

Rick Hardt, Sohn deutscher Eltern, hat Mata Mata erworben, ein privates Tierreservat in Südafrika. Sein Wunsch: Er möchte die Tierwelt in ihrer Ursprünglichkeit bewahren, er möchte helfen, seine »wilden Freunde« vor dem drohenden Untergang zu retten. Dabei stellen sich ihm immer wieder Schwierigkeiten in den Weg: Überschwemmungen nach orkanartigen Regenfällen, tödliche Hitze, lang dauernde Dürreperioden, Buschbrände. Und oft suchen Wilderer das Reservat heim, die das Wild skrupellos abknallen; Gold- und Diamantenschmuggler versuchen durch Mata Mata über die neue Grenze nach Mozambique zu entkommen.

Doch Rick Hardts Anstrengungen sind nicht umsonst. Mata Mata bleibt als ein winziger letzter Zipfel des Gartens Eden bestehen ...

Töte nie umsonst

Die Sonne sank rasch dem Leopardenhügel zu. Eben noch grell und weiß, färbte sie sich in weniger als Sekunden orangerot, hing noch den Bruchteil eines Augenblicks unter den flachen schwarzen Schirmen der Akazien auf der Hügelkuppe, ein flammender Lampion, und dann war es dunkel, so rasch, so übergangslos, wie nur die Nacht in Afrika kommt. Und damit begannen die Geräusche der Nacht – das auf- und abschwellende Sirren der Grillen, das heiße Husten der Impala-Böcke und, drüben in den Sandsteinfelsen, das freche Bellen eines Pavians.

Mit einem Seufzer legte Rick Hardt das Glas aus der Hand. Er erhob sich, kraulte sich das braune kurzgeschorene Haar, dehnte und reckte die breiten Schultern im dünnen Khakihemd. Er war müde, er hatte den ganzen Tag mit den Boys draußen im Busch beim Graben von Feuerschneisen verbracht. Die Trockenheit war so groß, daß man ständig mit Buschbränden rechnen mußte.

»Kefath?« rief er.

»Ja, Baas?« Das runde schwarze Gesicht des Zulu, dessen Mund die dünnen Zipfel eines Schnurrbarts schmückten – Symbol der Männlichkeit –, erschien in der offenen oberen Hälfte der Tür des Rondavels, einer großen, runden, strohbedeckten Lehmhütte, die Ricks Behausung war.

»Ist mein Bad fertig?« fragte Rick.

»Ja, Baas. Aber das Wasser ist wieder braun. Wir brauchen Regen.«

»Ich weiß«, sagte Rick Hardt, und Bitterkeit färbte seine Stimme. Unwillkürlich griff er in die Tasche seiner Khakihose, zog den Tokiloshe heraus, eine daumengroße Puppe aus bunten

Glasperlen, kunstvoll von den Frauen der Ndebele gefertigt, ein guter Geist, wenn man daran glaubte.

Rick rieb den Tokiloshe mit Daumen und Zeigefinger, hoffte, daß er ihm endlich einmal Glück bringen würde, stellte ihn dann auf den groben Holztisch.

Vor sechs Wochen hatte Rick das private Wildreservat Mata Mata übernommen. Er hatte seine gesamten Ersparnisse in die Renovierung des Gästecamps gesteckt – es bestand aus dem Haupthaus, in dem sich der Speisesaal, die Bar und die Kaminhalle befanden, sechs Gästebungalows, Rondavels genannt, dem kleinen Empfangsgebäude sowie einem Küchenhaus und den Quartieren für die schwarzen Boys. Er hatte die Straße noch ausbessern lassen, die von Palaborwa her durch das Reservat führte, und es war kein Pfennig übriggeblieben, um einen künstlichen Damm anzulegen, einen Stauweiher, der die Tiere des Buschs mit Wasser versorgt hätte.

Und dabei war seit Monaten kein Tropfen Regen mehr gefallen. Es war der heißeste Sommer, den Südafrika und vor allem das Low-Veld, hier am Rande des Krügerparks, je gesehen.

Das Gras verbrannte unter der Sonne, die keine Gnade kannte, die Tiere hungerten und dursteten.

Mata Mata hieß »Platz des Todes«, und wenn nicht bald Regen fiel, würden die Tiere, die Antilopen und Giraffen, die Löwen und die Paviane, die Leoparden und die Zebras, sterben.

Das Motorengeräusch eines Flugzeugs schnitt Rick die quälenden Gedanken ab. Dröhnend ließ es die schwüle Nacht vibrieren, die Maschine mußte sehr niedrig sein.

Lauschend hob Rick den Kopf, sah Kefath an.

»Es landet, Baas«, sagte der Zulu, und ein weites Lachen spaltete sein rundes Gesicht. »Die ersten Gäste in Mata Mata, Baas.«

»Dann aber los! Sag in der Küche Bescheid! Sie sollen Impala-Leber braten und Koteletts von den Warzenschweinen. Und daß mir ein Feuer in der Halle brennt, und Licht in der Bar und im Eßraum! Los, los, nun mach schon!«

LESEPROBE

Kefath trabte davon.

Rick zog hastig das Hemd wieder an, das er schon abgestreift hatte, knöpfte es im Hinauslaufen zu, kehrte fluchend noch einmal um, weil er den Tokiloshe vergessen hatte.

Dann sprintete er über den Rasen, harsch und spröde unter seinen Buschstiefeln, hinüber zu dem kleinen rostroten Gebäude, wie alle andern aus gebranntem Lehm, das Mata Matas Empfangsbüro war.

Rick sprang in den Jeep, der davor parkte. Zündung an, Licht an, und los ging's über den sonnenverbrannten Lehmweg zwischen den Flammen- und den Mimosabäumen hinaus in den Busch, eine halbe Meile weit bis zur Landepiste.

Die Maschine war schon gelandet. Eine sechssitzige Super Lark, silberblau und weiß. Düsenantrieb.

Rick spürte, wie ihm das Blut vor Aufregung in den Handgelenken pochte.

Die ersten Gäste – und gleich solche! Mit Privatflugzeug, bestimmt steinreich, wahrscheinlich aus Johannesburg.

Er räusperte sich, dachte nervös: »Ich hätte mir noch einen Whisky genehmigen sollen« und ging den beiden Männern entgegen, die soeben über die Miniaturgangway herunterkamen.

»Guten Abend, willkommen in Mata Mata.« Rick sagte es gelassen, als habe er diese Begrüßung schon hundert Male erprobt.

Der erste der beiden richtete sich zu seiner vollen Größe auf, silberweiß schimmerte sein Haar in dem matten Licht, das aus der Flugzeugkabine fiel. »Guten Abend«, sagte er mit deutlich portugiesischem Akzent.

»Die Piste ist schlecht angelegt, in der Einflugschneise stehen zu hohe Bäume«, sagte der zweite Gast, und erst die Stimme verriet, daß es eine Frau war.

Ihre Gestalt im schwarzen Lederdreß war zwar schmal, aber wohlgerundet. Das Gesicht von einer aggressiven, wilden Schönheit, großen Augen unter hochgeschwungenen Brauen, ein

LESEPROBE

vollippiger, vielleicht ein wenig zu energischer Mund. Und darüber tiefrotes, kurzgeschnittenes Haar.

Es verschlug Rick die Sprache, er spürte, wie das Blut heiß in seinen Kopf schoß. Seit sechs Wochen hatte er keine weiße Frau mehr gesehen, und noch nie ein solches Mädchen.

»Sind Sie stumm?« Ihre Augen schlitzten sich spöttisch.

»Nein. Ich – tut mir leid«, sagte Rick heiser. »Ich werde gleich morgen die Bäume fällen lassen. – Darf ich Sie jetzt ins Camp von Mata Mata bringen?«

»Geh schon vor«, sagte die junge Frau zu dem weißhaarigen Mann, »ich versorg' noch eben die Maschine.«

»Meine Tochter ist immer sehr geradeheraus, wenn's ums Fliegen geht«, sagte der Weißhaarige und lachte amüsiert, während sie zum Landrover gingen. »Wie weit ist's bis ins Camp?«

»Ein paar Minuten.«

»Viele Gäste?«

»Sie sind heute abend ausnahmsweise die einzigen.«

»Na ja«, sagte der Weißhaarige; es konnte Ablehnung und auch Zustimmung bedeuten. Sie warteten neben dem Jeep, bis das Mädchen kam.

»Zigarette?«

»Ja, gern.« Im vagen Licht des Feuerzeugs wies das Gesicht des Weißhaarigen keinerlei Ähnlichkeit mit seiner Tochter auf, es war tiefgebräunt. Scharfe Falten gaben ihm eine brutale Härte.

Instinktiv griff Rick nach dem Tokiloshe, aber seine Hosentasche war leer.

Er mußte ihn verloren haben. Und er wehrte sich vergeblich gegen eine dumpfe Ahnung von Gefahr.

LESEPROBE

Goldmann Verlag München

Das letzte Buch von Jo Hanns Rösler, dem Meister des Humors: übermütige und heitere, spannende und rührende Erzählungen!

Weiterhin sind im
Goldmann Verlag erschienen:

An meine Mutter ...
(3467)

Lachen Sie mit Jo Hanns Rösler.
(3484)

Wohin sind alle die Jahre ...
(3398)

Wohin sind alle die Tage ...
(3407)

Wohin sind all die Stunden

»Ich nahm das Buch am späten Abend zur Hand, um noch eine oder zwei dieser kleinen Geschichten zu lesen. Als ich es beiseite legte, war früher Morgen. Wenn es in meiner Nachbarschaft Hähne gäbe, hätten sie sicherlich schon zum erstenmal gekräht und ich hätte gerade die allerletzte Seite gelesen.«
Salzburger Nachrichten

»Jo Hanns Röslers Andenken wird erhalten bleiben, solange Leser ein Werk zu würdigen wissen, das mit feinem humorigen Strich die ganze bunte Vielfalt des Lebens einfing. Auch die Geschichten dieses Bandes sind voll Witz, strömen Güte aus und Weisheit ...
Sie werden viele Freunde finden und – Genießer. Denn Rösler-Erzählungen muß man nachdenklich und schmunzelnd genießen wie guten Wein.«
Reutlinger Generalanzeiger

Erzählungen. (3421)

Goldmann Verlag München

Heinz G. Konsalik
die Weltauflage
seiner Bücher beträgt
über 25 Millionen.

Morgen ist ein neuer Tag

Eines der berüchtigten Schweigelager in der Sowjetunion hat ihn zwölf Jahre lang festgehalten. Jetzt kehrt er in seine Heimat zurück, wo ihn seine Familie schon vor Jahren für tot erklären ließ und fordert sein Recht, seine Frau, sein Kind, ringt alle Widerstände nieder, die sich ihm entgegenstellen ...

Roman. (3517)

Die schöne Ärztin

Dr. Waltraud Born arbeitet als Ärztin der Zeche Emma II in der Industriesiedlung Buschhausen. Trotz ihrer wiederholten Warnungen stellt Bergwerksdirektor Dr. Ludwig Sassen kein Geld für Ausbau- und Sicherungsarbeiten in Emma II zur Verfügung – bis es zur Katastrophe kommt ...

Roman. (3503)

Weiterhin sind im
Goldmann Verlag erschienen:

Das Lied der schwarzen Berge.
Roman. (2889)

Manöver im Herbst.
Roman. (2550)

Ein Mensch wie du.
Roman. (2688)

Schicksal aus zweiter Hand.
Roman. (2714)

Das Schloß der blauen Vögel.
Roman. (2755)

Die schweigenden Kanäle.
Roman. (2579)

Goldmann Verlag München

Weiterhin sind im
Goldmann Verlag erschienen:

Der Gefangene der Wüste.
Roman. (2545)

In den Klauen des Löwen.
Roman. (2581)

Liebe auf dem Pulverfaß.
Roman. (3402)

Schlüsselspiele für drei Paare.
Roman. (3367)

Henry Pahlen
– der Spitzenautor,
wenn es um
Spannung geht!

Schwarzer Nerz auf zarter Haut

Beschützt von einer hinreißend schönen Agentin, begibt sich der deutsche Physiker Dr. Franz Hergarten, Erfinder eines neuartigen Raketentreibstoffes, an Bord des Luxusdampfers Ozeanic, um die Unterlagen seiner Entdeckung in die USA zu bringen. Er ist Geheimnisträger Nr. 1 und wird mit sämtlichen zur Verfügung stehenden Mitteln abgeschirmt.

An alles hatte man gedacht, nur nicht an die unberechenbaren Gefühle zweier Frauen, die schließlich sämtliche Sicherheitsmaßnahmen zunichte machen.

Während die ahnungslosen Passagiere in ihren luxuriösen Kabinen dem Dolce vita frönen, in den Salons und Restaurants rauschende Bordfeste feiern und keiner von Ihnen an das Gestern und Morgen, an die Wirklichkeit denkt, stehen sich die beiden Frauen als erbitterte Rivalinnen gegenüber und kämpfen Agenten verschiedener Mächte erbarmungslos miteinander – alle mit dem einen Ziel: Dr. Hergarten!

Roman. (2624)

Goldmann Taschenbücher

Aktuell. Informativ. Vielseitig. Unterhaltend...

Große Reihe
- Romane
- Erzählungen
- Filmbücher

Eine Love-Story

Regionalia
- Literatur der deutschen Landschaften

Moderne Literatur

Klassiker
- mit Erläuterungen

Goldmann Schott
- Taschenpartituren
- Opern der Welt
- Monographien

Goldmann Dokumente
- Bücher zum aktuellen Zeitgeschehen

Sachbuch
- Zeitgeschehen, Geschichte
- Kulturgeschichte, Kunst
- Biographien
- Psychologie, Pädagogik
- Medizin, Naturwissenschaften

Grenzwissenschaften

Rote Krimi

Science Fiction

Western

Jugendbücher

Ratgeber, Juristische Ratgeber

Gesetze

Goldmann Magnum
- Großformat 21 x 28 cm

**Goldmann Verlag
Neumarkter Str. 22**

8000 München 80

Bitte senden Sie mir Ihr neues Gesamtverzeichnis

Name:
Strasse:
Ort: